# 古典詩歌研究彙刊

## 第三輯

龔鵬程 主編

## 第 17 冊

### 「神韻」詩學譜系研究
### ——以王漁洋為基點的後設考察（下）

黃繼立 著

國家圖書館出版品預行編目資料

「神韻」詩學譜系研究——以王漁洋為基點的後設考察（下）
／黃繼立 著 — 初版 — 台北縣永和市：花木蘭文化出版社，
2008〔民97〕

目 2+202 面：17×24 公分（古典詩歌研究彙刊 第三輯：第 17 冊）

ISBN 978-986-6831-94-2 （精裝）
1.（清）王漁洋 2.詩學 3.詩評 4.學術思想

821.87                                               97000361

ISBN 978-986-6831-94-2

9 789866 831942

古典詩歌研究彙刊
第三輯 第十七冊          ISBN：978-986-6831-94-2

「神韻」詩學譜系研究——以王漁洋為基點的後設考察（下）

作　者　黃繼立
主　編　龔鵬程
出　版　花木蘭文化出版社
發 行 所　花木蘭文化出版社
發 行 人　高小娟
聯絡地址　台北縣永和市中正路五九五號七樓之三
　　　　　電話：02-2923-1455／傳真：02-2923-1452
電子信箱　sut81518@ms59.hinet.net
初　版　2008 年 3 月
定　價　第三輯 20 冊（精裝）新台幣 28,000 元

# 「神韻」詩學譜系研究
## ——以王漁洋為基點的後設考察（下）

黃繼立 著

# 第五章　姜夔、嚴羽與王漁洋「神韻說」的血緣關係——宋代「神韻」詩學譜系試構

## 前　言

　　本章將以南宋的兩個重要詩論家——姜夔（1155？～1211？）與嚴羽（1192？～1243？），作爲我們討論的主要對象。筆者之所以將姜夔與嚴羽於此合併討論，係基於以下三點理由：第一、在以王漁洋（1634～1711）爲基點所建構的「神韻」詩學譜系裡，姜夔與嚴羽絕對是兩大詩學重鎭，原因在於漁洋曾多次論述，並稱許姜夔與嚴羽的詩學成就。特別對於嚴羽的詩學，漁洋屢屢表現出深契且別有會心的態度。我們可以這樣說，對嚴羽詩學精華處的汲取，是漁洋建構其「神韻說」時的重要環節。第二、姜夔與嚴羽的活動時間不僅相近，而且在詩學思考上亦頗有相通之處。日籍學者青木正兒《中國文學思想史》說：「夔著有白石詩說一卷，其說似有啓發嚴羽詩說之處。」〔註1〕而張少康、劉三富合著的《中國文學理論批評發展史》則以爲「姜夔的詩學思想是……下開嚴羽的」〔註2〕。由於姜夔與嚴羽之間存在著

---

〔註1〕見（日）青木正兒著，鄭樑生、張仁青譯，《中國文學思想史》（台北：台灣開明書店，1977年10月出版），頁91。
〔註2〕見張少康、劉三富著，《中國文學理論批評發展史（下卷）》（張少康、

詩學上的共通點，本此，筆者把姜、嚴二人放在此處一起討論。第三、在後世的評價裡，姜夔的《白石道人詩說》往往被拿來與嚴羽的《滄浪詩話》並提。如清代詩論家潘德輿（1785～1839）《養一齋詩說》卷八說：「宋人詩話，滄浪及歲寒堂兩種外，足以鼎立者，殆惟白石詩說乎？」〔註3〕此外，近代文學批評史家郭紹虞，在《宋詩話考》一書〈題《宋詩話》效遺山得絕句二十首〉其六裡云：「隨波截流與同參，白石滄浪鼎足三。」〔註4〕二人均將姜夔的《白石道人詩說》與嚴羽的《滄浪詩話》並提，並且給予極高的評價。以上三點是我們要將姜夔、嚴羽詩學放在同一章進行討論的主要原因。

在本章中，筆者將試著討論以下幾個問題：第一、以王漁洋詩學作爲後設考察的基點時，姜夔與漁洋之間將可能存在著何種詩學上的關連。第二、漁洋在引述、詮釋嚴羽詩學時，特別鍾情於「妙悟」及「以禪喻詩」等說法，筆者將嘗試釐清環繞著嚴羽、漁洋的「妙悟」及「詩」「禪」關係等問題。第三、筆者準備釐清姜夔、嚴羽詩學與漁洋「神韻說」的血脈關連之處，並在此一基礎上，建構出宋代的「神韻」詩學譜系。有鑑於今日針對姜夔與嚴羽二人所作的相關研究，已有了相當的成果，本此，筆者並不打算針對姜夔、嚴羽的詩學，進行

---

劉三富著，北京：北京大學出版社，1997 年 5 月第一版第三刷），頁 92。

〔註 3〕 見郭紹虞編選，富壽蓀校點，《清詩話續編・養一齋詩話》（上海：上海古籍出版社，1999 年 6 月第一版第二刷），頁 2131。南宋張戒的《歲寒堂詩話》在宋人詩話中頗具特色，因此潘德輿認爲其可以同姜夔《白石道人詩說》、嚴羽《滄浪詩話》鼎足而立。不過，由於王漁洋的「神韻說」中並未涉及對《歲寒堂詩話》的討論，本此我們將不探究《歲寒堂詩話》的問題，

〔註 4〕 見郭紹虞著，《宋詩話考》（台北：漢京文化事業有限公司，1983 年 1 月出版），頁 4。北宋葉夢得的《石林詩話》除了頗多精識之外，同時也是一部成功的「以禪喻詩」之作，本此郭紹虞以爲葉夢得的《石林詩話》，在宋人詩話中可同姜夔《白石道人詩說》與嚴羽《滄浪詩話》抗衡。《石林詩話》對王漁洋的影響，在於其「以禪喻詩」，提出「截斷眾流」一語，間接地影響了漁洋「神韻說」的成型。關於這個問題，我們已在前章作過討論，在此將不另作論述。

全面性的整構工程，而將討論的重心，放在前述的三點問題上。至於本章文獻資料的取捨問題方面，原則上還是折衷於漁洋。

# 第一節　論姜夔詩學與王漁洋「神韻說」間的詩學關連

　　南宋詩詞名家姜夔爲鄱陽人，因爲曾隱居於苕溪白石洞天，所以時人又稱其爲「白石道人」。姜夔兼擅詩詞，特以詞作名重於世，另外有詩學理論之作《白石道人詩說》流傳於世。《四庫全書總目提要》卷一百六十二〈集部十五・別集類十五・白石詩集〉條曾評姜夔詩作及其《白石道人詩說》云：「今觀其詩，運思精密，而風格高秀，誠有拔於宋人之外者，傲視諸家，有以也。……又有《詩說一卷》。……觀其所論，亦可見夔於斯事所得深也。」〔註5〕足見姜夔在具備深切創作體驗的基礎下，以詩學名家之姿論詩，的確能得精深奧妙之處。本此，潘德輿《養一齋詩話》卷八曾以《白石道人詩說》「其說極簡極精，極平極遠，此道中金繩寶筏也」〔註6〕。又郭紹虞《宋詩話考》上卷〈白石道人詩說〉條以爲：「此書論詩，脫盡恒蹊，在當時詩話中，確能獨樹一幟，於江西詩論中披靡一世之後，《滄浪詩話》尚未流行以前，欲於詩話中窺當時詩論轉變之跡者，當推此書矣。……此書稱《詩說》而不稱『詩話』，亦表示重在理論，與一般詩話之述故事尚考據者有別。」〔註7〕分別指出《白石道人詩說》在宋代詩學與詩話發展裡的時代性意義與理論性意義。同時，郭紹虞還認爲姜夔《白石道人詩說》一書，由於成書於江西詩風底下之故，因此論詩主題有集中在探究詩病和詩法的傾向。葉鎮楚《中國詩話史》認爲該書內容，涉及「辨體、立意、布局、措詞、用事、寫景、體物」等各方

---

〔註5〕　見清・永瑢、紀昀主編，《四庫全書總目提要》（海口：海南出版社，1999年5月出版），頁836。
〔註6〕　同註3，頁2131。
〔註7〕　同註4，頁92。

面的討論，雖然「未脫江西藩籬」，但是卻「能從詩的本質特徵上來探討詩歌創作的內部規律，注重詩歌藝術風格的獨創性與多樣性」〔註8〕，這就是郭紹虞以爲姜夔論詩，「論點同於江西，論調則超於江西」〔註9〕的主要原因。

在王漁洋的詩論資料裡，曾有引述《白石道人詩說》十則資料的記錄。從數量方面觀察，漁洋所引用的這十則資料，合起來佔《白石道人詩說》全數三十則的三分之一強；從質量方面觀察，這十則資料均爲姜夔論詩的精要之處，多方面地涉及姜夔詩論中的美學問題。由上簡述可見，漁洋頗爲推重《白石道人詩說》一書，誠如他的評述，姜夔雖然「論詩未到嚴滄浪」，但「頗亦足參微言」。〔註10〕在漁洋的認定裡，《白石道人詩說》或許還不像鍾嶸《詩品》、司空圖《詩品》、嚴羽《滄浪詩話》及徐禎卿《談藝錄》那般，具備有進入頂級詩話行列的資格，〔註11〕但是作爲漁洋心目中第一級的詩話作品，《白石道人詩說》卻是當之無愧的。關於漁洋對《白石道人詩說》的引述，可從內容與性質兩方面談起。從內容上來說，由於漁洋引用《白石道人詩說》的目的，主要在證成其「神韻說」，就此他所引用的內容，多與「神韻說」，特別是與「言外之意」觀念有直接相關者。從性質上而論，漁洋對《白石道人詩說》的引用，大致集中在姜夔對詩歌本體的討論與對創作方法的探究等相關問題上，也就是說，漁洋相當重視姜夔詩論中的本體論與創作論問題。

---

〔註8〕 見葉鎮楚著，《中國詩話史》（長沙：湖南文藝出版社，1988年5月出版），頁103。

〔註9〕 同註4，頁93。

〔註10〕 見清・王士禎著，清・張宗柟纂集，戴鴻森點校，《帶經堂詩話》（北京：人民文學出版社，1998年2月出版），頁76。

〔註11〕 王漁洋除了如前章所述，多方地引用、詮釋司空圖的《詩品》之外，亦曾於《帶經堂詩話》（清・王士禎著，清・張宗柟纂集，戴鴻森點校，北京：人民文學出版社，1998年2月出版）卷二〈評駁類〉中說：「余於古人論詩，最喜鍾嶸詩品、嚴羽詩話、徐禎卿談藝錄。」引文請見《帶經堂詩話》，頁58。

　　王漁洋對姜夔《白石道人詩說》的引述，主要見於《帶經堂詩話》卷三〈眞訣類〉第一則的記載當中：

　　　　姜白石詩說云〔香祖筆記云：有數則可取，錄之：「人所易言，我寡言之；人所難言，我易言之。難說處，一語而盡，易說處，莫便放過。」）：僻事實用，熟事虛用。學有餘而約以用之，善用事者也；意有餘而約以盡之，善措辭者也。〔筆記有「篇終出人意表，或反終篇之意皆妙」二句。）句中無餘字，篇中無長語，非善之善者也；句中有餘味，篇終有餘意，善之善者也。始于意格，成于句字。詩有四種高妙：一曰理高妙，二曰意高妙，三曰想高妙，四曰自然高妙。一篇全在結句：如截奔馬，辭意俱盡；如臨水送將歸，辭盡意不盡；若夫意盡辭不盡，刻鵠歸棹是也；辭意俱不盡，溫伯雪子是也。一家之言，自有一家之風味，如樂之二十四調，各有韻聲，乃是歸宿處；模仿者，語雖似之，韻則亡矣。右論詩未到嚴滄浪，頗亦足參微言。〔註12〕

漁洋在這條類似讀書筆記的記載裡，總共引述了九條《白石道人詩說》的資料。其中「詩有四種高妙」及「一家之言，自有一家之風味」云云兩則，屬於姜夔在詩歌本體論層面所進行的討論；而另外七則，可作為姜夔在創作論層面的代表。筆者在後文中，將先討論漁洋所引述的本體論部分，再討論漁洋所引述的創作論部分。

　　讓我們先討論在漁洋引述中，屬於姜夔討論詩歌本體的部分。考漁洋所錄「詩有四種高妙：一曰理高妙，二曰意高妙，三曰想高妙，四曰自然高妙」之語，出自於《白石道人詩說》第二十七則，全文爲：

　　　　詩有四種高妙：一曰理高妙，二曰意高妙，三曰想高妙，四曰自然高妙。礙而實通，曰理高妙；出自意外，曰意高妙；寫出幽微，如清潭見底，曰想高妙；非奇非怪，剝落文彩，知其妙而不知其所以妙，曰自然高妙。〔註13〕

────────────

〔註12〕同註10，頁76。
〔註13〕見清・何文煥輯，《歷代詩話・白石道人詩說》（台北：漢京文化事

這段引文涉及以下幾個問題，須再作進一步地釐清：第一、我們當如何定位「高妙」的性質？第二、姜夔對其歸結出的詩之四種「高妙」的內容，進行何種的界說？第三、姜夔提出的「詩有四種高妙」，給予王漁洋「神韻說」何種程度的啓發？先說第一點，即我們當對「高妙」的性質作何定位的問題。分析「詩有四種高妙」一語，「詩」是價值判斷的對象，「高妙」則是價值判斷的完成結果，本此筆者以爲「高妙」在此是作爲「價值判斷語」出現的。這就意味著，作爲「價值判斷語」的「高妙」一詞背後，其實蘊含著某種理想，而這種理想是屬於美學的層面。本此，我們可以將姜夔對「高妙」論述，定位爲對美學理想的討論，也就是說，姜夔提出「詩有四種高妙」的目的，在於揭示出他所認定的四種詩歌美學理想。

再說第二點，姜夔是如何地界說這四種詩歌美學理想的內容。先說「理高妙」。在我們討論爲何姜夔將「理高妙」界說爲「礙而實通」之前，當對「理高妙」之「理」略作釐清。顧易生、蔣凡、劉明今合著的《中國文學批評通史——宋金元卷》以爲「在宋代理學活躍的思想環境中，姜氏提出『理高妙』，與時代同步」〔註 14〕，誠是確論。不過，姜夔所說的「理」，絕對不等同於理學家的「天理」，而是就詩歌特有之「理」而言。宋代理學家的極端論者，將「天理」與「人欲」、「道」與「文」分開兩橛，從而走向盡「天理」滅「人欲」，捨「文」而就「道」的一端，幾乎完全否定了藝術存在的價值。北宋理學家程頤的以下說法，正可作爲這種極端「文道」觀的代表。觀《河南程氏遺書》卷一云：

> 子弟凡百玩好，皆奪志。至於書札，於儒者事最近，然一向好著，亦自喪志。如王虞顏柳輩，誠爲好人則有之。曾見善書者知道否？平生精力一用於此，非惟徒廢時日，於

---

業有限公司，1983 年 1 月出版），頁 682。

〔註 14〕 見顧易生、蔣凡、劉明今著，《中國文學批評通史——宋金元卷》（上海：上海古籍出版社，1996 年 12 月出版），頁 509。

　　　　道便有妨處，足知喪志也。〔註15〕

又《河南程氏遺書》卷十八說：

　　　　凡爲文不專意，則不工；若專意，則志局於此，又安能與
　　　　天地同其大也？書曰玩物喪志，爲文亦玩物也。……古之
　　　　學者，惟務養情性，其他則不學。今爲文者，專務章句，
　　　　悅人耳目。既務悅人，非俳優而何？〔註16〕

又云：

　　　　某素不作詩，亦非是禁止不作，但不欲爲此閒言語。且如
　　　　今言能詩，無如杜甫，如云穿花蛺蝶深深見，點水蜻蜓款
　　　　款飛。如此閒言語，道出做甚？某所以不常作詩。〔註17〕

程顥以爲鑽研於書法、詩詞等各項藝術，既無益於人性情，又如翫物
般足以喪人之志，與儒者的證道修行之舉相互衝突，故主張「爲文」
即「玩物」，「玩物」則「喪志」，而直視藝術家爲「悅人耳目」的俳
優。因此即便如杜甫〈曲江〉「穿花蛺蝶深深見，點水蜻蜓款款飛」，
這類能表現出詩人對萬物的親切與衷情，深具感發生命力量的詩句，
程頤均一概認爲是與「道」、與生命無關的「閒言語」，從而否定其存
在的意義。這種近乎反藝術的心態，顯然是過度言「天理」去「人欲」，
「文」、「道」截然二分底下的產物，殊不知藝術也是通往「眞理」的
堂皇大道之一。換言之，並不只有「道德」或「宗教」才是通往「眞
理」的唯一途徑，「藝術」同樣也可以彰顯出「眞理」的存在。誠如
近代西方哲學家海德格爾（Martin Heidergger，1889～1976）在〈藝
術作品的本源〉文內所一再闡述的：「眞理在它敞開了的眾在者中確
立自身的根本方式就是將自身置入藝術作品。」而「作爲眞理之投入
活動的藝術就是詩。……藝術的本性是詩，而詩的本性是眞理的確
立。」〔註18〕可見藝術有其自身的存在價值，不用也不能附庸在特定

---

〔註15〕 見宋・朱熹編，《河南程氏遺書》（台北：台灣商務印書館，1978 年
　　　　11 月出版），頁 8～9。
〔註16〕 同註 15，頁 262。
〔註17〕 同註 15，頁 263。
〔註18〕 見成窮、余虹、作虹譯，唐有伯校，《海德格爾詩學論文集》（武昌：

領域或學科之下。就此而言，藝術之「理」並不一定要等於哲學之「理」。蓋哲學之「理」，起源於人類的理性之光；而藝術之「理」，則根本於人們自太初洪荒時即特有的審美意識，以及與生俱來對美的事物的直覺。姜夔所謂「理」者，就是專就這藝術特有的情理而言。在明白理學之「理」與藝術之「理」不同以後，我們則不難理解為何姜夔將「礙而實通」作為「理高妙」的內涵。蓋如《中國文學批評通史——宋金元卷》所說，姜夔係以「礙而實通」來反駁當時理學家認定「詩人無理」、「作詩害道」的說法。姜夔認為詩歌並非無「理」，只是「思想家的『理語』(如道學家及禪家語錄之類)，與文學家的『理趣』，性質犁然有異，不可等同」。〔註19〕「礙而實通」就是說許多在現象經驗世界內，無法成立或無由發生的不可思議事物，經由作家「藝術直覺」的妙用及讀者「藝術直覺」的妙悟之後，都可以出現在詩歌的美感世界裡。「礙」是想像之物在現實世界內的不可能，「通」則是想像之物在美感世界裡的完成，這就是所謂的「理高妙」。綜上論述，可知「理高妙」其實是姜夔自詩歌特有之「理」的角度思考，從而提點出的美學理想。就此筆者認為，在姜夔以「礙而實通」為「理高妙」的背後，其實具有兩層意義：第一、姜夔一針見血地指出，以理性活動為主的哲學領域和以直覺活動為主的詩歌領域之間的差異，倘若哲學與詩歌在本質上被混淆，就意味著彼此沒有自己的獨立地位，這不僅是詩歌的不幸，同時也是哲學的不幸。姜夔的這種說法，其實已經開啟嚴羽《滄浪詩話・詩辨》裡，「詩有別趣，非關理也」〔註20〕論點的先聲。第二、姜夔的說法，解釋了許多在理性分析領域內無法成立的現象，而在藝術領域裡卻往往能被認可、甚至讚賞的原因。例如下文將討論的王維畫雪中芭蕉之類。蓋藝術重在想像，出現在美感世

---

華中師範大學出版社，1992 年 11 月出版)，頁 55 及 67。
〔註19〕 同註 14，頁 509。
〔註20〕 見宋・嚴羽著，郭紹虞校釋，《滄浪詩話校釋》(臺北：里仁書局，1987 年 4 月出版)，頁 28。

界中的情景，雖以經驗世界爲基礎，卻不必盡然須符應於現實的經驗
世界。

　　次說「意高妙」。姜夔解釋「意高妙」是「出自意外」，「意高妙」
是姜夔從造意角度出發所進行的討論。所謂的「出自意外」，就是說
藝術家能在創意構思上別出心裁，出乎讀者意料之外，從而獲致出奇
制勝的美學效果。舉例言之，則北宋詩人黃庭堅的〈題摹燕郭尙父圖〉
一文，記畫家李伯時作飛將軍李廣奪胡兒馬圖，實可作爲「出自意外」
的「意高妙」之代表：

> 往時李伯時爲余作李廣奪胡兒馬，挾兒南馳，取胡兒弓引
> 滿以擬追騎，觀箭鋒所直發之人馬，皆應弦也。伯時笑曰：
> 「使俗子爲之，當作中箭追騎矣。」余因此深悟畫格。此
> 與文章同一關紐，但難得人入神會耳。〔註21〕

觀這幅畫的原始題材是《史記‧李將軍列傳》中，西漢名將李廣奪馬
挾胡兒南行，取胡弓射殺追騎的事件。李伯時作是畫所取的場景是李
廣拉滿弓，準備射殺胡騎的一幕。在這幕情境裡，全部胡騎都在李廣
的攻擊範圍裡面，每個胡兒都有中箭的可能，情勢緊張，接續會有怎
樣的發展難以預測。李伯時的取景與作法，確實給了觀者極大的想像
空間，賦予了觀者參與畫中情節的權力。李伯時這種大量「留白」的
畫法，是相當出人意表的。若借當代接受美學大師伊瑟爾（Wolfgang
Iser，1926～）的閱讀現象學理論來加以闡釋，我們可以說李伯時正
在建構一個「空白」（Blanks）的圖式，以便能讓觀者經由觀賞活動，
塡補圖畫文本內的「空白」圖式。如伊瑟爾在〈閱讀過程中的被動綜
合〉文裡所說：

> 作者並沒有提出自己所意想的驚奇形象，他留給讀者自己
> 去補上。然而，他向讀者提供了一些圖式，並把這些圖式
> 明確地展現成一系列的方面。……讀者的觀點是受到制約
> 的：無論他個別的具體形象是怎樣，形象的內容總受著篇

---

〔註21〕見宋‧黃庭堅著，《豫章黃先生文集》（台北：台灣商務印書館，1975
　　　　年出版），頁304。

> 章的圖式的支配。……篇章推動了存在於各種各類的讀者
> 的主觀知識，並將這種知識導向一個特殊的目的。無論讀
> 者的這種知識有多少不同，他們的主觀貢獻是受到既定的
> 架構的控制的。圖式恍如虛空的形式，等待讀者把自己豐
> 富的知識貫注進去。〔註22〕

李伯時在創作該畫時建立「空白」圖式，而觀者在觀賞活動中填補此一畫中的「空白」部分，所謂的「言外之意」或「餘韻」，就在文本與觀者的交流活動當中產生。不過，一般地俗匠作畫不能悟解這個道理，本此李伯時說，俗子若畫該題材，可能畫的就是「中箭追騎」，即李廣出箭擊殺追騎，其中數胡兒中箭落馬的一幕。俗匠若畫「中箭追騎」就等於直接告知觀者該事件的結果，大量縮減了觀者的想像空間，降低了觀者參與畫內場景的可能性。借前述閱讀現象學理論來說，俗子們作畫所以缺乏「言外之意」或「餘韻」，就是畫中的「空白」圖式太少，或者畫內根本沒有「空白」之處，以提增觀者參與的興趣。包括前章討論過的，郭忠恕以草草逸筆畫天外數峰、用數丈白素畫牛角小童放飛鳶之事，都可被歸類到此一「出自意外」的範圍內。若以詩歌為對象，專論「出自意外」的問題，筆者認為清代詩論家葉燮在《原詩・內篇下》第五則內的相關說法，可作為姜夔「意高妙」之說的例證。暫以葉燮舉杜甫〈宿左省〉的「月傍九霄多」句為例說之：

> 從來言月者，只有言圓缺、言明暗、言升沈、言高下，未
> 有言多少者。若俗儒，不曰「月傍九霄明」，則曰「月傍九
> 霄高」。以為景象真而使字切矣。今曰「多」，不知月本來
> 多乎？抑「傍九霄」而始「多」乎？不知月「多」乎？月
> 所照之境「多」乎？有不可名言者。試想當時之情景，非
> 言「明」、言「高」、言「升」可得，而惟此「多」字可以
> 盡括此夜宮殿當前之景象。他人共見之，而不能知、不能

---

〔註22〕見鄭樹森編，《現象學與文學批評》（台北：東大圖書公司，1991年4月再版），頁95。

　　言，惟甫見而知之、而能言之。〔註23〕

如葉燮所説的，作爲天體的月亮，僅存在著狀態上的陰晴圓缺之分，以及位置上的升降高低之別，那有人以「多」形容月亮呢？葉燮在分析「月傍九霄多」的各種可能狀況後，認爲杜甫之所以用「多」字，而不用「明」、「高」等，是因爲只有「多」一字能全部概括當時的所有景象。杜甫用「多」來形容月亮，正是看別人所不能看到，道別人所不能道者，因此能使讀者驚異，引發出意想不到的美學效果，這就相當於姜夔「出自意外」的「意高妙」。除此之外，像葉燮後文所舉之例，如李白〈蜀道難〉的「蜀道之難，難於上青天」、李益〈宮怨〉的「似將海水添宮漏，共滴長門一夜長」、王之渙〈出塞〉的「羌笛何須怨楊柳，春風不度玉門關」、李賀〈金銅仙人辭漢歌〉的「衰蘭送客咸陽道，天若有情天亦老」、王昌齡〈長信怨〉的「玉顏不及寒鴉色，猶帶朝陽日影來」等等作品，都可劃歸到「意高妙」的範圍裡，限於篇幅，筆者此處不另作詳述。

　　再説「想高妙」。姜夔以形象化的説法──「寫出幽微，如清潭見底」，勾勒出「想高妙」的內涵，同時也隱隱將「想高妙」定位爲寫作技巧層次上的討論。所謂的「寫出幽微，如清潭見底」，就是要求詩人運用敏鋭的觀察力及細膩的筆法，捕捉並描寫出對象事物最本質的部分。對象事物的本質在詩人筆下，就像是可以一眼窺視到底蘊的清潭般那樣澄澈，這就是姜夔口中的「寫出幽微」。張月雲在〈姜夔的詩論（上）〉文裡認爲「想高妙」是「以筆法的細膩、曲折、深刻、親切見長的」〔註24〕，有其一定道理的。舉例言之，如王維〈秋夜獨坐〉的「雨中山果落，燈下草蟲鳴」、〈山居秋暝〉的「明月松間照，清泉石上流」，杜甫〈題省中院壁〉的「落花游絲白日靜，靜秋

〔註23〕見清・葉燮著，霍松林校注，《原詩》（北京：人民文學出版社，1998年5月出版），頁31。

〔註24〕見張月雲著，〈姜夔的詩論（上）〉（《故宮學術季刊》第3卷第2期，1985年冬），頁107。

乳燕青春深」，陸龜蒙〈和襲美木蘭後池三詠〉之〈白蓮〉的「無情有恨何人覺，月曉風清欲墮時」等等，都屬於「想高妙」的作品。平心而論，由於「想高妙」大多經由寫作技巧而達成，因此要成就詩歌的「想高妙」，並不是件困難的事。本此筆者同意張月雲的說法，「在四種高妙中，以此種高妙最易得而見」〔註25〕。

最後說「自然高妙」。將「自然高妙」的內容，界說爲「非奇非怪，剝落文彩，知其妙而不知其所以妙」，可說是姜夔從詩歌的整體美感境界出發，所特意揭示的美學理想。所謂的「非奇非怪，剝落文彩」是說詩人直致所得，並不刻意去雕琢詩歌的語言，所以整首詩有渾然天成之美而無斧鑿之跡。「知其妙而不知其所以妙」，則是如張月雲所說的：「其詩的技巧已達到莊子所說的庖丁解牛的神化境界，不著繩削、渾然天成，能臻此境界的作品，不復能像其他三種高妙，以理、以意、以想來加以尋繹，正乃所滄浪所說的『不涉理路，不落言詮』。」本此，符合「自然高妙」理想的作品，大抵有著「造語平淡，卻含不盡的餘味；多道平常景物，卻日久彌新」的特色。〔註26〕所謂「自然高妙」的詩作，可以陶淵明詩歌爲代表。姜夔在《白石道人詩說》第十六則內，曾對陶淵明詩作如下的肯定：

> 陶淵明天資既高，詣趣又遠，故其詩莊而散、澹而腴，斷
> 不容作邯鄲步也。〔註27〕

試將「自然高妙」的說法與姜夔對陶詩的評價進行對比，我們可以發現陶詩在語言上的「莊而散、澹而腴」，相當於「自然高妙」裡強調的「非奇非怪，剝落文彩」；陶詩「詣趣又遠」的境界與「斷不容作邯鄲步」的特點，恰恰又符合於「自然高妙」強調的「知其妙而不知其所以妙」。姜夔似乎是以陶詩作爲「非奇非怪，剝落文彩，知其妙而不知其所以妙」的論述藍本。姜夔強調「自然高妙」等於說其注重

---

〔註25〕 同註24，頁108。
〔註26〕 同註24，頁108。
〔註27〕 同註13，頁681。

天籟的美感境界，就此而言，陶詩無疑是「自然高妙」的典範作品。

　　在釐清「四種高妙」的內涵後，我們可以接著討論第三點，即姜夔「詩有四種高妙」的說法，給予王漁洋「神韻說」何種的啓發。綜合上文論述，我們可說「詩有四種高妙」的說法，是姜夔從詩歌的四個不同層面出發，對四種個別詩歌美學理想的討論。「意高妙」的「出自意外」與「想高妙」的「寫出幽微，如清潭見底」，是姜夔從造意與寫作技巧層面所表達的詩歌美學理想。造意與寫作技巧同詩歌的意義面與修辭面，有著直接的聯繫，這屬於詩歌的形式結構，是比較具體而容易掌握的部分。至於「理高妙」的「礙而實通」與「自然高妙」的「非奇非怪，剝落文彩，知其妙而不知其所以妙」，則是姜夔由詩歌特有之「理」與詩歌的整體美感境界層面，對其詩歌美學理想所作的論述。詩歌之「理」與詩歌的整體美感境界屬於詩歌的本質結構，甚至「自然高妙」的論述，已相當於近代現象學美學家英伽登（Roman Ingarden，1893～1970），在《文學的藝術作品》（The Literary Work of Art）書中所提出的文學作品的「形而上質」（Metaphysical Qualities）〔註28〕的部分。可見同「意高妙」、「想高妙」相較，「理高妙」和「自

〔註28〕　「形而上質」（Metaphysical Qualities）是英伽登美學中的一個重要概念，它是指讀者在作品當中感受到的某種特性或特質，諸如「崇高」、「悲劇性」、「神聖」、「恐懼」、「傷感」等。英伽登說，形而上質「揭示了生命和存在的更深的意義，進一步說，它們自身構成了那常常被隱藏的意義，當我們領悟到它們的時候，如海德格爾曾說的，我們經常視而不見的，在日常生活中幾乎感受不到的存在的深度和本原就向我們心靈的眼睛開啓了」。英伽登在《文學的藝術作品》書中透過現象學的分析，認爲文學作品的結構，包括四個異質又彼此依賴的層次，它們分別是：一、「字音和建立在字音基礎上的高級的語音構造」；二、「意義單元」；三、「由各種圖式化觀相、觀相連續體和觀相系列構成的層次」；四、「再現的客體」。上述的各層與各層之間是種「複調和聲」（Polyphonic Harmony）的關係，透過這種層與層間的統一協調與「複調和聲」，文學作品是可能產生出「形而上質」的。由此可知「形而上質」是凌駕乎上述文學作品的四個層次之上。不過英伽登認爲，不是所有文學作品都具備「形而上質」，「形而上質」只出現在偉大作品的身上，可見「形而上質」正代表

然高妙」在性質上是較難以掌握的。漁洋論詩，時人施閏章（1618～1683）已有「如華嚴樓閣，彈指即現，又如仙人五城十二樓，縹緲俱在天際」〔註29〕之喻，可見「神韻說」有時或會涉及到造意及寫作技巧的形式結構問題，但畢竟對詩歌本質結構的討論，才是整個「神韻說」的主題。本此而言，姜夔所提出的「理高妙」與「自然高妙」是四種美學理想之中，最能獲得漁洋回響的部分。

王漁洋頗能深契姜夔「礙而實通，曰理高妙」的說法。「理高妙」的「礙而實通」在漁洋的論述裡，表現爲所謂的「興會超妙」或「興會神到」。觀《帶經堂詩話》卷三〈忬興類〉第三則載：

> 香爐峰在東林寺東南，下即白樂天草堂故址；峰不甚高，而江文通〈從冠軍建平王登香爐峰〉詩云：「日落長沙渚，層陰萬里生。」長沙去廬山二千餘里，香爐何緣見之？孟浩然〈下贛石〉詩：「暝帆何處泊？遙指落星灣。」落星在南康府，去贛亦千餘里，順流乘風，即非一日可達。古人詩祇取興會超妙，不似後人章句，但作記里鼓也。〔註30〕

江淹的〈從冠軍建平王登香爐峰〉一詩，主要描述其登臨廬山香爐峰的所見所感，漁洋所舉的詩句「日落長沙渚，層陰萬里生」，主要是江淹描繪登香爐峰時看到的日暮奇景。然而如漁洋所說的，長沙一地距離廬山有兩千里之遙，江淹如何可能在香爐峰上看到長沙日落「層陰萬里生」的景觀呢？同樣地，孟浩然的〈下贛石〉一詩說詩人此刻將自江西揚帆而行，預計傍晚時分到南康府的落星灣停帆夜宿。然而落星灣距離江西亦有千里之遠，即便順風而下，也不可能一日到達，

---

文學作品最高的美學價值。上文裡英伽登之語，轉引自胡經之、王岳川主編的《文藝美學方法論》（胡經之、王岳川主編，北京：北京大學出版社，1998 年 3 月第一版第三刷），頁 285。上述的文學作品四層次之說，詳見（美）R.瑪格歐納（Robert R.Magliola）著，王岳川、蘭菲譯的《文藝現象學》（Phenomenology and Literature）（（美）R.瑪格歐納（Robert R.Magliola）著，王岳川、蘭菲譯，北京：文化藝術出版社，1992 年 2 月出版），頁 127。

〔註29〕 同註10，頁 79。

〔註30〕 同註10，頁 68。

何以孟浩然出此狂語呢？王漁洋對此提出解釋，以爲這類是經由「興
會」而來的作品，並不須也不必符合於客觀的現象。關於「興會」一
詞，大陸學者張健在《清代詩學研究》書中有過解釋：「所謂興會，
即是感興的創作狀態，在這種創作狀態中，對於物象的選擇與組織完
全受制於詩人的意興，意興之所至并不管此物象是否符合客觀現實的
眞實，此即所謂興會神到。」〔註31〕可見「興會」就是我們曾討論過
的「佇興而就」，或者説是「藝術直覺」的活動。蓋在「藝術直覺」
的活動過程裡，具有如梁代劉勰《文心雕龍・神思第二十六》説的，
「寂然凝慮，思接千載；悄然動容，視通萬里。吟詠之間，吐納珠玉
之聲；眉睫之前，卷舒風雲之色」〔註32〕的特徵。本乎這個原理，漁
洋後學張宗柟補充闡述説此是「詩家唯論興會，道里遠近不必盡合，
此神到之作，古人有之，後人藉口不得」〔註33〕。漁洋引文裡以江淹
的「日落長沙渚，層陰萬里生」，和孟浩然的「暝帆何處泊？遙指落
星灣」爲例所討論的「興會超妙」，其實相當於姜夔「礙而實通」的
「理高妙」。如我們上文所説的，「礙」是客觀現實內的「理」滯礙難
行，「通」則是藝術領域內的「理」通達順暢，「理高妙」能「礙而實
通」，完全是藝術領域內「藝術直覺」作用後的結果。

　　此外，在《帶經堂詩話》卷三〈佇興類〉第四則裡，王漁洋也有
類似上述的説法：

　　　　世謂王右丞畫雪中芭蕉，其詩亦然。如「九江楓樹幾回青，
　　　　一片揚州五湖白」，下連用蘭陵鎭、富春郭、石頭城諸地名，
　　　　皆寥遠不相屬。大抵古人詩畫，只取興會神到，若刻舟緣
　　　　木求之，失其指矣。〔註34〕

〔註31〕見張健著，《清代詩學研究》（北京：北京大學出版社，1999 年 11
　　　　月出版），頁 460。
〔註32〕見梁・劉勰著・詹鍈義證，《文心雕龍義證》（上海：上海古籍出版
　　　　社，1999 年 12 月第一版第三刷），頁 975。
〔註33〕同註10，頁 68。
〔註34〕同註10，頁 68。

有關引文中王維畫雪中芭蕉的記錄與討論，最早出現在北宋沈括的
《夢溪筆談》卷十七〈書畫〉中。沈括說：

> 書畫之妙，當以神會，難可以形器求也。世之觀畫者，多
> 能指摘其間形象位置，彩色瑕疵而已，至於奧理冥造者，
> 罕見其人。如彥遠畫評，言「王維畫物，多不問四時，如
> 畫花往往以桃、杏、芙蓉、蓮花同畫一景。」予家所藏摩
> 詰畫袁安臥雪圖，有雪中芭蕉，此乃得心應手，意到便成，
> 故造理入神，迴得天意，此難可與俗人論也。〔註35〕

在現實世界裡，生長在炎熱氣候底下的芭蕉，是不可能出現在大雪紛
飛的嚴冬季節內。倘從這個理性的角度出發，思考王維畫芭蕉於雪中
這一事件時，雪中芭蕉圖顯然與現實情理相悖。我們使用理性推斷的
結果，將會得出王維連芭蕉的基本屬性、天地的寒暑節氣都無法分
辨，雪中芭蕉之作是荒謬、嚴重違逆實際情況的結論。然而王維畫雪
中芭蕉之妙，就是妙在與情理相悖，這妙處就不是觀者使用理性所能
推求得到的。因爲雪中芭蕉是件藝術品，所以應當以藝術的眼光去欣
賞它，而不是在意其符不符合眞實。就此沈括告訴我們，觀者是不能
用理性的態度，去理解乃至參與王維的雪中芭蕉圖，而是應當以「神
會」的方式，使用「藝術直覺」加以把握。蓋王維之畫雪中芭蕉，目
的並不在寫生活周遭之實，所以不必與經驗世界的現象相符。王維作
雪中芭蕉的主要目的，在於透過想像皚皚白雪中有株生氣盎然地翠綠
芭蕉，從而表現出自己刹那感受到的勃勃生意而已，此即沈括評論的
「此乃得心應手，意到便成」之意。換言之，雪中芭蕉是件抒情性的
作品，而非寫實式的作品，它是王維胸中生氣的瞬間流露，屬於美感
世界裡的存在，而非現實世界的實在物。元代畫家倪瓚《清閟閣集》
卷九〈跋畫竹〉的畫竹寫胸中逸氣之說，正代表了這種畫學思考：「余
之竹聊以寫胸中逸氣耳，豈復較其似與非，葉之繁與疏，枝之斜與直

---

〔註35〕見宋・沈括撰，《夢溪筆談校證》（台北：世界書局，1989 年 4 月第
4 版），頁 542。

哉？或塗抹久之，他人視以爲麻爲蘆，僕亦不能強辨爲竹。」〔註36〕
與倪瓚畫竹事相類，王維畫雪中芭蕉亦是寫其胸中逸氣之意。綜上論
述，王維畫雪中芭蕉一事，正揭示了兩個藝術原理：第一、現實的經
驗世界與藝術的美感世界並不是同一的。經驗世界固然有其眞實性，
但其眞實性只能適用在經驗世界之中；反之，美感世界亦然。第二、
藝術世界內所描繪的情景，不必然要順從於經驗世界的規律。北宋詩
僧惠洪在《冷齋夜話》卷四〈詩忌〉條裡的說法，正可作爲我們此處
討論的註腳：

> 詩者，妙觀逸想之所寓也，豈可限以繩墨哉！如王維作畫
> 雪中芭蕉，自法眼觀之，知其神情寄遇于物，俗論則譏以
> 爲不知寒暑。〔註37〕

惠洪說詩是「妙觀逸想之所寓」，就等於認定了詩中的美感世界，與
現實的經驗世界並非同一性質。也由於詩的美感世界是由「妙觀逸
想」所構成的，因此當俗人以認識客觀世界的理性尺度，去衡量詩
歌的美感世界時，則會有譏笑王維雪中芭蕉圖是「不知寒暑」的類
似狀況發生。惠洪深明此理，所以他用「藝術直覺」體會到雪中芭
蕉是王維精神風姿的具體化。這恰恰與俗論的批評形成一個強烈的
對比，惠洪看到雪中芭蕉是個藝術品，因此畫中有無寒暑不分的矛
盾並不重要，重要的是體會到雪中芭蕉是王維「神情寄遇」之物，
那也就足夠了。王漁洋在上引文裡舉王維詩作爲例，說明王維作詩
同樣能得其畫雪中芭蕉之意，漁洋稱此爲「興會神到」，這就相當於
前述的「興會超妙」。由於前文已作過類似的討論，這裡就不再另行
贅述了。

　　此外，姜夔所提出的「自然高妙」，也與王漁洋「神韻說」所致
力探索的詩歌美境有關。觀《白石道人詩說》第二十五則云：

---

〔註36〕 見清・紀昀主編，《景印文淵閣四庫全書・集部一五九・清閟閣集》
　　　　（台北：台灣商務印書館，1983 年 6 月出版），頁 1220 之 301。
〔註37〕 見吳文治主編，《宋詩話全編第 3 冊・惠洪詩話・冷齋夜話》（南京：
　　　　江蘇古籍出版社，1998 年 12 月出版），頁 2441。

　　　　自然學到，其爲天一也。〔註38〕

引文內的「自然」一詞與「學到」相對，表示姜夔思考裡的「自然」和「學力」之間，並無必然性的關係。顯然「自然」指的就是種無須經由「學力」而成就的渾然天成之境，等於我們前文曾討論過的「自然高妙」。這種「自然高妙」的詩境，就如張少康、劉三富合著的《中國文學理論批評發展史》所闡述：「它就像繪畫中的『逸品』一樣，與造化相契合，有渾然天成之跡。這和後來嚴羽所說『玲瓏透徹，不可湊泊』已很接近了。」〔註39〕王漁洋曾在《帶經堂詩話》卷三〈入神類〉第四則記載裡說，李白的〈夜泊牛渚懷古〉和孟浩然的〈晚泊潯陽望廬山〉二詩能得司空圖「不著一字，盡得風流」之旨，並以爲：

　　　　詩自此，色相俱空，政如羚羊掛角，無跡可求，畫家所謂
　　　　逸品是也。〔註40〕

「色相俱空」就是種渾然無跡的境界，而「羚羊掛角，無跡可求」即「色相俱空」之意。漁洋不僅用「色相俱空」比喻其心目中理想的詩境，甚至也拿畫品中的「逸品」對此理想詩境進行類比。筆者在前章裡已對此有頗詳細的討論，所以不再行詳述，筆者在這裡想說明的是，漁洋認爲詩歌理想境界要「色相俱空」、渾然無跡，其實已經相當於「自然高妙」追求的「知其妙而不知其所以妙」。漁洋之所以特別能默契姜夔「自然高妙」的說法，也正在於斯處。

　　除「詩有四種高妙」之外，漁洋對姜夔詩歌本體論的引述，尚有「一家之言，自有一家之風味，如樂之二十四調，各有韻聲，乃是歸宿處；模仿者，語雖似之，韻則亡矣」者。此語出於《白石道人詩說》第二十九則，全文爲：

---

〔註38〕 同註13，頁682。引文裡的「自然學到，其爲天一也」，《宋詩話全
　　　　編・姜夔詩話・白石道人詩說》（吳文治主編，南京：江蘇古籍出版
　　　　社，1998年12月出版）所據的清乾隆刊巾箱本《白石道人詩說》，
　　　　作「自然與學道，其爲天一也」，意思較爲通豁。詳見吳文治主編的
　　　　《宋詩話全編・姜夔詩話・白石道人詩說》，頁7550。
〔註39〕 同註2，頁93。
〔註40〕 同註10，頁70～71。

> 一家之語，自有一家之風味。如樂之二十四調，各有韻聲，
> 乃是歸宿處。模倣者語雖似之，韻亦無矣。雞林其可欺哉！
> 〔註41〕

上文姜夔的論述，主要借樂調韻聲之說，以比喻創作主體性情與詩歌風格間的關係，及詩歌作品當具獨創性。由是又可從中引導出兩個問題：第一、何謂創作主體的性情。第二、姜夔認爲創作主體的性情對詩歌的風格有何影響；換言之，作者與作品之間關係該作何定位。第三、詩歌作品的獨創性問題。先討論第一點。關於創作主體的性情，我們不妨將之理解爲作者初稟的氣質與存在經驗的綜合體。大抵來說，作者的氣質源自於初稟的太一之氣，可塑可變的幅度較小，即如東漢劉劭《人物志・九徵第一》以爲「凡有血氣者，莫不含元一以爲質」，以及同篇北朝劉昺注「蓋人物知本，出乎情性」爲「性質稟之自然」〔註42〕之意；而存在經驗則是作者作爲一個海德格爾口中的「此在」（Dasein），在不定地空間、時間底下的特有生活體驗，變動的幅度自然遠較前者爲大。兩者之間的可能關連是作者的氣質，可以決定其存在經驗的開展；同樣地，作者的存在經驗也可能會直接影響其氣質。這麼說來，作者的氣質與存在經驗之間就處於一種循環解釋的境態，有類於當代詮釋學所提出的「詮釋學的循環」（hermeneutischer Zirkel）的模式。由是我們若單從作者特稟的氣質角度討論性情，而忽略掉作者的存在經驗部分，其實是說不通的。反之亦然。本此，劉勰《文心雕龍・體性第二十七》的論點最爲通達：

> 才有庸俊，氣有剛柔，學有淺深，習有雅鄭；並情性所鑠，
> 陶染所凝。是以筆區雲譎，文苑波詭者矣。〔註43〕

筆者認爲引文內「才」、「氣」、「學」、「習」四詞，可根據概念性質的差異分爲兩組，「才」與「氣」一組，而「學」與「習」則爲另一組。

---

〔註41〕同註13，頁683。
〔註42〕見漢・劉劭撰，涼・劉昺注，《人物志》（上海：上海古籍出版社，1995年2月第一版第二刷），頁4。
〔註43〕同註32，頁1011。

「才」之庸俊與「氣」之剛柔，是作者天稟的氣質部分；「學」之深淺與「習」之鄭雅，則屬於作者的存在經驗部分。劉勰認爲「才」與「氣」同「學」與「習」是「情性所鑠，陶染所凝」，直接促成了文學作品風格的多樣化，這等於承認了作者特稟氣質對文學作品風格的影響，同時也不排除作者存在經驗進入文學作品風格之中的可能性。姜夔隱約也有這種將作家氣質同存在經驗綜合起來，成爲詩歌特有風格的觀念，因此他一方面從作者氣質角度，在《白石道人詩說》第十六則裡強調陶淵明的「天資既高」；另一方面又自作者的存在經驗角度出發，在第二十四則記載裡主張：「吟詠情性，如印印泥，止乎禮義，貴涵養也。」〔註44〕

在釐清創作主體的性情問題後，我們可以進入第二點的討論。姜夔在《白石道人詩集》的第一則序文裡說：

> 詩本無體，三百篇皆天籟自鳴，下逮黃初，迄於今人，異軌故所出亦異。或者弗省，遂艷其各有體也。〔註45〕

引文裡姜夔舉《詩經》乃至宋人爲例，以證成其詩人「異軌故所出亦異」之說，其實意在說明不同的創作主體將其個別的性情，透過創作的過程轉化爲語言文字，創作主體的性情藉此投注於詩歌作品之內，從而各種殊異的詩歌風格於焉誕生。這就是姜夔「詩本無體」，以詩人之性情爲體，貴在個人能「天籟自鳴」的觀點。相當於前引文中「一家之語，自有一家之風味。如樂之二十四調，各有韻聲，乃是歸宿處」的說法，很顯然姜夔認爲詩歌的風格源自於詩人的性情。

再說第三點。姜夔既然認爲詩歌作品的獨特風格，源自於創作主體性情的發露，所以每個詩人都該具有自身的獨特風格，只要是創作主體的性情能同詩歌語言配合無愜，就可入一流詩作之林。如此一來，姜夔就在其詩論中，建構了詩歌須具備獨創性意義的論點。這相當於上文所說的，「一家之語，自有一家之風味」，「模倣者語雖似之，

---

〔註44〕同註13，頁683。
〔註45〕見吳文治主編，《宋詩話全編第7冊·姜夔詩話·輯錄》，頁7551。

韻亦無矣」。因此即便模仿者的模擬再如何接近原作，贗品始終只是贗品，而沒有辦法成就詩歌獨立的價值。前引文裡的「雞林」一詞，見於唐代元稹《元稹集》卷五十一〈白氏長慶集序〉，其云：

　　雞林賈人求市頗切，自云：「本國宰相每以百金換一篇。其甚偽者，宰相輒能辨別之。」〔註46〕

又明代王世貞（1526～1590）《藝苑卮言》卷八第十七則載：

　　元和中，雞林賈人元白詩云：「東國宰相以百金易一篇，偽者輒能辨。」〔註47〕

可見「雞林」原是朝鮮古國新羅的舊稱，又可借用以指稱雞林一地的商賈，在姜夔的論述中則有辨詩行家之意。「雞林豈可欺哉」就是說經模仿而來的詩作，即使模仿得再如何維妙維肖，始終不是作者性情之所發，非本色當行，仍會被具金剛眼睛的詩學行家給識破。明代詩論家謝榛（1495～1575）在《四溟詩話》卷三第二十二則記載裡，嘗有妙喻云：

　　作詩譬如江南諸郡造酒，皆以麴米為料，釀成則醇為如一。善飲者歷歷嘗之曰：「此南京酒也，此蘇州酒也，此鎮江酒也，此金華酒也。」其美雖同，嘗之各有甄別，何哉？做手不同故爾。〔註48〕

引文裡謝榛用「江南諸郡」來比喻不同的詩人；作為詩歌創作基礎的語言文字，則被比喻為「麴米」；釀酒的過程相當於詩歌創作的過程；「善飲者」則是謝榛對辨詩行家的比喻，即前面姜夔論述裡的「雞林」。「江南諸郡造酒，皆以麴米為料」等於是說詩人作詩，都必須以語言文字作為寫作的基礎，就像釀酒需要以麴米作為基本的原料一樣。謝榛認為詩人若能將自己的性情同詩歌作品的語言契合無跡、妙

---

〔註46〕見唐‧元稹撰，冀勤點校，《元稹集》（北京：中華書局，2000年6月第一版第二刷），頁555。

〔註47〕見丁福保輯，《歷代詩話續編‧藝苑卮言》（北京：中華書局，1997年3月第一版第三刷），頁1076。

〔註48〕見明‧謝榛著，宛平校點，《四溟詩話》（北京：人民文學出版社，1998年2月出版），頁74。

合無垠，就意味著自我的性情已注入詩歌作品當中，謝榛對此予以肯定，此即「釀成則醇爲如一」之意。不過詩人與詩人間的性情畢竟各有殊異，因此即使詩人們以同樣的語言文字進行創作，最終卻會呈現出各種截然不同的風格面貌。這就如同江南各地雖同樣以麴米作爲釀酒材料，卻因爲各地的釀法、風俗、偏愛不同，最後釀出的醇酒在風味上各擅勝場。一個善於飲酒而有經驗的酒客，不僅能分辨出醇酒與僞酒的差別，更能辨別出不同風味的美酒製造於何處。同樣地，一個獨具隻眼的讀者，除了可以一眼看出對象詩作是否具有真性情以外，更可以辨識出不同詩作所流露的殊異風格，及其作者之歸屬。就如同嚴羽在〈答出繼叔臨安吳景仙書〉文內所自負的：「僕於作詩，不敢自負，至識則自謂有一日之長，於古今體制，若辨蒼素，甚者望而知之。」〔註49〕

　　王漁洋之所以會特別留眼於姜夔「一家之言，自有一家之風味」的說法，主要是因爲姜夔的論述，同漁洋「神韻說」內討論的性情問題，頗多契合之處。觀《帶經堂詩話》卷三〈要旨類〉第九則云：

> 詩以言志。古之作者，如陶靖節、謝康樂、王右丞、杜工部、韋蘇州之屬，其詩具在，嘗試以平生出處考之，莫不各肖其爲人，尚友千載者自能辨之。〔註50〕

引文內的「詩以言志」即詩以道性情之意，所謂的「尚友千載者」則是指有識力的讀者。漁洋認爲陶淵明、謝靈運等人都是以真性情作詩的詩家，因此有識力的讀者透過他們的詩歌，都可以體悟到該詩人的獨特氣質與存在經驗。進而考諸詩人傳記，則無不與其生平事蹟相應者，蓋詩人以真性情作詩之故。由此觀之，漁洋在對「一家之言，自有一家之風味」的認知與對真性情的重視，顯然是同姜夔站在同一立場的。

　　此外，在《帶經堂詩話》卷三〈要旨類〉第七則裡，也有則主旨

---

〔註49〕同註20，頁252。
〔註50〕同註10，頁74。

類似上述的記載：

> 宋吳唯信中孚，湖州人，寓居吳嘉定之白鶴。吳有麋先生
> 者，於九經注疏悉能成誦，嘗見中孚賦絕句云：「白髮傷春
> 又一年，閑將心事卜金錢，梨花落盡東風軟，商略平生到
> 杜鵑。」亟下拜曰：「天才也。老夫每欲效顰，則漢高祖、
> 唐太宗追逐筆下矣。」觀此可悟作詩三昧。〔註51〕

引文裡漁洋舉宋人吳中孚七言絕句而麋先生嘆服一事，以闡說其「作
詩三昧」之說。筆者認為漁洋引文內所謂的「作詩三昧」之說，實可
從兩方面進行理解。第一、若單就吳中孚的絕句，「白髮傷春又一年，
閑將心事卜金錢，梨花落盡東風軟，商略平生到杜鵑」，探討漁洋口
中的「作詩三昧」時，則「三昧」指的是詩的「神韻」。黃景進曾在
《王漁洋詩論之研究》分析吳中孚該絕句的「神韻」，以為：

> 這首詩的文字及意象皆平淡無奇，但是在輕描淡寫之中卻
> 傳達出某種特殊的意味，這特殊的意味，簡單地說，即是
> 老年人的心境。首先，這首詩的語調即帶著舒緩無奈的味
> 道，這正是「老態」的反映。其次，詩人由晚春景物的變
> 化及老人的行動來傳達老人的心境。頭一句意味就很足，
> 加上個「又」字，表示「傷春」的心情已經積蓄了好多年，
> 其沈重可想而知。第二句的「閑」字寫出晚景的無事可做，
> 只好拿起金錢占卜心事。有什麼「心事」，詩中似未明說，
> 可是實際上比明說更具體，更能說明心境。請看，那白色
> 梨花的飄落不就象徵白髮老人的生命？那杜鵑的啼叫不是
> 暗示著春天的將逝？當老人看到梨花飄落，聽到杜鵑啼叫
> 時，其「心事」如何也就不言而喻了。這首詩在語言之外
> 有很濃厚的意味，頗能令人領略到什麼是「神韻」，難怪漁
> 洋說可悟作詩三昧。〔註52〕

吳中孚的這首絕句運用的手法，相當於我們前章討論過的「不著一

---

〔註51〕　同註10，頁73～74。
〔註52〕　見黃景進著，《王漁洋詩論之研究》（台北：文史哲出版社，1980年
　　　　　6月出版），頁113～114。

字，盡得風流」模式，經由詩歌語言上的「不黏不脫」，傳達了意在言外的年老力衰心境，因而黃景進認為這就是詩的「神韻」，漁洋說的「作詩三昧」之意在於此。第二、倘若就吳中孚作絕句，而引起同郡鄉儒糜先生為之嘆服的整個事件而言，那麼漁洋「作詩三昧」的「三昧」，指的就是詩人的真性情。觀前引文的記載，糜先生之所以傾倒於吳中孚絕句，並說「天才也。老夫每欲效顰，則漢高祖、唐太宗追逐筆下矣」，似乎不全然是因為他能領略到該詩的「神韻」部分，而是感動於吳中孚作詩能純然以真性情下筆，不作點鬼簿、獺祭魚之舉，詩歌作品能流露出真性情的緣故。若借嚴羽「詩有別材，非關書也」及「詩者，吟詠情性」〔註53〕之說，比較並劃分吳中孚與糜先生在作詩態度上的差異，則顯然吳中孚係以「別材」、「吟詠情性」為詩的詩人，糜先生則是以「書」為詩的腐儒。漁洋曾在《師友詩傳錄》第一則裡，回答門人郎廷槐的提問說：

> 司空表聖云：「不著一字，盡得風流。」此性情之說也；揚子雲云：「讀千賦則能賦。」此學問之說也。二者相輔相行，不可偏廢。若無性情而侈言學問，則昔人有譏點鬼簿、獺祭魚者矣。學力深，始能見性情，此一語是造微破的之論。〔註54〕

引文裡漁洋認為，完成一首好詩有必要與主要兩個條件，「性情」是其中的必要條件，而「學問」則是主要條件，所以在詩歌同時能兼有「性情」與「學力」底下，二者當然可以處於相輔相成的和諧狀態。然而當我們一旦追問「性情」與「學力」之間，何者為詩歌的本體這一問題時，漁洋則很明白的說：「學力深，始能見性情。」這就意味著他將詩的本體定位在「性情」之上；至於「學問」，則是以「用」而非「體」的地位，出現在漁洋的詩學思考內。換言之，「學問」對詩歌的重要性，不在於它能否作為詩歌的本體，而是因為「學問」能

---

〔註53〕 同註20，頁26。
〔註54〕 見清・王夫之等撰，《清詩話・師友詩傳錄》（上海：上海古籍出版社，1999年6月出版），頁125。

夠洞見「性情」之雅正的緣故。就此而言，即便糜先生「於九經注疏悉能成誦」，可謂漁洋口中的「學力深」之士，但由於他無眞性情作詩，因此下筆不免有非「漢高祖」即「唐太宗」之嘆。漁洋舉這個例子在於說明，詩當以「性情」爲主體，以「書」爲詩，是不可能讓詩歌具有足以感發讀者的力量。漁洋這種以「性情」爲本體，而間輔以「學問」的說法，則又與姜夔一方面強調「一家之語，自有一家之風味」、「模倣者語雖似之，韻亦無矣」，另一方面又認爲「思有窒礙，涵養未至也，當益以學」〔註55〕的論述，在觀念上有了相通之處。

　　結束上文的討論之後，我們可以緊接著討論在王漁洋引述裡，屬於姜夔詩歌創作論的部分。據筆者的觀察，在漁洋所引述的姜夔創作論記錄裡，可依照其探討主題的差異分爲兩大類：第一類是姜夔對造意與語言間關係的討論，第二類是姜夔對詩歌用事問題的討論。先討論姜夔創作論中的第一類主題。在第一類的主題裡，姜夔圍繞著造意問題展開論述。考漁洋所引述的「始于意格，成于句字」之語，出自《白石道人詩說》第二十六則：

　　意格欲高，句法欲響，只求工於句、字，亦末矣。故始於
　　意格，成於句、字。句意欲深、欲遠，句調欲清、欲古、
　　欲和，是爲作者。〔註56〕

上引文的論述可以引導出以下的兩個問題：第一、姜夔是如何地理解詩歌作品的結構，第二、姜夔對詩歌作品提出怎樣的美學要求。先討論第一個問題。據引文所述，姜夔似乎認爲詩歌作品有個內在結構，這個結構包含由「意」所構成的意義層，與由「字」與「句」所構成語言層，詩歌則是由這兩個層次結構成的有機體。姜夔以爲詩歌「始於意格，成於句、字」，表明了他是站在實際創作的角度，認定代表意義層的「意」重於代表語言層的「字」和「句」。我們可以發現姜夔的論述裡，有種認爲詩人作詩的大關捩在於造意，至於如何雕琢文

〔註55〕同註13，頁682。
〔註56〕同註13，頁682。

字的問題，不妨待意成之後再作討論的觀念。若從詩歌的生成理論角度來看，這個說法可能是有問題的，蓋詩歌的意義係附著於語言上，而詩歌的語言是意義生發的母體，所以意義是有語言的意義，語言則是有意義的語言，「意」與「字」、「句」在詩歌內在結構中，是處於一種反覆辯證的狀態，彼此互賴互恃，相互成為詩歌的構成要因，根本沒有層次高低、過程先後的問題。換言之，我們從理論分析角度只能描述說「字」、「句」是構成詩歌的實體基礎，而「意」則是決定詩歌意義的部分，但是卻很難說誰重要誰不重要。可見姜夔認為「意」為根本、「字」和「句」為枝末，詩歌結構中的意義層次重要於語言層次的看法，係源於他個人的實際創作經驗，同時也凸顯出其詩學思考中，「意」在詩歌作品內的領袖地位，及造意問題在詩歌創作過程裡的重要性。此外，我們可以發現當姜夔討論造意問題時，往往會與詩歌的語言層面聯繫進行思考，正與其在《白石道人詩說》第二十三則裡，「文以文為工，不以文而妙，然舍文無妙，勝處要自悟」〔註57〕的說法相呼應，這是屬於比較全面性的看法。

　　再討論第二個問題。姜夔對詩歌的美學要求，延續著上述他對詩歌結構的思考。在詩歌的語言層面上，姜夔針對詩歌的詩法與音韻方面，提出「句法欲響」和「句調欲清、欲古、欲和」的主張；在詩歌的意義層面上，姜夔提出「意格欲高」、「句意欲深、欲遠」的準則。先說姜夔在詩歌語言層上的美學要求。在姜夔的論述裡，「句法」是指詩歌的章法節度，大致等同於「詩法」一詞；而「響」則是用來形容「句法」的開闊寬宏。「句法欲響」正說明了姜夔理想中的「詩法」，並不是僵硬呆板的「死法」，而是開闊廣大、生氣靈動的「活法」。觀《白石道人詩說》的第十一則記載說：

　　　　不知詩病，何由能詩？不觀詩法，何由知病？名家各有一
　　　　病，大醇小疵，差可耳。〔註58〕

〔註57〕同註13，頁682。
〔註58〕同註13，頁681。

這段文字的意思，誠如張月雲在〈姜夔的詩論（下）〉文裡所闡述的，姜夔論詩「亦講詩法、詩病，但並不主張全然依託『詩法』來作詩。其所要知詩病、觀詩法，只是要藉以培養對詩的『識』，識得諸家的好壞高下，自可避免學習時的陷溺」〔註59〕。這是一種識解「活法」的觀念，「句法欲響」的論點就是本此而發的，而相當於《白石道人詩說》第二十二則所說的：

> 波瀾開闔，如在江湖中，一波未平，一波已作。如兵家之陣，方以為正，又復為奇；方以為奇，忽復是正。出入變化，不可紀極，而法度不可亂。〔註60〕

姜夔借兵家軍陣的開闔變化、不拘於死法而存法度的比喻，說明「詩法」能活之妙。上引文的觀點，其實是要求詩人由有形的「詩法」入手，在創作過程裡一次次地熟參有形的「詩法」，從而變化脫出、不為此「法」所執，最後達到變化中存法度，化「詩法」於無形之間的境界，「活法」由是而誕生，此即如同姜夔在《白石道人詩集》第二則序文所提出的：「作者求與古人合，不若求與古人異；求與古人異，不若求與古人合而不能不合，不求與古人異而不能不異。彼惟有見乎詩也，故向也求與古人合，今也求與古人異，及其無見乎詩已，故不求與古人合而不能不合，不求與古人異而不能不異。其來如風，其止如雨，其印如泥，如水在器，其蘇子所謂不能不為者乎！」〔註61〕至於「句調欲清、欲古、欲和」，則是姜夔對詩歌音韻的美學要求。姜夔特別留意詩歌音韻上的美學問題，與其深解音律有密切的關係。考姜夔生平曾於南宋寧宗慶元三年（1197），有獻朝廷以〈大樂議〉、〈琴瑟考古圖〉，建議重整雅樂之舉，由是或可略窺姜夔在音韻方面的審美傾向。周來祥主編的《中國美學主潮》一書，曾舉姜夔〈大樂議〉論詞調〈滿江紅〉「舊調用仄韻多不協律，如末句云：『無心撲』三字，

---

〔註59〕　見張月雲著，〈姜夔的詩論（下）〉（《故宮學術季刊》第3卷第3期，1986年春），頁24。
〔註60〕　同註13，頁682。
〔註61〕　同註45，頁7551～7552。

歌者將心字融入去聲，不諧音律。予欲以平韻爲之，久不能成。因泛
巢湖……頃刻而成，末句云『聞佩環』則協矣」爲例，認爲姜夔美學
的關注焦點之一是「詞的音律協和、格調清越的音樂特性」〔註62〕。
筆者以爲這點同樣可以移用到姜夔的詩論上，其主張「句調欲清、欲
古、欲和」的詩歌音韻美準則，正可與之相呼應。

　　再說姜夔在詩歌意義層上的美學要求。所謂「意格欲高」，就是
要求詩人在詩歌造意上，要能高超微妙而避免落入俗套，就如同姜夔
在《白石道人詩說》第十二則的舉例，「篇終出人意表，或反終篇之
意，皆妙」〔註63〕。至於如何造就高「意格」的問題，姜夔在《白石
道人詩說》的第五則與第七則記載裡，嘗作過討論。同時，這兩則文
字也曾被漁洋《香祖筆記》卷三所引述過。觀第五則云：

　　人所易言，我寡言之，人所難言，我易言之，自不俗。〔註64〕

又第七則說：

　　難說處一語而盡，易說處莫便放過。〔註65〕

將上引的兩段論述合併觀之，其實可以歸結成一個基本原則，即「在
難說處下工夫，在易說處忌熟滑」〔註66〕。這同時也是姜夔認爲詩
人面對詩歌造意問題時所應具備的態度。姜夔認爲面對「人所難言」
之意時，詩人應該適時的「易言之」、「一語而盡」，因爲這是展現詩
人「以易行難」創作實力的最佳機會。所謂的「自不俗」，即前述「意
格欲高」之意。觀察姜夔此處的說法，其實已相當於唐代詩僧皎然
（720～？），在《詩議》、《詩式》書裡提出的觀念，詩人「當繹慮
於險中，採奇於象外，狀飛動之句，寫眞奧之思。夫希世之珍，必
出驪龍之頷，況通幽含變之文哉？但貴成章以後，有易其貌，若不

〔註62〕　見周來祥主編，《中國美學主潮》（濟南：山東大學出版社，1992年
　　　　　6月出版），頁463。
〔註63〕　同註13，頁681。
〔註64〕　同註13，頁680。
〔註65〕　同註13，頁680。
〔註66〕　同註59，頁21。

思而得也」〔註67〕，以及為詩應該「放意須險，定句須難，雖取由
我衷，而得若神表」〔註68〕。與前述的「難說處」相比，姜夔認為
面對「人所易言」之意，詩人應當把持「寡言之」、「莫便放過」的
原則。「寡言之」即務去陳言之意，「莫便放過」則得未敢以輕心掉
之之旨。蓋如張月雲的闡述：「『寡言之』是指作詩立意之初，盡量
要避去人所常言、易言的，這是為求避俗。但一旦在詩文中用時，
即不要因其易言而掉以輕心，反而要特別用心，使其有新意，不落
於陳套，同樣是為求避俗。」〔註69〕

　　筆者認為在《白石道人詩說》裡，最能與「句意欲深、欲遠」的
論述相應和，且最能代表姜夔美學見解的部分，則非其「語貴含蓄」、
「言有盡而意無窮」的主張莫屬。《白石道人詩說》第十七則說：

> 語貴含蓄。東坡云：「言有盡而意無窮者，天下之至言也。」
> 山谷尤謹於此。清廟之瑟，一唱三歎，遠矣哉！後之學詩
> 者，可不務乎？若句中無餘字，篇中無長語，非善之善者
> 也；句中有餘味，篇中有餘意，善之善者也。〔註70〕

引文中的「語貴含蓄」，是就詩歌的句內意部分而言，即「句意欲深」
之意；而姜夔推尊為「天下至言」的蘇軾「言有盡而意無窮」之說，
係自詩歌的句外意部分立論，相當於我們前章討論過的言外之意，係
「句意欲遠」所本處。換言之，「欲深」、「含蓄」強調的是作者在詩
歌創作過程裡，刻意將詩意隱藏而不說盡，以俾留給讀者閱讀時的想
像、參與空間；「欲遠」、「意無窮」則著重讀者在詩歌閱讀活動中，
透過讀解、想像及參與詩歌文本中「欲深」、「含蓄」之處，以自己的
理解與話語補足作者特意留下的空白點，從而完成詩歌的言外之意—
—詩歌外部意義的生成與迴響。上引文「清廟之瑟，一唱三歎」之說，

---

〔註67〕　見張伯偉編撰，《全唐五代詩格校考・詩式》（西安：陝西人民教育
　　　　　出版社，1996年7月出版），頁185。
〔註68〕　同註67，頁199。
〔註69〕　同註59，頁22。
〔註70〕　同註13，頁681。

最早見於《荀子》一書〈禮論篇第十九〉，其云：

> 清廟之歌，一唱而三歎也。〔註71〕

李滌生注說：「『清廟、詩周頌篇名。言樂工歌周頌清廟之篇，一人唱，三人歎（讚和曰歎，為歌尾曳聲以助也）。』」〔註72〕可見「一唱」即一人主唱清廟之歌，而「三歎」則為三人作歌尾曳聲。而《禮記》卷十一〈樂記第十九〉有較《荀子》詳細的說法：

> 清廟之瑟，朱弦而疏越，壹倡而三歎，有遺音者。

東漢大儒鄭玄注釋此語曰：「倡，發歌句也。三歎，三人從而歎之耳。」〔註73〕由是可見「一唱三歎」本指周文王家廟祭典時，祭者們作讚頌樂歌，一人發聲主唱，眾人從之和唱的儀典過程。試以「一唱三歎」比喻上述整個詩歌言外之意的產生過程，「一唱」之人相當於作者，「三歎」的眾人則相當於讀者群。主唱人的任務，在於起音以規範樂歌的主線與規模，並隨後勾引起眾人的和聲，扮演的是引領其他歌者角色；這就如同詩歌創作過程裡的作者一樣，以「含蓄」、不一語道盡的方式，點擬出詩歌文本的大概樣貌，藉之以引領讀者群進行同詩歌文本的對話。而「三歎」的眾人，其任務在於和歌，這個和唱的過程，雖然可以容許歌者帶入自己的音聲特質（如先天的個人音色、後天的唱腔唱法等等），但是這種音聲特質的展示並不是任意性的，它存在著一定的歌唱基礎與規範，那就是不能違背「一唱」這個大原則；這就好像詩歌閱讀活動內的讀者，雖然詩歌文本允許並歡迎讀者發揮自己的想像力，盡情地參與其中，由是以產生詩歌外的意義迴響，即所謂的「言有盡而意無窮」。但這裡須特別注意的是，讀者的這個閱讀或讀解活動，必須受到詩歌文本的制約，在不脫離作者所提供的文本框架底下進行。

---

〔註71〕 見李滌生著，《荀子集解》（台北：台灣學生書局，1994 年 10 月第一版第 7 刷），頁 424。

〔註72〕 同註71，頁 426。

〔註73〕 見中華書局編輯部編，《漢魏古注十三經附四書章句集注‧禮記》（北京：中華書局，1998 年 11 月出版），頁 132。

　　此外，在上引文「句中無餘字，篇中無長語，非善之善者也；句中有餘味，篇中有餘意，善之善者也」的說法內，姜夔承續對前面「含蓄」與「言有盡而意無窮」的討論，認爲「餘意」、「餘味」是詩歌的最高美學理想。這段文字頗爲重要，除了嘗爲王漁洋引述外，也爲我們指點出一個值得深入思考的方向，即詩人當如何造就詩歌作品的「餘意」或「言有盡而意無窮」的美學效果。據筆者的觀察，姜夔曾針對如何創造詩歌作品的「餘意」問題，提出兩個見解：第一、經由以情寫景、以景寫情的手法，創造出詩歌的「餘意」效果，這可視爲後世「情景交融」說的初構與先聲〔註74〕。第二是透過詩歌結句處的經營，造就詩歌的「餘意」。在《白石道人詩說》第十九則裡，姜夔提出一個由情景問題思考詩歌「餘意」的理論大綱：

　　　　意中有景，景中有意。〔註75〕

「景」是指景物，此處的「意」則是作情意解釋。蔡英俊在《比興、物色與情景交融》書中認爲，上引的這段警語是北宋詩人梅聖俞名句，詩家「必能狀難寫之景，如在目前，含不盡之意，見於言外，然後爲至矣」〔註76〕的濃縮，而梅聖俞觀點在於「強調詩的創作有賴於景物與情意的交遞引發所產生的勝場」。〔註77〕我們可以發現梅聖俞所關心的課題，其實相當於姜夔「景中有意」的部分，即詩人如何經

---

〔註74〕 據蔡英俊在《比興、物色與情景交融》（蔡英俊著，台北：大安出版社，1995年3月第一版第三刷）書〈第一章「情景交融」理論探源・第一節「情景交融」理論的歷史起點〉的研究，南宋姜夔、黃昇、范晞文等人，是中國批評史上最早探討詩歌「情景交融」問題與理論的詩論家。而「情景交融」理論架構的提出與體系的初步完成者，當推明代中葉謝榛的《四溟詩話》，至於「情景交融」理論體系的顛峰與總結，則當推明末清初王夫之的《薑齋詩話》。在王夫之的詩學裡，「情景交融」不僅具備理論上的意義，同時也是王夫之用以品評歷代詩歌的依據。有關上文詳細的論述，請見《比興、物色與情景交融》，頁1～16。

〔註75〕 同註13，頁682。

〔註76〕 見清・何文煥輯，《歷代詩話・六一詩話》，頁267。

〔註77〕 見蔡英俊著，《比興、物色與情景交融》（台北：大安出版社，1995年3月第一版第三刷），頁12。

由對景物的描繪，從中流露出自身的情意，而未觸及「意中有景」的問題。至於姜夔，雖已初步提出「意中有景，景中有意」的後世情景理論大綱，但《白石道人詩說》極少有涉及情景問題討論者，除上引的第十九則記錄外，就僅剩第七則「說景要微妙」〔註78〕的記載。若本第七則之說加以推測，姜夔所關注的焦點應該也僅限於「景中有意」的部分，無論是理論的廣度或寬度，均不及謝榛或明末清初王夫之（1619～1692）的「情景交融」理論。觀謝榛《四溟詩話》卷三第十則云：

> 作詩本乎情景，孤不自成，兩不相背。……景乃詩之媒，情乃詩之胚：合而爲詩，以數言而統萬形，元氣渾成，其浩無涯矣。〔註79〕

或王夫之《薑齋詩話》卷一〈詩譯〉第十六則所闡釋的情景問題：

> 情景雖有在心在物之分，而景生情，情生景，哀樂之觸，榮悴之迎，互藏其宅。天情物理，可哀而可樂，用之無窮，流而不滯，窮且滯者不知爾。〔註80〕

又《薑齋詩話》卷二〈夕堂永日緒論〉第二十三則，王夫之分析說：

> 不能作景語，又何能作情語邪？古人絕唱句多景語，如「高台多悲風」、「蝴蝶飛南園」、「池塘生春草」、「亭皋木葉下」、「芙蓉露下落」，皆是也，而情寓其中矣。以寫景之心理言情，則身心獨喻之微，輕安拈出。謝太傅於毛詩取「訏謨定命，遠猷辰告」，以此八字如一串珠，將大臣經營國事之心曲，寫出次第；故與「昔我往矣，楊柳依依；今我來思，雨雪霏霏」同一達情之妙。〔註81〕

上引的謝榛、王夫之二家說法博綜該洽，遠在姜夔的「意中有景，景中有意」之上，這也是姜夔的說法被定位在「情景交融」理論發展初

---

〔註78〕　同註13，頁680。
〔註79〕　同註48，頁69。
〔註80〕　見清・王夫之著，舒蕪校點，《薑齋詩話》（北京：人民文學出版社，1998年2月出版），頁144。
〔註81〕　同註80，頁154。

階的原因之一。那麼，如何作者如何經由對景物的描寫，透露出自身的情意，從而有「餘意」的美學效果呢？梅聖俞自舉的詩例很值得我們參考：

> 溫庭筠「雞聲茅店月，人跡板橋霜」，賈島「怪禽啼曠野，落日恐行人」，則道路辛苦，羈愁旅思，豈不見於言外乎？
> 〔註82〕

引文裡的梅聖俞以爲有言外之意、景外之情的溫庭筠、賈島詩句，其實有兩個共通的特色，首先它們都是寫景語，其次這兩首詩裡均由極鮮明的意象所構成。由是可見，「景中有意」的寫法能否成功，及是否能從中產生「餘意」，取決於兩個因素：第一、作者能否經營出鮮明的意象；第二、讀者是否可以深入意象之中而出意象之外，體會到作者的情意。以「雞聲茅店月，人跡板橋霜」來說，溫庭筠所創構的清晨霜景確實鮮明至極，就意象的創造來說絕對是成功的，然而要是讀者的目光只停留在這霜景上，而沒想過或不能體會該景色背後的羈旅之思、遠行之苦，則該詩內的意象還是意象，悲苦於羈旅的「言外之意」始終沒有誕生的可能，這也是筆者以爲上述兩個因素彼此涵繫，缺一不可的原因。

如果說姜夔透過「意中有景，景中有意」的創作手法，使詩歌作品生發出「餘意」，是從詩歌的整體面出發，屬於較全面性的看法的話；那麼藉經營一首詩的尾句，以產生詩歌「餘意」的創作手法，則是針對詩歌的局部形式所作的立論。《白石道人詩說》第二十八則就是討論結句的問題，該段文字的前面部分，嘗爲漁洋所引述：

> 一篇全在尾句，如截奔馬。詞意俱盡，如臨水送將歸是已；意盡詞不盡，如搏扶搖是已；詞盡意不盡，剡溪歸棹是已；詞意俱不盡，溫伯雪子是已。所謂詞意俱盡者，急流中截後語，非謂詞窮理盡者也。所謂意盡詞不盡者，意盡於未當盡處，則詞可以不盡矣，非以長語益之者也。至如詞盡

意不盡者，非遺意也，辭中已彷彿可見矣。詞意俱不盡者，

不盡之中，固已深盡之矣。〔註83〕

筆者認爲姜夔借「如截奔馬」之喻加強詩歌「一篇全在尾句」的說法，主要有兩個深意：第一、在於凸顯結句之舉在整個詩歌寫作裡的關鍵地位，而以騎馬過程裡的最後那個停馬動作，比喻詩歌結句的重要性。第二、在於強調結句之舉的不易掌控，而以騎者急速驅馬時欲即時勒馬停止的徵喻，強調順利完成詩歌結句的困難度。姜夔在上引論述裡，歸結出「詞意俱盡」、「意盡詞不盡」、「詞盡意不盡」、「詞意俱不盡」四種結句之法，並個別以小段文字加以說明，其中「詞盡意不盡」與「詞意俱不盡」是屬於經由結句而產生「餘意」的方法。先說「詞意俱盡」。姜夔以「臨水送將歸」，形容該結句之法，並以「急流中截後語，非謂辭窮理盡者也」解釋「詞意俱盡」的內容。考「臨水送將歸」一語，出自戰國賦家宋玉的〈九辨〉，原作：

憭慄兮若在遠行，登山臨水兮送將歸。〔註84〕

據東漢王逸的解釋，「登山臨水」意爲「陞高遠望，視江河也」，而「送將歸」則有「族親別逝，還故鄉也」之意。〔註85〕合而言之，「臨水送將歸」其實就是即將遠行之人登高望江，同親友道別珍重的意思。「臨水送將歸」一語背後所蘊藉的情感，顯然是離人送者今日絮語道別之後，更不知有無相見之日的離情與惆悵。姜夔正藉此意以說明「急流中截」的「詞意皆盡」之法。蓋如張月雲所論，「詞意皆盡」其法之妙，「乃在句意已將說盡時，即斷然收束，毫不摧杳，務使文氣有一氣呵成之妙」〔註86〕。筆者以爲姜夔所謂「詞意皆盡」，其實就相當於北宋文學名家蘇洵《嘉祐集》卷十二〈上歐陽內翰第一書〉所言

---

〔註83〕同註13，頁682～683。

〔註84〕見宋・洪興祖著，《楚辭補注》（台北：大安出版社，1995年6月出版），頁282。

〔註85〕同註84，頁282。

〔註86〕同註59，頁22。

的，「孟子之文，語約而意盡，不爲嶮刻斬絕之言」〔註87〕之意。

　　次說「意盡詞不盡」。姜夔以「搏扶搖」形容該結句之法，並以「意盡於未當盡處，則詞可以不盡矣，非以長語益之者也」解釋「意盡詞不盡」的內容。《莊子・逍遙遊》內有關大鵬海運飛徙南冥，「搏扶搖而上者九萬里」之說，或爲姜夔「搏扶搖」意之所本。考《莊子・逍遙遊》云：

　　　齊諧者，志怪者也。諧之言曰：「鵬之徙於南冥也，水擊三
　　　千里，搏扶搖而上者九萬里，去以六月息者也。」〔註88〕

關於「搏扶搖」一語，西漢司馬彪解釋說：「搏，圜飛而上也。上行風謂之扶搖。」〔註89〕足見「搏扶搖」即上行飛旋而去之意。在莊子寓言中，雖然大鵬翼若垂天之雲，一飛九千里而不見其蹤，然而因其鼓翼波動空氣所形成的氣流，卻始終是存在而可被查知的。姜夔用「搏扶搖」形容「意盡詞不盡」的結句法，係取上理。蓋在「意盡辭不盡」的結句法裡，詩之「意」雖盡，但詩之「詞」若有綿延不絕之態，如大鵬已去，然氣流卻仍生發在鵬飛之後一般，故姜夔說「意盡於未當盡處，則詞可以不盡矣」。

　　再說「詞盡意不盡」。姜夔以「剡溪歸棹」，即東晉王子猷夜訪戴逵「乘興而行，興盡而返」之事，形容該結句之法，並以「非遺意也，詞中已彷彿可見」解釋「詞盡意不盡」的內容。觀《世說新語・任誕第二十三》云：

　　　王子猷居山陰，夜大雪，眠覺，開室，命酌酒。四望皎然，
　　　因起彷徨，詠左思招隱詩。忽憶戴安道，時戴在剡，即便
　　　夜乘小船就之。經宿方至，造門不前而返。人問其故，王
　　　曰：「吾本乘興而行，興盡而返，何必見戴？」〔註90〕

〔註87〕見清・紀昀主編，《景印文淵閣四庫全書・集部四三・嘉祐集》，頁1104 之 934。

〔註88〕見錢穆著，《莊子纂箋》（台北：東大圖書股份有限公司，1993 年 1月重印 4 版），頁 1。

〔註89〕同註 88，頁 1。

〔註90〕見余嘉錫撰，《世說新語箋疏》（台北：華正書局有限公司，1993 年

據上引文所述，王徽之所以興起啓棹夜行之舉，係源於雪夜思憶戴逵時所發的興致，所以當此興致已有所盡時，非必一定要完成見訪戴逵的動作，王徽之一樣可以欣然歸返，此即王徽之所謂「吾本乘興而行，興盡而返，何必見戴」之意。因此與其說王徽之是因爲思念戴逵而至剡溪一地，倒不如說他是乘著突發的興致而來的，王徽之這種放達任性之舉正是魏晉名士風度的典型表徵。姜夔以「剡溪歸棹」取喻「詞盡意不盡」的結句法，主要是著眼於王徽之「興盡而返」的部分。蓋王徽之興致所發而小舟啓航的「乘興而行」，如創作過程裡詩人之「意」動，而筆下之「詞」亦隨之發動的狀態；而王徽之的「興盡而返」，興致已在乘棹訪戴逵的旅途得到滿足，所以說興致已在當中；這就如同創作過程結束時，筆下之「詞」雖已告終結，但是作者之「意」仍然存在於文中，久久不去，就此姜夔才說「詞中已彷彿可見」。此「詞盡意不盡」即《白石道人詩說》第十則，王漁洋亦曾引用的「意有餘而約以盡之，善措辭者也」〔註91〕之意。

最後說「詞意俱不盡」。姜夔以「溫伯雪子」，即《莊子・田子方》孔子讚溫伯雪子能存道之典，形容該結句之法，並以「不盡之中，固已深盡之矣」解釋「詞意俱不盡」的內容。《莊子・田子方》載溫伯雪子事：

> 溫伯雪子……至於齊，反舍於魯。……仲尼見之而不言。
> 子路曰：「吾子欲見溫伯雪子，久矣。見之而不言，何邪？」
> 仲尼曰：「若夫人者，目擊而道存矣。亦不可以容聲矣。」
> 〔註91〕

孔子見溫伯雪子而不發一語的原因，是因爲他見溫伯雪子能體乎道，所以無須亦無必要進行任何言說。觀東晉郭象《莊子注》對「目擊而

---

　　　　10 月出版），頁 760。
〔註91〕 同註 13，頁 681。
〔註91〕 同註 88，頁 164。

道存矣。亦不可以容聲矣」一語的說解，為「目裁往，意以達，無所
容其德音也」，意仍有所淳滯。郭象注經唐代成玄英疏解後，云：「擊，
動也。夫體悟之人，忘言得理，目裁運動而玄道存焉，無勞更事辭費，
容其聲說也。」〔註92〕意思雖較原注顯豁，然終不如明人宣穎歸捻以
「目觸之而知道在其身，復何所容其言說邪」〔註93〕簡要。張月雲以
為此結句妙處，「乃是得之於作者心與道冥，境與神會，則其詩的結
句辭、意均有不盡之勢，但又不須再多言，蓋讀者目誦之際，已但可
見有一股深切、透徹之理存於其不盡之辭意中了」，其說甚確。筆者
以為我們前章討論過的李白〈夜泊牛渚懷古〉「明朝挂帆去，楓葉落
紛紛」和孟浩然〈晚泊潯陽望廬山〉「東林精舍近，日暮空聞鐘」，就
是「辭意俱不盡」結句的典範。

　　約略討論完姜夔創作論裡的第一類主題後，我們可以進行第二類
主題的問題討論。與上述的第一類主題相較，第二類主題的問題較單
純，資料數量也較少，大抵集中在詩歌當如何用事上。《白石道人詩
說》第七則說：

　　　　僻事實用，熟事虛用。〔註94〕

這段話同時也曾為王漁洋引述過。所謂的「僻事」，指的是較罕為人
所知的典故，「實用」則是指對該典故的直接襲用，而不作變化。姜
夔要人「僻事熟用」，等於是告訴詩人，若運用較罕為人知的典故，
其實不妨採取直接襲用的方式。蓋「僻事」本來就鮮為人知，若詩人
再將「僻事」變化運用，則可能會形成整首詩意義模糊不清的弊病。
與其如此，還不如「僻事實用」，以力求全詩意義的昭晰。至於「熟
事」，是指較為人所習曉的典故，「虛用」指的則是盡量避免對該典故
進行直接的使用，而略加以變化。姜夔要人「熟事虛用」，是提示詩

---

〔註92〕　見清・郭慶藩集釋，謝皓祥導讀，《莊子集釋》（台北：貫雅文化事
業有限公司，1991 年 9 月出版），頁 706。
〔註93〕　見清・王先謙著，《莊子集解》（台北：三民書局股份有限公司，1982
年 8 月第 4 版），頁 118。
〔註94〕　同註 13，頁 680。

人若運用到常為人所道知的典故時，要下化用典故的工夫。蓋「熟事」原本就較為常人所知曉，若不從中加以變化的話，則用該事者千篇一律，必落於俗套而有陳言之失。就此而言，詩人與其同眾人因因相襲於窠臼之中，還不如力思如何巧妙化用典故，以求能自樹一格，展現其獨創性，此相當於《白石道人詩說》第二十一則，「歲寒知松柏，難處見作者」〔註95〕之意。

　　既然姜夔是如此地熱中於討論「僻事實用，熟事虛用」之類的問題，那顯然他並不反對詩歌創作裡的典故運用，問題反而是該怎樣恰當地使用典故。就此，姜夔提出以學力和才力駕馭事典的觀點。曾被王漁洋引論過的《白石道人詩說》第十則說：

　　　　學有餘而約以用之，善用事者也。〔註96〕

姜夔在上引文內提出善用事者所必須具備的兩個條件：第一是「學有餘」，第二則是「約以用之」。「學有餘」指的是詩人積學的工夫，屬於學力的問題。蓋詩人若多在學識上自我充實，如是當詩歌創作有需要使用到事典之際，則方可左右拈來而無匱乏之虞。只是，倘若詩歌僅僅鋪列典故而不加剪裁，那又何異於前人的獺祭魚、點鬼簿之譏呢？就此姜夔又提出「約以用之」的說法，以補足單提出「學有餘」說法所可能產生的問題。所謂的「約以用之」，是指詩歌創作時，詩人視創作的實際情形，對典故加以剪裁變化的能力，這是詩人面對浩瀚如海的典故群時，所必須具備的能力，而與詩人的才力有密切關連。不過從某個角度看才力時，它也是可能隨著學識的增長而逐步提升的，如此說來，「約以用之」則不單單是涉及才力的問題，也與學力相關了。總之，姜夔認為「學有餘」與「約以用之」是成為一個善於用事者的兩個必要條件，缺一不可。真正理想的詩歌用事模式，誠似張月雲所述：「若能將所積累的典故，化於作者的才氣之內，再依才氣的活動，向外湧現，以直接與外物接合，如此則沒有『人為事使』

---

〔註95〕 同註13，頁682。
〔註96〕 同註13，頁681。

的景況，這即是『不隔』。」〔註97〕

　　曾被王漁洋所引述，並能得漁洋心之所同然的姜夔創作論部分，大致可見於筆者上文論述內。此外，在《師友詩傳錄》第六則記錄裡，郎廷槐問各類詩體的「體格音律字句，何以分別」時，漁洋曾引《白石道人詩說》第十三則論詩歌體製之語，回答說：「姜白石詩說云：『載始末曰引，體如行書曰行，放情曰歌，悲如蛩螀曰吟，通乎俚俗曰謠，委曲盡情曰曲。』大略如此，可以意會耳。」〔註98〕這部分屬於姜夔詩論裡的詩歌體製論問題，與本文主題無直接關連，因此筆者這裡將不另作論述。〔註99〕

　　根據筆者的觀察，王漁洋最能默契會心、也特意標舉姜夔詩論的部分，當屬《白石道人詩說》裡同「餘意」相關的論點，諸如「意有餘而約以盡之，善措辭者也」、「句中無餘字，篇中無長語，非善之善者也；句中有餘味，篇終有餘意，善之善者也」、「一篇全在結句：如截奔馬，辭意俱盡；如臨水送將歸，辭盡意不盡；若夫意盡辭不盡，劉夔歸棹是也；辭意俱不盡，溫伯雪子是也」等等。這是因爲姜夔對「餘意」問題的討論，與漁洋的「神韻說」有相通之處，而可以爲漁洋直接吸收之故。因此，原本在姜夔詩論中作爲結句法出現的「詞盡意不盡」，也被漁洋用之以詮釋《詩經》的〈蒹葭〉一詩。觀《帶經堂詩話》卷三〈清言類〉第一則云：

　　　　景文云：莊周云：「送君者皆自涯而返，君自此遠已。」令
　　　人蕭寥有遺世意。余謂秦風蒹葭之詩亦然。姜白石所云：「言
　　　盡意不盡」也。〔註100〕

在這一段話中，除了能簡確地表達漁洋偏向沖淡寂寥的審美觀之外，

---

〔註97〕同註59，頁19。
〔註98〕同註54，頁131。
〔註99〕有關姜夔詩歌體製論的研究，讀者可參見張月雲的〈姜夔的詩論
　　　　（上）〉（張月雲著，《故宮學術季刊》第3卷第2期，1985年冬）
　　　　一文〈貳、詩的重要觀點・第二節體裁論〉的部分，頁109～110。
〔註100〕同註10，頁87。

更說明了〈蒹葭〉一詩，是漁洋心目中能表現出這種沖淡寂寥、「蕭寥有遺世」風貌的典範作品。由漁洋借姜夔的「詞盡意不盡」之說，來詮解〈蒹葭〉的思考方式看來，〈蒹葭〉顯然是漁洋心目中具有「神韻」特質的詩歌作品。觀〈蒹葭〉全詩如下：

　　蒹葭蒼蒼，白露為霜。所謂伊人，在水一方。溯洄從之，
　　道阻且長；溯游從之，宛在水中央。蒹葭淒淒，白露未晞。
　　所謂伊人，在水之湄。溯洄從之，道阻且躋；溯游從之，
　　宛在水中坻。蒹葭采采，白露未已。所謂伊人，在水之涘。
　　溯洄從之，道阻且右；溯游從之，宛在水中沚。〔註101〕

為何漁洋會認為〈蒹葭〉一詩有「言盡意不盡」的特質呢？柯慶明的意見很值得我們參考。柯慶明在〈中國古典詩的美學性格———一些類型的探討〉文中認為，〈蒹葭〉、〈采葛〉這類詩作的內涵，並不像傳統的「言志」詩，如〈關雎〉、〈碩鼠〉一樣，以對象的倫理關懷為重心，而是以詩人的情感狀態作為呈現的重點。就此而言，詩人的心理歷程和情感狀態，才是這類詩作所要表現的主題與詩歌美感趣味的焦點。同時，也因為這類的詩作不具有明顯地倫理判斷素質，所以無形中也給了讀者較大的美感觀照空間。柯慶明試著將〈蒹葭〉與〈關雎〉進行比較，以為兩首詩雖然都同樣表現出一種對象追求的意向，但是〈關雎〉的追求對象與追求行為本身，蘊含有強烈的倫理性質，而〈蒹葭〉則不然，詩裡除了提示追求對象「在水一方」的情境外，並沒有作任何明顯地指陳出其中性質。〈蒹葭〉這種無明顯真確性的指陳方式，給予了讀者「優游不迫」的美感距離，帶領讀者超越了現實情境中的利害成敗與倫理判斷，精神的自由本質由是得以展開，讀者也得以獲致伴隨美感觀照而來的無盡喜悅。〔註102〕〈蒹葭〉詩裡的「蒹葭蒼蒼，白露為霜」，這類具有「畫意」的「景象」，就足以作為上面

---

〔註101〕見中華書局編輯部編，《漢魏古注十三經附四書章句集注・毛詩》，頁 52。

〔註102〕見漢寶德等著，《中國美學論集》（台北：南天書局有限公司，1989年 5 月第二版），頁 201～204。

論述之例。柯慶明說：

> 「蒹葭蒼蒼，白露爲霜」作爲景象本身的豐富優美的美感
> 性質，更是超越了語言的脈絡和意指，獨立的提供了一種
> 「不涉理路，不落言筌」，可以在想像觀照中流連品賞的無
> 窮興味。換句話說就是，「蒹葭蒼蒼，白露爲霜」所呈示的
> 就是我們後來習慣稱之爲具有「畫意」的「景象」。這種「景
> 象」自身早已涵具一種獨立自足的美感觀照與品味，即使
> 脫離了原詩的情意脈絡，它一樣可以提供給我們一種美感
> 品質上的充分滿足，某種意義上是可視爲一個獨立的美學
> 客體的自足單位。〔註103〕

在上述的基礎上，柯慶明借用魏代哲學家王弼〈周易略例〉之說，進
一步闡述〈蒹葭〉所以具有「象外之意」的原因。他認爲詩歌所表達
是一種美感觀照裡的「詩情」，而這種「詩情」有賴於「象」來傳達，
因此具有「畫意」的象和呈示深具「畫意」的「象」的語言，變成了
傳達「詩情」的最有效表現方法。柯慶明分析說：

> 像「蒹葭蒼蒼，白露爲霜」的「興」句，固然是這種具有
> 「畫意」之「象」的呈示，而〈蒹葭〉一詩與其「興」句
> 結合一致所呈現的形象化的「象徵情境」，其實亦正是一種
> 兼具「詩情」「畫意」的「象」的表達。這種掌握「立象以
> 盡意」原理，而以美感觀照下的心理歷程自身爲表現之目
> 標，充分的透過深具「畫意」的景象來表達「詩情」，因而
> 形成一種「詩情畫意」之呈現，卻又在欣賞之際要求欣賞
> 者「得意忘象」「得象忘言」以掌握其「象外之意」的詩歌，
> 就是所謂的「神韻」詩。換句話說，它就是一種以「文已
> 盡而意有餘」爲理想的詩歌。〔註104〕

上文引述的柯慶明說法，不僅很清楚地解釋了爲何〈蒹葭〉具有「言
盡意不盡」、「文已盡而意有餘」的「神韻」詩特質，同時也可借以說
明漁洋爲何藉著姜夔的「詞盡意不盡」，來解讀〈蒹葭〉一詩的原因。

---

〔註103〕同註103，頁205。
〔註104〕同註103，頁208。

漁洋門人吳陳琰在漁洋的《蠶尾續集》序文裡說：

> 司空表聖論詩云：「梅正於酸，鹽正於鹹，飲食不可無酸鹹，
> 而其美常在酸鹹之外。」余嘗深旨其言。酸鹹之外者何？
> 味外味。味外味者何？神韻也。〔註105〕

吳陳琰以司空圖「味在酸鹹外」的說法詮釋「神韻」，顯然捉住了漁洋「神韻說」的精髓。大陸學者張健說：「味外味就是神韻，這種詮釋是符合王士禎的原意的。此序作於康熙四十三年（1704），王士禎尚在世。此序置王士禎《蠶尾續集》卷首，其觀點也應爲王士禎所認可。」〔註106〕所謂的「味外味」就是有「餘意」，就是「言盡意不盡」。若將吳陳琰的論述，並觀以漁洋用「言盡意不盡」之說解讀〈蒹葭〉一詩，及上述的柯慶明的闡述與分析，我們更可以察覺到漁洋「神韻說」裡，特重「餘意」或「言外之意」觀念的特色。

最後，我們可以討論王漁洋認爲姜夔「論詩未到嚴滄浪，頗亦足參微言」的觀點。觀嚴羽《滄浪詩話》對後世詩學的影響，主要集中在明代的「格調說」及清代的「神韻說」上；相較於《滄浪詩話》的影響「格調」、「神韻」二說，姜夔《白石道人詩說》則是多角度的影響。換言之，元代詩學如題名爲楊載的《詩法家數》、明代前後七子的「格調說」、清代的「神韻說」、清代詩家袁枚的「性靈說」、乃至清代詞家張炎的《詞源》，都有受姜夔詩論影響的痕跡。〔註107〕據郭紹虞所推論，姜夔詩論的影響能如是寬廣，是因爲「白石猶是於甘苦備嘗之後，發爲體會有得之言」〔註108〕。也就是說，姜夔的詩學理論多源自於自己的創作體驗，所以不僅能注意到許多創作過程裡可能發生的問題，同時還可以根據自己的經驗與判斷，解決這類問題。從

---

〔註105〕見四庫全書存目叢書編纂委員會編，《四庫全書存目叢書・集部二二七・蠶尾續集》（濟南：齊魯書社，1997年7月），頁325。

〔註106〕同註31，頁432。

〔註107〕此處的相關論述，詳見張月雲〈姜夔的詩論（下）〉（張月雲著，《故宮學術季刊》第3卷第3期，1986年春）一文〈貳、詩的重要觀點・第五節影響及後人的批評〉的論述，頁28～33。

〔註108〕同註4，頁94。

這點說來，姜夔的持論的確是比較平實而明確的。本此，我們大致可以推測爲何漁洋認爲姜夔「論詩未到嚴滄浪，頗亦足參微言」的原因。郭紹虞說：

> 漁洋所以許其「足參微言」者，以其近於神韻之說，而又稱其「未到滄浪」者，則又以是書所論不全屬架空之談，與神韻猶有距離也。〔註109〕

郭紹虞的推斷不僅深有理據，而且頗具說服力。不過，郭紹虞的說法仍未全面，「白石猶是於甘苦備嘗之後，發爲體會有得之言」的論述，僅解釋了《白石道人詩說》爲何較平實的部分原因。筆者認爲其實《白石道人詩說》的成書緣由，是影響「是書所論不全屬架空之談」的重要關鍵。今觀《白石道人詩說》第二十九則，姜夔敘該書之緣起云：

> 詩說之作，非爲能詩者作也，爲不能詩者作，而使之能詩：能詩而後能盡我之說，是亦爲能詩者作也。〔註110〕

既然《白石道人詩說》是「爲不能詩者作」，那麼也不可能從理論上去架空論詩，而只能踏踏實實地領導讀者品詩作詩。這點是我們在討論《白石道人詩說》爲何較平實時，所應該特別去加以注意的問題。

## 第二節　由嚴羽「以禪喻詩」而來的「詩」、「禪」思考

　　觀《帶經堂詩話》卷二〈評駁類〉第一則，王漁洋曾列舉他最喜愛的三部詩話：

> 余於古人論詩，最喜鍾嶸詩品、嚴羽詩話、徐禎卿談藝錄。〔註111〕

我們在前文曾討論過，這三部詩話，南朝梁代鍾嶸（468？～518？）的《詩品》、南宋嚴羽的《滄浪詩話》及明代徐禎卿（1479～1511）

---

〔註109〕同註4，頁95。
〔註110〕同註13，頁683。
〔註111〕同註10，頁58。

的《談藝錄》，所以能得漁洋青睞的原因，主要是源由於它們的某些
詩學觀念，多有契於漁洋的「神韻說」。關於鍾嶸《詩品》與漁洋「神
韻說」的某些問題，我們已在第二章作過討論；至於明代徐禎卿《談
藝錄》與漁洋「神韻說」間的連繫，我們在下一章裡會有詳細的論述，
我們這裡將把討論的焦點，全部集中在嚴羽《滄浪詩話》對漁洋「神
韻說」的影響上。

　　根據筆者的觀察，嚴羽《滄浪詩話》大致經由以下三種形式，對
王漁洋的詩論產生影響：第一、漁洋直接地引述《滄浪詩話》裡的某
些言論。如在《帶經堂詩話》卷三〈清言類〉第十一則內，有條性質
類似於讀書筆記的記錄：

　　　　嚴羽云：「如鏡中之花，水中之月，如羚羊挂角，無跡可求。」
　　　〔註112〕

又《清詩話‧師友詩傳續錄》第五則說：

　　　　嚴儀卿所謂「如鏡中花，如水中月，如水中鹽味，如羚羊
　　　　挂角，無跡可求。」皆以禪理喻詩。〔註113〕

諸如此類的記載，在《帶經堂詩話》裡可謂不勝枚舉，都是漁洋直接
引述《滄浪詩話》的部分。第二、漁洋間接地收納《滄浪詩話》內的
某些詩學觀念，成為其詩論中的一部份。漁洋有註明該詩學觀念源本
《滄浪詩話》者，如《帶經堂詩話》卷三〈微喻類〉第八則的漁洋自
道語：

　　　　嚴滄浪以禪喻詩，余深契其說。〔註114〕

引文中漁洋有註明「以禪喻詩」是嚴羽的詩學觀念。此外，漁洋沒有
註明該觀念出自《滄浪詩話》，然實本源於斯處的，如《然鐙記聞》
第二十一則所論：

　　　　學詩當先辨門徑，不可墮入魔道。〔註115〕

---

〔註112〕同註10，頁91。
〔註113〕見清‧王夫之等撰，《清詩話‧師友詩傳續錄》，頁150。
〔註114〕同註10，頁83。
〔註115〕見清‧王夫之等撰，《清詩話‧然鐙記聞》，頁121。

即相當於《滄浪詩話》的〈詩辨〉裡，「夫學詩者以識爲主：入門須正，立志須高。……若自退屈，即有下劣詩魔入其肺腑之間；由於立志之不高也」〔註 116〕的說法。在上引文裡，漁洋並沒有註明此一觀念來自嚴羽詩論。第三、借用《滄浪詩話》的某些詞語，作爲論詩或評詩的話頭。如《帶經堂詩話》卷三〈佇興類〉第五則，借《滄浪詩話·詩辨》的「透徹玲瓏，不可湊泊」〔註 117〕之語，評論程可則絕句云：

> 程石臞有絕句云：「朝過青山頭，暮歇青山曲：青山不見人，
> 猿聲聽相續。」予每歎絕，以爲天然不可湊泊。〔註 118〕

又《師友詩傳續錄》第三十一則，漁洋借《滄浪詩話·詩法》的「須參活句，勿參死句」之語，評論王維詩歌說：

> 摩詰詩如參曹洞禪，不犯正位，須參活句。然頓根人學渠
> 不得。〔註 119〕

諸如此類的話頭運用，多見於《帶經堂詩話》內，是漁洋借用《滄浪詩話》內的詞語，作爲其論詩、評詩話頭的部分。

觀《滄浪詩話》一書，分別由〈詩辨〉、〈詩體〉、〈詩法〉、〈詩評〉、〈考證〉五個部分所組成的，是一個頗具系統性的結構體。陳瑞山〈滄浪詩話的歷史範例〉一文，嘗歸結《滄浪詩話》五個部分的性質和主題，以爲：

> 它含有五大部分：（一）詩辨，爲理論的主體：（二）詩體，
> 爲歷來詩體（形式）的變革之討論：（三）詩法，爲詩之創作
> 方法論，如何去俗以及「參」大詩人之「活句」，避「死句」：
> （四）詩評，從修辭、押韻、著意和主題等方面來評量歷代
> 詩人之詩作：（五）考證，對作品的年代、作者以及原作之誤
> 漏處提出重建的看法，禪提供解析之基礎。因此，僅就結構
> 而論，嚴羽的滄浪詩話絕非是一種即興式的「無意創體」：同

---

〔註 116〕同註 20，頁 1。
〔註 117〕同註 20，頁 26。
〔註 118〕同註 10，頁 69。
〔註 119〕同註 114，頁 155。

　　時也不像晚唐司空圖的廿四詩品那樣的印象式批評。〔註120〕
就此而言，《滄浪詩話》既不像南宋詩論家許顗所界定的「詩話」，
內容集中在「辨句法，備古今，紀盛德，錄異事，正訛誤」〔註121〕
等幾個層面上，如同北宋歐陽修寫作《六一詩話》的目的，在於「以
資閒談」〔註122〕，具有著濃厚的說部色彩；同時，《滄浪詩話》也
不是純粹的議論，如前述的《白石道人詩說》，特重理論的闡述，而
罕見實際批評上的操作。黃景進〈嚴羽及其詩論重探〉一文，曾引
述日本學者船津富彥〈滄浪詩話源流考〉的論點，以爲《滄浪詩話》
這類極具有系統性的詩話，與宋人的詩話並不相同，反而較接近唐
代流行的詩格體式。黃景進從而認爲，「『滄浪詩話』的『詩辨』部
分，其意味頗近於皎然『詩式』中的『文章宗旨』部分」，而「詩格
著作大都是在教人如何作詩，故皆出以議論體甚至教訓口吻，極少
是以閒談說故事的方式。又因爲要教人，故極富條理，大都是先分
科目再分點說明。……這種形式自是爲了方便學者而產生，這與嚴
羽寫詩話的目的亦相類似，在『滄浪詩話』中仍可看出這種詩格體
的痕跡。……滄浪詩話『詩體』部分，更明顯地採取詩格的體裁」
〔註123〕。由是或可推測《滄浪詩話》的系統性，源始於唐代詩格著
作的特性。既如上文所述，《滄浪詩話》可依其整體結構與論述性質
的不同，分爲五個部分，那麼《滄浪詩話》對王漁洋詩論的影響，
主要集中在哪些部分上？從漁洋詩論資料看來，漁洋對《滄浪詩話》
的接受層面，主要集中在〈詩辨〉的部分；此外，漁洋有極少部分
的論述，同〈詩法〉、〈詩評〉、〈考證〉相關；至於〈詩體〉的部分，
看不出漁洋被嚴羽影響到的具體痕跡。同時，也因爲《滄浪詩話》

---

〔註120〕見陳瑞山著，〈滄浪詩話的歷史範例〉(《中外文學》第 20 卷第 11
　　　　期，1992 年 4 月)，頁 67。
〔註121〕見清・何文煥輯，《歷代詩話・彥周詩話》，頁 378。
〔註122〕同註 76，頁 264。
〔註123〕見黃景進著，〈嚴羽及其詩論重探〉(《中華學苑》第 31 期，1985 年
　　　　6 月)，頁 48。

的〈詩辨〉，屬於嚴羽詩歌理論上的主要建構及綱領部分，而漁洋對
《滄浪詩話》的接受，又集中在〈詩辨〉上，因此形成在漁洋詩論
裡，明顯帶有嚴羽理論色彩的現象。

　　由《帶經堂詩話》卷二〈評駁類〉第十四則的記載裡，最容易看
出《滄浪詩話·詩辨》的內容，在影響王漁洋詩論之後所留下的痕跡。
漁洋說：

> 嚴滄浪論詩，特拈「妙悟」二字，及所云「不涉理路，不
> 落言詮」，又「鏡中之象，水中之月，羚羊挂角，無跡可尋」
> 云云，皆發前人未發之秘。〔註124〕

引文裡漁洋指出，嚴羽能發前人所未發之秘的「妙悟」、「不涉理路，
不落言詮」及「鏡中之象，水中之月，羚羊挂角，無跡可尋」諸說，
就是屬於嚴羽在〈詩辨〉裡所討論的幾個重要主題。此外，在前文曾
引述的《帶經堂詩話》卷三〈微喻類〉第八則裡，漁洋說：

> 嚴滄浪以禪喻詩，余深契其說。

漁洋顯然認為「以禪喻詩」的詩學思考模式，可視為嚴羽詩論的代表
性說法。同樣地，「以禪喻詩」的說法，也出自於〈詩辨〉之中。綜
上論述，我們可以得出這樣的結論，釐清漁洋對〈詩辨〉的理解問題，
將會是我們解開《滄浪詩話》如何影響漁洋詩論的重大關捩。那麼，
漁洋是如何地理解〈詩辨〉，乃至整部的《滄浪詩話》？《帶經堂詩
話》卷二〈評駁類〉第十四則的漁洋論述，給了我們一條思考的線索：

> 嚴滄浪詩話借禪喻詩，歸於妙悟。如謂盛唐諸家詩，如鏡
> 中之花，水中之月，鏡中之相，如羚羊挂角，無跡可求，
> 乃不易之論。〔註125〕

在上面這段話裡，漁洋所引論的文句或陳述的觀念，都源出於《滄浪
詩話》的〈詩辨〉當中。此外，由漁洋的語氣推測，他似乎有種藉著
引文裡的論述，對整個「嚴滄浪詩話」作一綱括與提要的意圖。由是

---

〔註124〕同註10，頁65。
〔註125〕同註10，頁65。

或可間接地說明，漁洋確實對〈詩辨〉在《滄浪詩話》中的關鍵地位有所認知。在上引文裡，漁洋是這樣理解《滄浪詩話》的：第一、從嚴羽的詩學思考層面來說，《滄浪詩話》主要採取「以禪喻詩」的詩學詮釋模式，如「妙悟」的說法、前引的「不涉理路，不落言筌」，以及盛唐詩歌「如鏡中之花，水中之月，鏡中之相，如羚羊挂角，無跡可求」的提出，都屬於該詩學詮釋模式下的產物。第二、從嚴羽整個詩學論述的主軸來看，「妙悟」的說法貫串整部《滄浪詩話》，是嚴羽所有討論的結穴之處。第三、從美學典範的提出與確立而言，嚴羽以「鏡花水月」、「羚羊挂角」比喻「盛唐諸家詩」，不僅是《滄浪詩話》「以禪喻詩」模式底下的產物，同時也是嚴羽將其詩歌理論與實際批評結合起來之後，進一步提出的詩歌美典的討論。

在前面引述裡，王漁洋曾說他深契於嚴羽「以禪喻詩」之說。那麼，漁洋是在什麼基礎上、從那個角度如何地深契嚴羽的「以禪喻詩」，就成了一個非常值得討論的問題。在進入這個複雜的討論之前，我們有必要先釐清嚴羽《滄浪詩話》中「以禪喻詩」的內容。在〈詩辨〉裡，嚴羽說：

> 故予不自量度，輒定詩之宗旨，且借禪以為喻，推原漢魏以來，而截然謂當以盛唐為法，雖獲罪於世之君子，不辭也。〔註126〕

在上引文字裡，實可視為《滄浪詩話》的自序部分。嚴羽在此提出兩個重要的觀點：第一是「以禪喻詩」的詩學詮釋模式，第二是「以盛唐為法」的詩學典範論述。同時，嚴羽引文裡的說法意味著，《滄浪詩話》內的「以禪喻詩」與「以盛唐為法」，處於一種彼此聯繫牽引的互動狀態，而並非是相互孤立而毫無相干的情形。我們可以這樣說，從「以禪喻詩」的角度來看，嚴羽的「以禪喻詩」之說，是建立在「以盛唐為法」論述上的詩學詮釋模式；就「以盛唐為法」的角度而言，「以盛唐為法」的典範論述，主要是透過「以禪喻詩」的詩學

---

〔註126〕同註20，頁27。

詮釋模式，被嚴羽徹底彰顯出來，從而理所當然地納入其詩學理論體系當中。可見上面引述的〈詩辨〉說法之意義，主要是嚴羽自行道出其詩論中，「以禪喻詩」和「以盛唐為法」間的密切關連。

　　又嚴羽曾在〈答繼叔臨安吳景仙書〉文裡，同其表叔吳陵，討論〈詩辨〉內「以禪喻詩」的問題。嚴羽說：

> 僕之詩辨，乃斷千百年公案，誠驚世絕俗之談，至當歸一
> 之論。……以禪喻詩，莫此親切。是自家實證實悟者，是
> 自家開門鑿破此片田地，即非傍人籬壁、拾人涕唾得來者。
> 李杜復生，不易吾言矣。……吾叔謂：說禪非文人儒者之
> 言。本意但欲說得詩透徹，初無意於為文，其合文人儒者
> 之言與否，不問也。〔註127〕

由上引論述看來，嚴羽對其《滄浪詩話》「以禪喻詩」詩學詮釋模式的提出與運用，抱持著兩個基本態度：第一、嚴羽對於自己「以禪喻詩」的提出與運用，抱著絕對地自信與自負，頗有自闢蹊徑、無復依傍的大家氣概。第二、嚴羽「以禪喻詩」的目的，在於「說得詩透徹」，至於如「以禪喻詩」詩與禪在本質上是否相同，又是否能為時人所接受問題，都不在嚴羽所要討論的範圍。上文所述的兩個嚴羽所持態度，都有再深入探討的空間，筆者試申論如下。先說第一點。第一點的討論，直接涉及嚴羽對其「以禪喻詩」之說的自我認知問題。近代學者如郭紹虞、朱東潤等人，都曾指出「以禪喻詩」的詩學傳統並非始自嚴羽，其間存在著「以禪喻詩」的歷史源流問題，及宋代禪風盛興的時代機緣問題。換言之，郭紹虞等學人一致認為，嚴羽並非「以禪喻詩」此一詩學傳統的創始者。郭紹虞《中國文學批評史》說：「滄浪詩話之重要，在以禪喻詩，在以悟論詩。然而這兩點，都不是滄浪之特見。我們在以前論述各家詩論之時，也曾屢次指出滄浪詩論之淵源。」〔註128〕朱東潤《中國文學批評史大綱》則以為：「以禪喻詩，

---

〔註127〕同註20，頁251。
〔註128〕見郭紹虞著，《中國文學批評史》（臺北：藍燈文化事業股份有限公司，1992年9月出版），頁235。

其說不始於滄浪。呂居仁〈童蒙訓〉云：……。韓子蒼亦云：……。
滄浪之論發源於此。」〔註 129〕既然《滄浪詩話》的「以禪喻詩」之
說，多前人時賢慣見習言之論，〔註 130〕爲何嚴羽如此自信且自負呢？
原因是因爲，嚴羽雖然不是整個「以禪喻詩」傳統的創始者，但是他
確實是宋代諸多「以禪喻詩」說法的集大成之人。「以禪喻詩」這一
詩學詮釋模式，的確在嚴羽手中得以系統化與理論化，從而擁有獨立
的美學成就與詩學價值。黃景進曾在《嚴羽及其詩論之研究》書內，
對嚴羽之前的「以禪喻詩」論述進行討論，從而得出如下的結論，頗
值得我們參考。黃景進認爲：

> 嚴羽……確實是將宋人以禪喻詩的特色做了一次完整而美
> 妙的展現。我們不能因爲其中每一點都來自前人，即認爲
> 缺乏「原創性」而輕視之。要知道「系統化、理論化」本
> 身就是一種「原創性」，否則在嚴羽之前爲何沒有人做這種
> 工作，甚至在嚴羽之後也沒有人能做這種工作。……前人
> 的以禪喻詩大多是零星分散的，說的人雖多，看起來卻不
> 是很有力量，而這些材料經過嚴羽「系統化、理論化」的
> 加工，卻發揮了無比的威力。〔註 131〕

根據黃景進的研究結果，嚴羽的確具備說「以禪喻詩，莫此親切」的資

---

〔註 129〕見朱東潤撰，章培恒導讀，《中國文學批評史大綱》（上海：上海古
籍出版社，2001 年 7 月出版），頁 184。

〔註 130〕關於嚴羽之前「以禪喻詩」的資料，讀者可參見郭紹虞的《滄浪詩
話校釋》（宋‧嚴羽著，郭紹虞校釋，臺北：里仁書局，1987 年 4
月出版）一書注文與釋文的部分；朱東潤的〈滄浪詩話參證〉（朱
東潤著，《中國文學批評家與文學批評》，台北：台灣學生書局，
1984 年 5 月再版）文，頁 281～282；錢鍾書的《談藝錄》（錢鍾書
著，台北：書林出版有限公司，1999 年 2 月第一版第二刷）第八十
四則〈以禪喻詩〉條，頁 256～260；及黃景進《嚴羽及其詩論之研
究》（黃景進著，台北：文史哲出版社，1986 年 2 月出版）書〈第
四章以禪喻詩的主要內容〉之〈第一節唐五代之「以禪喻詩」〉、〈第
二節宋朝之「以禪喻詩」〉的部分，頁 127～148。

〔註 131〕見黃景進著，《嚴羽及其詩論之研究》（台北：文史哲出版社，1986
年 2 月出版），頁 201。

格，所以他敢如是的自信與自負。就此而論，當我們理解嚴羽「是自家
實證實悟者，是自家閉門鑿破此片田地，即非傍人籬壁、拾人涕唾得來
者」這段論述時，就不能從嚴羽是「以禪喻詩」的創始者角度進行理解，
而應當著眼於「以禪喻詩」是嚴羽的親身體驗並且融會貫通這點加以討
論。我們絕不能忘記嚴羽對「以禪喻詩」的自我認知，正是扣緊親身體
驗來談的。再說第二點。第二點的討論，直接涉及嚴羽對詩、禪間關
係的認知問題。「以禪喻詩」中的「喻」字，有比喻、比擬、說明的意
思。「以禪喻詩」相當於說「以禪理來說明詩學」〔註132〕，這當中其實
有兩個意義：第一個意義是嚴羽預設了詩、禪二者不相等的立場，倘
詩、禪若能相等，那何來比「喻」之說？第二個意義是嚴羽「以禪喻詩」
的主體在「詩」，而不是「禪」。換言之，「詩」是「以禪喻詩」這一譬
喻中的本體，而「禪」則是其中的喻體，二者間的主客關係不相混淆，
也不容混淆。綜合上述嚴羽「以禪喻詩」的兩個意義，我們可以說嚴羽
事實上是很清楚詩與禪之間的界限，詩與禪並未被他等同為一，並且嚴
羽十分清楚「以禪喻詩」的重點是在討論詩歌，而非研究禪學。

　　既然如上所述，在嚴羽「以禪喻詩」的思考中，詩、禪並不相等，
而且詩歌方是其討論的重點。那麼，嚴羽「以禪喻詩」的內容究竟是
如何呢？黃景進在其《嚴羽及其詩論之研究》及〈嚴羽及其詩論重探〉
裡，嘗歸納出宋人「以禪喻詩」的三點特色，可以作為我們討論嚴羽
「以禪喻詩」內容的起點。根據黃景進〈嚴羽及其詩論重探〉一文的
研究，宋人「以禪喻詩」的第一個特色是「指出詩禪的共通性質」，
而這個共通的性質就是「妙悟」。黃景進認為這種提法始於嚴羽的《滄
浪詩話》，他說：「以妙悟為詩、禪之共通點，似乎始於嚴羽，前此似
未有人提過。妙悟觀念的提出，確實使得詩禪相通處更為清楚、更為
突出——這才能說明為何要以『禪』喻詩，而非以別的事物來喻詩。」
〔註133〕可見在嚴羽「禪道惟在妙悟，詩道亦在妙悟」〔註134〕的說法

〔註132〕同註124，頁91。
〔註133〕同註124，頁98。

裡，其實隱含著指明詩、禪二者共通處的意圖。我們可以這樣說，在嚴羽的論述裡，詩與禪不僅可以經過「妙悟」這座橋樑獲得溝通，並且在這個基礎上，詩學裡某種類似於禪學所說的「妙悟」的特質，簡潔又明確地被嚴羽凸顯出來。「以禪喻詩，莫此親切」，《滄浪詩話》「以禪喻詩」的重大歷史意義與理論貢獻，在此就顯露出來。

　　宋人「以禪喻詩」的第二個特色是「以參禪的方式來學詩」，這是宋人討論最熱烈的部分。黃景進說：「宋人的以禪喻詩實不離『參』、『悟』、『法』三個字，換言之，是利用整個禪學系統用在說明並且學詩上面，這樣具有體系性又有具體學習途徑，是唐人以禪喻詩所沒有的。」就此而言，「宋人詩學觀念受到禪宗的第一個影響，就是認爲學詩如同學禪一樣，皆要一個『悟門』。……宋人根據這個理論提出一套熟讀參詩的方法：正如初學禪未悟之時要『遍參諸方』一樣，初學詩的人也應熟讀各大家的詩以求參悟。……參詩的目的則在求悟入，而悟入的目的就是獲得『詩法』」。〔註135〕由是自「參」至「悟」到「法」，三者便構成了一個頗有系統、深富理論色彩的詩學方法論。這反映到《滄浪詩話》中，就先是嚴羽在〈詩辨〉中所提示的參詩門道，「先須熟讀楚詞，朝夕諷詠以爲之本；及讀古詩十九首，樂府四篇，李陵蘇武漢魏五言皆須熟讀，即以李杜二集枕藉觀之，如今人之治經，然後博取盛唐名家」（參），然後「醞釀胸中，久之自然悟入」（悟），〔註136〕最終將如〈詩法〉所說的「但參活句，勿參死句」〔註137〕（法），得到的是活潑潑、一無窒礙的詩學「活法」。

　　至於宋人「以禪喻詩」的第三個特色，是「以禪宗宗派比喻詩派的風格」〔註138〕。宋人以各家宗派比喻不同詩派的風格，以不同乘果比喻詩歌的位階，不僅有以宗風喻詩風的強烈類比成分在裡面，同

〔註134〕同註20，頁12。
〔註135〕同註124，頁98～99。
〔註136〕同註20，頁1。
〔註137〕同註20，頁125。
〔註138〕同註124，頁101。

時也令這種比喻方式帶有濃厚的「判教」色彩。這等於說，詩論家可以藉由該比喻方式，對某些詩派或某種詩風進行立破褒貶的詩歌批評活動，以禪從中展現批評家的詩學觀點。在這種「以禪喻詩」的特色底下，有兩點是需要特別注意的：第一、宋人的這些比喻，在無意之間反映了當代禪宗此消彼長、新變代雄的宗教現象。第二、宋人這類比喻的背後，恰恰表現出宋人好言宗社、喜立宗派的自主意識。宋人以各家宗派比喻不同詩派風格、以不同乘果比喻詩歌位階高低的說法，經嚴羽淘抉、整理並加以系統化之後，其「以禪喻詩」的詩學詮釋模式，構成了貫串整部《滄浪詩話》的詩、禪比喻系統，為嚴羽「當以盛唐為法」的詩學觀點，提供了一個堅實的理論基礎。下面引述的〈詩辨〉之說，最能反映嚴羽這樣一個「以禪喻詩」的比喻系統：

> 禪家者流，乘有小大，宗有南北，道有邪正：學者須從最上乘，具正法眼，悟第一義。若小乘禪，聲聞辟支果，皆非正也。論詩如論禪，漢魏晉與盛唐之詩，則第一義也。大曆以還之詩，則小乘禪也，已落第二義矣。晚唐詩，則聲聞辟支果也。學漢魏盛唐詩者，臨濟下也。學大曆以還之詩者，曹洞下也。大抵禪道惟在妙悟，詩道亦在妙悟。……然悟有淺深，有分限，有透徹之悟，有但得一知半解之悟。漢魏尚矣，不假悟也。謝靈運至盛唐諸公，透徹之悟也；他雖有悟者，皆非第一義也。〔註139〕

誠如黃景進所認為的，「這是一個很複雜的比喻系統，用上大小（乘）、正反（邪）、等級（第一義第二義）、範圍深淺（透徹、分限、一知半解之悟）、風格（臨濟、曹洞）等比較性概念來說明唐詩的三變（盛唐、大曆、晚唐）」〔註140〕。我們可以借用上述黃景進的分類方式，並配合其在《嚴羽及其詩論之研究》及〈嚴羽及其詩論重探〉裡所採用的圖表運用〔註141〕，大致勾勒出筆者對嚴羽這一「以禪喻詩」比

〔註139〕同註20，頁11～12。
〔註140〕同註124，頁102。
〔註141〕關於黃景進以圖表表示嚴羽「以禪喻詩」比喻系統的部分，讀者可

喻系統的基本理解。

| 詩歌\比喻 | 漢 魏 | 盛 唐 | 大 曆 | 晚 唐 |
|---|---|---|---|---|
| 大　小 | 大　乘 | | 小　乘 | |
| 正　邪 | 正 | | 邪 | |
| 等　級 | 第 一 義 | | 第 二 義 | 聲聞辟支 |
| 深　淺 | 不假悟 | 透徹之悟 | 分限之悟 | 一知半解 |
| 風　格 | 臨　濟 | | 曹　洞 | |

　　筆者以爲上面的這個圖表，頗能清楚地表現嚴羽在「以禪喻詩」詩學詮釋模式底下，所精心建構的比喻系統。不過，在這個比喻系統裡，尚存在幾個問題值得我們作進一步的討論：第一、上述的「以禪喻詩」比喻系統，在嚴羽詩學內具有何種意義？第二、不可諱言的，從禪學層面來看嚴羽這個比喻系統時，中間的確存在著許多矛盾之處，我們當如何解釋這一現象？先說第一個問題。嚴羽建立上述比喻系統的目的，蓋如上文所說的，正在爲其「當以盛唐爲法」的論調，樹立一個堅強的理論根基。換言之，這個比喻系統的成立，絕對與嚴羽對治當時江西派、四靈派、江湖派詩風有關〔註 142〕，因之重暢盛

參考黃景進《嚴羽及其詩論之研究》書〈第四章以禪喻詩的主要內容・第三節嚴羽「以禪喻詩」的內容・五、佛家宗派乘果與詩之等級〉，頁 165；及黃景進的〈嚴羽及其詩論重探〉（黃景進著，《中華學苑》第 31 期，1985 年 6 月）文，頁 102。

〔註142〕嚴羽對江西派、四靈派、江湖派詩風的總體批評，並提出「當以盛唐爲法」的說法，作爲針砭當世詩風藥方，筆者以爲可用〈詩辨〉裡的這段文字作爲代表：「山谷用工尤爲深刻，其後法席盛行，海內稱爲江西宗派。近世趙紫芝翁靈舒輩，獨喜賈島姚合之詩，稍稍復就清苦之風；江湖詩人多效其體，一時自謂唐宗，不知止入聲聞辟支之果，豈盛唐諸公大乘正法眼者哉！嗟乎！正法眼之無傳久矣。唐詩之說未唱，唐詩之道或有時而明也。今既唱其體曰唐詩矣，則學者謂唐詩誠止於是耳，得非詩道之重不幸耶！故予不自量度，輒定詩之宗旨，且借禪以爲喻，推原漢魏以來，而截然謂當以盛唐爲法，雖獲罪於世之君子，不辭也。」此處引文詳見郭紹虞《滄浪詩話校釋》，頁 27。

唐詩歌的詩學宗旨，有著直接且密切的關係。當我們從這個角度檢驗該比喻系統時，它不僅有深刻的時代意義，與此同時也流露出強烈的批判意識〔註143〕。它不再是一個單純的「以禪喻詩」的比喻系統，在嚴羽的詩學中，它是作爲一個有藥砭、對治效用的詩歌批評系統而出現的。這是該比喻系統在嚴羽詩學中最重要的意義，離開了這點，無論這比喻系統如何地精密或恢弘，都會大大地降低其價值。再論第二個問題。從禪學角度觀察這個比喻系統，其中確實存在著某些禪教學理的問題，例如佛學裡大乘、小乘的分別，在於所證的果位不同，並沒有所謂的正邪之別，而嚴羽卻將「小乘」劃至邪的一方，則明顯有違於佛教教義；又「聲聞」、「辟支」（「緣覺」）二乘，合而言之就是小乘教，而嚴羽卻又在小乘教內立一個「第二義之悟」，似適得畫蛇添足之譏；此外，在禪宗各派內，「臨濟」、「曹洞」二宗均屬大乘禪教，並無高下優劣之分，但嚴羽不僅將「曹洞」歸入小乘教中，並認爲其劣於「臨濟」。諸如此類，從禪學角度來看的確是有所問題，所以明清學人如陳繼儒、錢謙益（1582～1664）、徐增、馮班等人，都曾對此提出疑義與質訊。不過，當代學者如王夢鷗、黃景進等人，亦曾就嚴羽該比喻系統的相關問題，及明清學人的質疑、批評部分，個別地提出討論和解釋，也獲得頗爲可觀的成果。〔註144〕不過筆者

〔註143〕近代文學批評史家朱東潤曾注意到嚴羽《滄浪詩話》的這個特色，其《中國文學批評史大綱・第三十五嚴羽》說：「吾國文學批評家，大抵身爲作家，至於批判今古，不過視爲餘事。求之宋代，獨嚴羽一人，自負識力，此則專以批評名家者。羽之言曰：『夫學詩者以識爲主。』又曰：『僕之《詩辨》，乃斷千百年公案，誠驚世絕俗之譚，至當歸一之論。』又自稱其論詩，若那吒太子，析骨還父，析肉還母。諸語皆足以見其自負處，其論亦單刀直入，旁若無人。」引文詳見《中國文學批評史大綱》，頁182。

〔註144〕關於明清學人針對嚴羽是否知禪這一問題所提出的疑義與質訊，及當代學者王夢鷗、黃景進對明清學人疑義部分的討論與解釋，讀者可詳見王夢鷗的〈嚴羽「以禪喻詩」試解〉（王夢鷗著，《中國文化復興月刊》第14卷第8期，1981年8月）一文；及黃景進《嚴羽及其詩論之研究》書〈第四章以禪喻詩的主要內容・第五節對嚴羽

認爲既如上所述，嚴羽「以禪喻詩」的詩學詮釋模式，主體在詩而不在禪，討論的焦點是詩歌而不是禪學，那麼只要透過「以禪喻詩」建構而成的比喻系統，適足表達出嚴羽的詩觀，彰顯出嚴羽的詩學判斷，那就是一個成功的比喻系統。就此而言，當我們討論的主題是嚴羽詩學時，嚴羽的禪學造詣如何，恐怕不是最重要的部分。此誠如龔鵬程在《詩史本色與妙悟》裡所提到的：「無論是以禪論詩或參悟說，都不是受禪宗影響而有的觀念，只是在宋代詩學意識之發展中、中國藝術精神之凝形中，詩人默察誠觀其生命與詩歌創作的種種曲折，而提出來的觀念架構。這一觀念架構，事實上又與宋文化及宋代所有詩學內部問題習相關，不能孤立的處理。但因爲它與當時所有互有關聯，而禪宗又是當時的重要思想系統之一，詩家即假借『禪』來譬況、來說明。」〔註145〕

　　綜上論述，我們可以將嚴羽「以禪喻詩」的內容，設定成「指出詩禪的共通性質」、「以參禪的方式來學詩」及「以禪宗宗派比喻詩派的風格」三個方面。我們曾指出，同這上述三方面「以禪喻詩」的相關討論，遠在嚴羽之前便已存在，可見「以禪喻詩」的詩學詮釋模式，確實不是嚴羽所獨創的。然而我們也認爲，嚴羽「以禪喻詩」的意義，並不在於其獨創性，而是在於其大成性上。換言之，嚴羽是在他「自家實證實悟」、「自家閉門鑿破此片田地」的信念上，對前賢的「以禪喻詩」之說，進行系統化、理論化的工程，就此我們稱他是宋人「以禪喻詩」的集大成者，一點也不是過譽之詞。由上述對嚴羽「以禪喻詩」內容的討論裡，我們可以引出下一個問題。如前文所述，王漁洋自謂能深契於嚴羽「以禪喻詩」之說。那麼，漁洋所深契或理解的嚴羽「以禪喻詩」，究竟是包含上述三方面「以禪喻詩」的內容呢？還是如同他對待司空圖詩論的態度，對嚴羽的某些提論，具有特定的偏

　　　　「以禪喻詩」的批評〉，頁 193～198。
〔註145〕見龔鵬程著，《詩史本色與妙悟》（台北：台灣學生書局，1993 年 2 月增訂版第一刷），頁 144。

愛與選擇？要釐清這個問題，我們得先把漁洋「以禪喻詩」的相關言論揀擇出來，以進行更深入的討論。筆者以爲《帶經堂詩話》卷三〈微喻類〉第九則的記錄，最能表現漁洋思考裡的詩、禪關係：

> 捨筏登岸，禪家以爲悟境，詩家以爲化境，詩禪一致，等無差別。〔註146〕

在佛教「捨筏登岸」的比喻裡，「筏」是文字、是佛渡人之法；「岸」則是眞理、是「言語道斷」的「第一義諦」。《金剛經・正信希有分第六》說：

> 是諸眾生無復我相，人相，眾生相，壽者相，無法相，亦無非法相。何以故？是諸眾生，若心取相，即爲著我人眾生壽者。若取法相，即著我人眾生壽者。何以故？若取非法相，即著我人眾生壽者。是故不應取法，以是義故，如來常說，汝等比丘，知我說法，如筏喻者，法尚應捨，何況非法。〔註147〕

「法」是佛用以開導眾生徹悟「第一義諦」的言論，「非法」則是俗人外道執以爲妄有妄無的虛假妄說。「捨筏登岸」的含義是說，佛開悟眾生所說的「法」，只是權宜教化，爲初學入門者所設的方便法門，在這立場上不得不用語言文字假以權說。不過，若一朝眾生能遍得般若之智，證悟自性，則應該自性自度，此時佛用以度人的「法」，則完全失去作用。以「筏」與「岸」的關係爲例，「筏」只要能載人渡過大河到達彼「岸」，就完成了它的任務，人們到「岸」之後，渡人過河的「筏」，就完全失去了它的意義。前述佛所權宜設說的「法」，就如同載人過河的「筏」一樣，都不是「實相」，既然已載領人們悟解「第一義諦」、到達彼「岸」時，人們就應當捨棄、不該眷戀。佛所說的「法」尚且如此，更何況還有世上還有一些非佛所教化的言論，則更是虛無不眞了。當上述觀念及原理運用在詩學層面時，就是我們

---

〔註146〕同註10，頁83。
〔註147〕見吳靜宇撰述，《金剛經釋密》（孝義精舍，1950年11月出版），頁223。

曾在前章討論過的，由「文內之旨」通往「言外之意」的美學理論。
漁洋在《帶經堂詩話》卷五〈序論類〉第二則裡，稱譽當代詩人朱彝
尊（1629～1709）說：

　　秀水朱文恪公之曾孫曰彝尊，字錫鬯。……詩則捨筏登岸，
　　務尋古人不傳之意於文句之外，今之作者未能或之先也。
　　　〔註148〕

該語原出自〈竹垞文類序〉，漁洋對朱彝尊的稱美，其間是否有應酬或
溢美的成分，我們可以暫且不論，我們應當把焦點放在漁洋是如何理
解詩學中「捨筏登岸」的問題。引文裡漁洋很明顯地展示出這樣一個
觀點，詩學裡「捨筏登岸」的目的，最終在於尋求文字之外的「不傳
之意」。本此而論，詩人以個人的存在經驗爲根基，透過語言、文字的
文本創構過程，經營出一個美感經驗的世界；讀者以詩人創作的文本
爲媒介，體驗並參與詩人所建構美感經驗世界。可見在詩學「捨筏登
岸」的比喻裡，語言、文字構成的文本被比喻成「筏」；而「岸」則是
創作主體以自身存在經驗爲藍本，進而創造出來的美感經驗世界。

　　不過，詩與禪之間的差異，也誠如金代詩學名家元好問，在《遺
山先生文集》卷三十七〈陶然集詩序〉內所強調的：

　　詩家所以異於方外者，渠輩談道不在文字，不離文字。詩
　　家聖處不離文字，不在文字。唐賢所謂情性之外，不知有
　　文字云耳。〔註149〕

元好問的這段話，頗能啓示出禪教與詩家在「捨筏登岸」上的重大差
異。禪教的「捨筏登岸」是悟第一義諦者一旦到「岸」，「筏」須盡捨、
也須捨盡，這是強制性、硬性的「捨」，猶如決意沈舟、裂帆破舺而
桅槳不留。然而詩家的「捨筏登岸」，則不同於禪教，詩人一旦登
「岸」，「筏」的表面形貌隱沒，而讓「筏」的精神意涵浮現，以致詩
家知有性情，而不知有文字，文字成了情性的「顯影劑」，沒有文字

---

〔註148〕同註10，頁114。
〔註149〕見清・紀昀主編，《景印文淵閣四庫全書・集部一三〇・遺山先生文
　　　　集》，頁1191之429～1191之430。

這個「顯影劑」，情性就無由浮現。筆者認爲，造成禪教、詩家在認知「捨筏登岸」上有所不同的主要原因，還是得追溯及禪與詩在徼向上的差異。簡言之，禪的徼向是「明心見性」，重在發見「自性」、「本心」，所以《六祖壇經》才斷言「隨其心淨，則佛土淨」、「自性迷，佛即眾生；自性悟，眾生即佛」，又謂「心行轉法華，不行法華轉；心正轉法華，心邪法華轉。開佛知見轉法華，開眾生知見被法華轉」〔註150〕。可見用語言、文字寫成的教典與語錄，甚至是言語機鋒、當頭棒喝等種種舉動，只是開導眾生悟證自性菩提的方便法門，在於協助證解「人性中本具有」的「三世諸佛，十二部經」〔註151〕。禪者既頓悟「眞如本性」、「自性清淨心」，則這些「筏」就只存在著工具性的意義，與「岸」已沒有了直接的關連。相較於禪，詩的徼向則在於「緣情」。就禪教而言，情識是種妄執，如《六祖壇經》所說：

> 自性常清淨，日月常明，祇爲雲覆蓋，上明下暗，不能了
> 見日月星辰，忽遇惠風吹散卷盡雲霧，萬象森羅，一時皆
> 現。世人性淨，猶如青天，惠如日，智如月，知惠常明。
> 於外著境，妄念浮雲蓋覆，自性不能明。〔註152〕

雖然「自性常清淨」，如「日月常明」，但是緣自情識的妄執，卻時時刻刻如烏雲不去般，遮蔽了眾生本具的「眞如本性」，世間有情因此而處於因緣相生、輪迴於六道之中。但對詩家而言，禪家口中的妄念、執著，卻是詩歌創作的根源與動力，因爲它源自生命最深層的吶喊。唐代白居易的〈閒吟〉一詩，最能表現出這種禪意與詩情不能同時兼得的矛盾與苦悶：「自從苦學空門法，銷盡平生種種心。唯有詩魔降未得，每逢風月一閒吟。」〔註153〕觀錢鍾書《談藝錄》第六則〈神

---

〔註150〕見唐・慧能著，郭朋校釋，《壇經校釋》（台北：文津出版社有限公司，1995 年 4 月出版），頁 82 及頁 86。
〔註151〕同註 151，頁 60。
〔註152〕同註 151，頁 39～40。
〔註153〕見《全唐詩》（北京：中華書局，1996 年 1 月第一版第 6 刷）第 13冊，頁 4895。

韻〉條裡對「詩」的界說甚爲得理：

> 詩者，藝之取資於文字者也。文字有聲，詩得之爲調爲律；
> 文字有義，詩得之以侔色揣稱者，爲象爲藻，以寫心宣志
> 者，爲意爲情。及夫調有弦外之遺音，語有言表之餘味，
> 則神韻盎然出焉。〔註154〕

根據錢鍾書對「詩」的界說，若以禪家「捨筏登岸」的思考，對詩歌
進行理解，只能得詩的「神韻」部分，其他的「調律」、「象藻」、「意
情」，則全部遺落，等於忽略了詩歌是語言的藝術這一特性。本此，
錢鍾書《談藝錄》第二十八則〈妙悟與參禪〉條以爲詩、禪之別，主
要在「了悟以後，禪可不著言說，詩必託諸文字」〔註 155〕，實爲見
地之論。「了悟以後」即「岸」，禪之「言說」、詩之「文字」是「筏」，
達「岸」之後「禪可不著言說」，但「詩必託諸文字」。葉維廉〈嚴羽
與宋人詩論〉文云：

> 禪家的無言之境是真的無言，詩是語言的架構，是語言的
> 產物，便無法真正無言，但詩可以企圖超越語言轉化爲指
> 向或呈示語言以外的物態物趣的符號。……這是一種重點
> 的轉移，轉向超脫語言的束縛的心靈的自由。〔註156〕

由是觀之，詩家的「捨筏登岸」必然不同於禪教的「捨筏登岸」。

## 第三節　嚴羽的「以禪喻詩」與王漁洋的「詩禪一致」之相關考察

擁有豐富創作經驗及一定禪學修養的王漁洋，自然深解我們上論
之理，亦深知作爲宗教的禪與作爲藝術的詩之間，存在著本質上的差
異。既是如此，漁洋爲何會故作「詩禪一致，等無差別」的驚人之語

---

〔註154〕見錢鍾書著，《談藝錄》（台北：書林出版有限公司，1999 年 2 月第
　　　　一版第二刷），頁 42。
〔註155〕同註 155，頁 101。
〔註156〕見葉維廉著，《中國詩學》，（上海：三聯書店，1996 年 3 月第一版
　　　　第三刷），頁 109。

呢？筆者認爲漁洋的「詩禪一致」，是扣緊以下三點立論的：第一、
詩與禪在語言運用的方式上，具有某種共通之處。嚴羽、漁洋對此都
別有會心，這主要表現在他們對「活句」的相關討論上。第二、詩、
禪的本質誠然不同，但如上所述，兩者在性質上確實有某些地方可以
互通。嚴羽發覺到了這點，稱之爲「妙悟」；而漁洋則認可、並接受
了嚴羽這個觀念，所以在漁洋詩學內，除了對嚴羽的「妙悟」之說頗
多維護外，並且其某些詩學觀念屢屢表現出與「妙悟」的契合。第三、
在追求的最終境界上，詩和禪也可以有某種層次的互通。嚴羽似乎沒
有對此特加留意，不過漁洋注意了到這個論題。當這個論題落實成爲
詩歌批評時，則產生了嚴羽「宗李杜」，而漁洋「準王孟」的分野。
筆者以爲這是嚴羽「以禪喻詩」與漁洋「詩禪一致」最大的差異。關
於漁洋這方面的論述，可拿用前引的「捨筏登岸，禪家以爲悟境，詩
家以爲化境」之說作爲代表。

　　先討論王漁洋「詩禪一致」說的第一點。在語言運用的方式上，
嚴羽與漁洋認爲詩與禪都需要經由有限的語言，展現出無盡的意涵，
即我們上文討論的「捨筏登岸」，從「文內之旨」通達到「言外之意」
的模式。在《滄浪詩話》的〈詩辨〉裡，嚴羽已指出「盛唐諸人」的
詩作，具有「言有盡而意無窮」的美學效果，並以之與江西詩人的「作
奇特解會，遂以文字爲詩，以才學爲詩，以議論爲詩」作比較，認爲
江西詩人「非豈不工」，只是沒有盛唐詩歌的餘味無窮，「於一唱三嘆
之音，有所歉焉」。〔註157〕隱隱將詩歌能否具備「言有盡而意無窮」、
「一唱三嘆」的美學效果，作爲衡量詩歌造詣的最高美學標準。而在
〈詩法〉裡，嚴羽則有如下的主張：

　　　但參活句，勿參死句。

上引嚴羽的說法，可考溯至《五燈會元》卷十五〈德山緣密禪師〉的
記錄：

　　　上堂：「但參活句，莫參死句。活句下薦得，永劫無滯。一

──────────────
〔註157〕同註20，頁26。

　　塵一佛國，一葉一釋迦，是死句。揚眉瞬目，舉指豎拂，
　　是死句。山河大地，更無淆訛，是死句。」時有僧問：「如
　　何是活句？」師曰：「波斯仰面看。」曰：「恁麼則不謬去
　　也。」師便打。〔註158〕

引文內「活句」、「死句」之說，是宋代禪宗熱烈討論的焦點。在上引
德山緣密「但參活句，莫參死句」的論述中，只有「活句」、「死句」
的標例，並沒有對「活句」、「死句」作相關的界說。不過，在北宋黃
龍宗禪師惠洪在《林間錄》卷上裡，曾說他在「建中靖國之初」，於「故
人處獲洞山初禪師語一編」，「其語言宏妙，眞法窟爪牙」，其中大旨云：

　　語中有語，名爲死句；語中無語，名爲活句。未透其源者，
　　落在第八魔界中。又曰，言無展事，語不投機，乘言者喪，
　　滯句者迷。〔註159〕

所謂「語中有語」，就是句中之意具有明確的指向。句意有所定向，
就意味著說者的思維方式，已經黏滯在熟習的邏輯思考當中，對禪宗
而言，這就是一種偏執，就是「死於句下」。在德山緣密所舉的例子
裡，如「一塵一佛國，一葉一釋迦」、「揚眉瞬目，舉指豎拂」、「山河
大地，更無訛」，都可以直接從句子的字面理解句中意涵，本此德山
緣密才說這類是定型化了的「死句」。禪宗爲了要破解上述的執著，
使人們自正常、慣有的思維中獲得解脫，以頓見「眞如本性」。所以
處心積慮地採取以言破言的方式，提出「語中無語」，句中沒有特定
所指、不合常規的「活句」，以冀自「言語道斷」之處，讓聽者自悟
返證「自性本心」。因此在前引文裡，德山緣密提倡「但參活句」，導
出「波斯仰面看」這類非平常思維模式、不合一般理路的「活句」，
以開領弟子悟門。未料仍有不識好歹的徒眾，強加追問「恁麼則不謬
去也」，硬要禪師「活句」死答，德山緣密不得不再採取另外一種方

---

〔註158〕見宋・普濟著，蘇淵雷點校，《五燈會元》（台北：文津出版社，1991
　　　　年4月出版），頁935。

〔註159〕見宋・惠洪著，《林間錄》（台北：台灣商務印書館，1976年出版），
　　　　頁27。

式——「師便打」，試圖再行創造出不同形式的「活句」來點悟門徒。
蓋「活句」死答則成定套，定套等於落入一般熟習的邏輯思維內，便
成了「死句」，原先欲破執的工具變成了種偏執。執念其中者，終不
免成為洞山守初口中「言無展事，語不投機，乘言者喪，滯句者迷」
的「未透其源」之人，畢竟「落在第八魔界中」。本之上述以理解前
引的德山緣密之說，我們其實不難明瞭禪師們要人「但參活句，莫參
死句」，試圖引導人們在「活句下薦得，永劫無滯」的苦口婆心。

　　除上述洞山守初對「死句」、「活句」的粗略界說外，惠洪曾在《禪
林僧寶傳》卷十二〈薦福古禪師傳〉贊文裡，對「死句」、「活句」作
過較具體的界說：

　　曰：巴陵真得雲門之旨。夫語中有語，名為死句；語中無
　　語，名為活句。使問「提婆宗」，答曰：「外道是」；問「吹
　　毛劍」，答曰：「利刃是」；問「祖教同異」，答曰：「不同則
　　鑒」。作死語，墮言句中。今觀所答三語，謂之語，則無理；
　　謂之非語，則皆赴來機，活句也。〔註160〕

引文裡所舉的例子，如問者問何者是「提婆宗」，答者說「提婆宗」
是邪魔外道的一種；問者問吹毛可斷之劍意味什麼，答者答覆這是無
比鋒利的刀刃等等，都是針對問題進行定向的思維，從而作正面、直
截的答覆，就此惠洪說這是「作死句，墮言句中」。那麼怎樣才算活
句呢？惠洪舉例告訴我們，巴陵顥鑒能得雲門文偃宗旨的「巴陵三
句」，才是名符其實的「活句」。觀《五燈會元》卷十五〈巴陵顥鑒禪
師〉載曰：

　　問：「如何是吹毛劍？」師曰：「珊瑚枝枝撐著月。」問：「如
　　何是提婆宗？」師曰：「銀碗裡盛雪。」……僧問：「祖意
　　教意是同是別？」師曰：「雞寒上樹，鴨寒下水。」〔註161〕

可見「活句」確實是句中沒有特定所指、不合一般理路的句子。如問

─────────────────

〔註160〕見宋・惠洪著，《禪林僧寶傳》（台北：台灣商務印書館，1977年出
　　　　版），卷十二頁10。
〔註161〕同註159，頁937。

外道邪魔「提婆宗」，則回答看似毫不相干的「銀碗裡盛雪」；問鋒銳利刃「吹毛劍」，則不著頭緒的回覆「珊瑚枝枝撐著月」之語。周裕鍇的《禪宗語言》一書，曾對「死句」與「活句」作如下的界說，頗值得我們參考：

> 「死句」是指對問題的正面答語，可以從字面上來理解其含義的句子。「活句」指本身無意義、不合理路的句子，通常是反語或隱語，不對問話正面回答。〔註162〕

就此來說，「活句」指的正是「一種有語言的形式而無語言的指義功能的句子。宗門或稱之爲『無義語』」〔註163〕，即惠洪所謂的「謂之語，則無理；謂之非語，則皆赴來機」。

禪者參「活句」的目的只有一個，那就是超脫語言文字的籠牢，以體契到深藏語言文字背後的那個「眞如」、「涅槃實相」，證解到我心即佛性，一切萬法皆在自性中，此即《六祖壇經》所謂「識心見性，自成佛道」〔註164〕，即獲大解脫。至於詩家參「活句」的目的，並不在證悟「自性菩提」，而在於尋找進入美感經驗世界的通道，走過這個通道，主體就能逍遙自在於詩境之中。高友工在〈文學研究的美學問題〉文裡所說最確：「在美的境界中，我們經驗的是經驗而已，但是此一經驗卻已體現了一個我們所已解釋、了悟的價值。」〔註165〕在美的觀照之中證悟到自身的存在，在美感經驗內實現了生命的價值，又何嘗不也是種解脫呢？錢鍾書《談藝錄》第二十八則〈妙悟與參禪〉條，論詩、禪「活句」相通處頗有精義：

> 禪宗「當機煞活」者，首在不執著文字，「句不停意，用不停機。」古人說詩，有曰：「不以詞害意」而須「以意逆志」者，有曰：「詩無達詁」者，有曰：「文外獨絕」者，有曰：

---

〔註162〕見周裕鍇著，《禪宗語言》（杭州：浙江人民出版社，1999年12月出版），頁186

〔註163〕同註163，頁280。

〔註164〕同註151，頁58。

〔註165〕見李正治主編，《政府遷台以來文學研究理論及方法之探索》（台北：台灣學生書局，1988年11月出版），頁158。

「含不盡之意見於言外」者。不脫而亦不黏，與禪宗之參
活句，何嘗無相類處。〔註166〕

據上引文所述，詩家的「不執著文字」，其實就是不看死文字，係為
了追求「言外之意」所作的前置準備。黃維樑曾在〈中國詩學史上的
言外之意說〉文中，舉「雞聲茅店月，人跡板橋霜」、「雨中黃葉樹，
燈下白頭人」語為例，以為這類詩句「純粹描寫景象，讀者運用想像
力細細咀嚼，慢慢領悟，情意自出。這樣，寫愁思和昏老，卻不落這
些抽象文字的障內，一點抽象文字的痕跡也沒有，全憑讀者神思馳
騁，靈活推求，覺得言盡而意無窮」，而「能做到這樣的詩句就是活
句」。〔註167〕這就是錢鍾書口中的「不黏」。此外如前所述，詩歌是
語言的藝術，沒有文字相的詩，何以為詩？如何寓「不盡之意」見於
言外？只能是不可得的無字天書而已。對此錢鍾書嘗有妙喻：「水月
鏡花，固可見而不可捉，然必有此水而後潭可印月，有此鏡而後花能
映影。」〔註168〕水、鏡猶詩家文字，水中月、鏡中花則是詩歌的言
外之意，水月、鏡花之有待水、鏡，如言外之意之待於詩家文字。「活
句」的「不脫」之意，由此可悟。綜上論述，嚴羽的「但參活句」之
說，其實就是要求詩家雖然將詩歌當成一個參詩的文本，但是不要執
著於其中文字，這樣方有可能自其中獲致言外之意。

　　王漁洋論「活句」時，明顯地帶有嚴羽「但參活句，勿參死句」
之說的痕跡。《帶經堂詩話》卷三〈微喻類〉第六則云：

佛印元禪師謂眾曰：昔雲門說法如雲雨，絕不喜人記錄其
語。見即罵曰：「汝口不用，反記吾語，異時稗販我去！」
　　學者漁獵語言文字，正如吹網欲滿，非愚即狂。〔註169〕

洪修平的《中國禪學思想史》以為，「雲門文偃由雪峰義存、德山宣

─────────────

〔註166〕同註155，頁100～101。
〔註167〕見黃維樑著，《中國詩學縱橫論》（台北：洪範書店有限公司，1986
　　　　年11月第4版），頁146。
〔註168〕同註155，頁100。
〔註169〕同註10，頁82。

鑒、龍潭崇信、天皇道悟而上承石頭希遷的宗風，在禪學思想強調無心任自然、一切現成，在接機方式上則注重截斷學人情思，促其無心自悟」〔註170〕，可見雲門文偃說法時必重在隨機點化，佛印以雲雨喻之，蓋因雲門文偃能信手拈來、頭頭是道之故。雲門文偃既擅長運用「活句」，又喜採取隨機點化的態度接應教眾，所以他深解「活句」不可強行言詮，一旦落入唇吻之中，則成定向思維，所謂的「死句」、死門皆應斯而生，雲門文偃「絕不喜人記錄其說」的觀點，係源乎此。觀漁洋引述該條記錄之意，與嚴羽「但參活句，勿參死句」的思維方式，實有謀合之處。

又《帶經堂詩話》卷三〈微喻類〉第四則說：

象耳袁覺禪師嘗云：東坡云「我持此石歸，袖中有東海」；山谷云：「惠崇煙雨蘆雁，坐我瀟湘洞庭；欲喚扁舟歸去，旁人云是丹青。」此禪髓也。唐人如王摩詰、孟浩然、劉慎虛、常建、王昌齡諸人之詩，皆可語禪。〔註171〕

「我持此石歸，袖中有東海」，是蘇軾〈文登蓬萊閣下，石壁千丈，爲海浪所戰，時有碎裂，淘灑歲久，皆圓熟可愛，土人謂此彈子渦也。取數百枚，以養石菖蒲，且作詩遺垂詞堂老人〉詩中的名句；而「惠崇煙雨蘆雁，坐我瀟湘洞庭；欲喚扁舟歸去，旁人云是丹青」，則出自黃庭堅的〈題鄭防畫夾五首〉之一。〔註172〕王夫之《薑齋詩話》卷一〈詩譯〉曾說：「作者用一致之思，讀者各以其情而自得。」又說：「人情之遊也無涯，而各以其情遇，斯所貴於有詩。」〔註173〕

〔註170〕見洪修平著，《中國禪學思想史》（台北：文津出版社，1994年4月出版），頁266。
〔註171〕同註10，頁81。
〔註172〕關於蘇軾的〈文登蓬萊閣下石壁千丈爲還海浪所戰時有碎裂〉，讀者可見於《蘇軾詩集》（清·王文誥輯註，孔凡禮點校，北京：中華書局，1992年4月1第版第三刷）卷三十一，頁1651～1652；黃庭堅的〈題鄭防畫夾五首〉，可見於《山谷詩集注》（宋·黃庭堅著，宋·任淵、史容、史季溫注，台北：藝文印書館，1969年10月出版）卷七，頁470。
〔註173〕同註80，頁139～140。

詩、禪本質上的不同，自然造成二者在詮釋學「前見」（Vorurteil）
上的差異，表現在對蘇、黃二詩理解時，必然產生兩種不盡相同的
思考方式。先說詩家的思考模式。詩家因爲站在藝術的立場觀詩，
所以看到的是濃厚的詩情詩意。蘇軾原詩的主題在於詠石，皮朝綱
《禪宗的美學》曾分析該詩說：「東坡所云『我持此石歸，袖中有東
海』，楊萬里曾稱之爲『驚人句』。其所以驚人，就在於極大之東海
竟能納入甚小之衣袖中，誠不可思議。可是詩人自然寫來，卻化不
可能爲可能，化不合理爲合理，與東海友人的情誼，見於言外。」
〔註 174〕至於黃庭堅的作品，性質上屬於題畫詩，「惠崇煙雨蘆雁」
云云，旨在稱美惠崇畫作的逼眞。不過在這首詩裡，黃庭堅對惠崇
畫作的稱譽，並非作直接判斷的形式，而是採取迂轉、不著判斷的
手段。黃庭堅故意說自己身處洞庭湖畔，欲呼喚小船回返歸程時，
旁者提醒他說這並非實境，只是一幅圖畫，至此他才詫然領悟到，
自己自始至終都是身處在惠崇所畫的虛景裡。東海友人的情誼、惠
崇畫作的逼眞，在蘇軾、黃庭堅的非直接式的言說裡，已被清楚的
說出；在蘇軾、黃庭堅不對之進行判斷時，已完成了判斷。從語言
的運用方式上來說，這就是詩家的「活句」；從美學整體模式的使用
來看，就是我們前章討論過的「不著一字，盡得風流」。《帶經堂詩
話》卷二〈推較類〉第七則說：「益都孫文定公（廷銓）詠息夫人云：
『無言空有恨，兒女粲成行。』諧語令人頤解。杜牧之『至竟息亡
緣底事，可憐金谷墜樓人』，則正言以大義責之。王摩詰『看花滿眼
淚，不共楚王言』，更不著判斷一語。此盛唐所以爲高。」〔註 175〕
亦類上述之意。蓋漁洋以爲盛唐詩歌高處，就在這種未在文字內下
判斷之時，就已在言外完成了判斷，不判斷而判斷自在其中的特色。
再說禪門的思考方式。禪門立足於禪學看詩，因此看到的蘇、黃二

〔註 174〕見皮朝綱著，《禪宗的美學》（高雄：麗文文化事業股份有限公司，
　　　　　1995 年 9 月出版），頁 114～115。
〔註 175〕同註 10，頁 53。

詩是濃厚禪機。象耳袁覺將原本是詩歌文本的蘇、黃之詩，轉換爲參禪用的文本，因此蘇軾「我持此石歸，袖中有東海」，不妨「包含『一月普現一切水，一切水月一月攝』的禪理」，而黃庭堅「欲喚扁舟歸去，旁人云是丹青」這種「亦眞亦幻的描寫」，也可能蘊含著「『即色即空』的道理」。〔註176〕就此而言，蘇、黃二詩成了禪門的「活句」，而禪者由「活句」中悟到「一月普現一切水，一切水月一月攝」、「即色即空」之理，就是象耳袁覺口中的「禪髓」。周裕鍇《禪宗語言》本此認爲：「所謂『禪髓』之說，與其說是東坡、山谷詩本身有禪意，不如說是袁覺禪師將其當做禪的文本來參究。」〔註177〕確是的論。

綜上所述，我們可以斷言，漁洋提出「唐人如王摩詰、孟浩然、劉愼虛、常建、王昌齡諸人之詩，皆可語禪」，乃至「詩禪一致」等說法的目的，並不是像前述的象耳袁覺一樣，視詩歌爲參禪的文本，眾生可以經由對王、孟諸人詩作的參悟，頓見「眞如本性」，或從中體會某種禪理、禪機。相反地，漁洋所要點示的是，詩與禪在語言運用方式上的相通之處，二者都需要經由有限的語言，展現出語言背後無盡的意涵。漁洋說王、孟詩作「皆以語禪」，其實等於說它們是「活句」，讀者由之可參出言外之意、「味外味」。清代詩論家翁方綱（1733～1818）曾在《七言詩三昧舉例》的〈丹青引〉條內，指出漁洋「於唐賢獨推右丞、少伯以下諸家得三昧之旨」〔註178〕，翁方綱言下的「三昧」，就相當於漁洋的「皆可語禪」之意。在前人的詩評中，已多指摘出王維、王昌齡詩歌具備言外之意、「韻外之致」，能令人反覆玩味無窮的特質，茲引之爲證。關於評論王維詩作的部分，如宋代張戒《歲寒堂詩話》說：「王右丞詩，格老而味長」，明代許學夷（1563～1633）《詩源辯體》則認爲「摩詰五言絕，意趣幽

---

〔註176〕同註163，頁363。
〔註177〕同註163，頁363。
〔註178〕見清・王夫之等撰，《清詩話・七言詩三昧舉例》，頁291。

玄，妙在文字之外」〔註179〕。至於對王昌齡詩作的評論，明代胡應麟（1551～1602）《詩藪》指出，「江寧〈長信詞〉、〈西宮曲〉、〈青樓曲〉、〈從軍行〉，皆優柔婉麗，意味無窮，風骨內含，精芒外隱，如清廟朱弦，一唱三歎」。又清代沈德潛（1673～1769）《唐詩別裁集》則說：「龍標絕句，深情幽怨，意旨微茫，令人測之無端，玩之無盡。」〔註180〕上引說法，都可同漁洋的王、孟諸作「皆可語禪」之說，翁方綱以爲漁洋「於唐賢獨推右丞、少伯以下諸家得三昧之旨」，相互地進行參證與闡發。

　　若說到王漁洋「活句」觀的具體落實，非其晚年所選的《唐賢三昧集》莫屬。《帶經堂詩話》卷三〈微喻類〉第七則裡曾有這樣的記錄：

> 林間錄載洞山語云：「語中有語，名爲死句；語中無語，名爲活句。」予嘗舉似學詩者。今日門人鄧州彭太史直上（始搏）來問予選唐賢三昧集之旨，因引洞山前語語之，退而筆記。〔註181〕

漁洋借洞山守初的「活句」、「死句」之分，回答彭始搏爲何要編選《唐賢三昧集》這一問題。據引文所述，漁洋顯然將《唐賢三昧集》的成書旨要，定位爲對詩歌「活句」的輯選。至於《唐賢三昧集》的編選目的，則在於引導讀者領略詩歌的言外之意。漁洋的這個意圖，很明確地表現在《師友詩傳續錄》第五則，他對劉大勤問題的答覆裡：

> 問：「唐賢三昧集序，『羚羊挂角』云云，即音流弦外之旨否？」答：「嚴儀卿所謂『如鏡中花，如水中月，如水中鹽味，如羚羊挂角，無跡可求。』皆以禪理喻詩。內典所云不即不離，不黏不脫；曹洞宗所云參活句是也。熟看拙選唐賢三昧集，自知之矣。」〔註182〕

〔註179〕見陳伯海主編，《唐詩彙評》（杭州：浙江人民出版社，1996年5月第一版第三刷），頁277及頁278。
〔註180〕同註180，頁422及頁423。
〔註181〕同註10，頁82。
〔註182〕同註114，頁149～150。

引文裡漁洋默認了劉大勤提出的「音流弦外」之說，並將之同「不即不離，不黏不脫」、「參活句」的說法直接連成一線，最後說「熟看拙選唐賢三昧集，自知之矣」。漁洋編選《唐賢三昧集》要讀者所知所識的，其實就是「活句」背後活潑潑的言外之意而已。然而，言外之意只可意會難以言傳，如《帶經堂詩話》卷二〈微喻類〉第二則所說：「越處女與句踐論劍術曰：妾非受于人也，而忽自有之。司馬相如答盛覽論賦曰：賦家之心，得之于內，不可得而傳。詩家妙諦，無過此數語。」〔註183〕因此漁洋只得一再借用禪宗「參活句」的方式論詩，誠如嚴迪昌《清詩史》所說的：「漁洋要的是弟子們心領神會，他左說右說，最後卻希冀不立文字，這正是從禪宗得來的啟示。」〔註184〕

　　再討論王漁洋「詩禪一致」說的第二點。在對詩、禪共通性質的認識裡，嚴羽提出了「妙悟」的說法，而漁洋繼承並深化了嚴羽的論述。嚴羽在《滄浪詩話》的〈詩辨〉內，是這樣論述「妙悟」的：

　　　大抵禪道惟在妙悟，詩道亦在妙悟。且孟襄陽學力下韓退
　　　之遠甚，而其詩獨出退之之上者，一味妙悟而已。惟悟乃
　　　為當行，乃為本色。〔註185〕

在這段話裡，我們可以釐出兩個問題：第一、嚴羽口中那個詩道、禪道相通的「妙悟」，其內涵究竟是何物？第二、如嚴羽解釋說，孟浩然學力在韓愈之下，但其詩作在韓愈之上，是「一味妙悟」之故？先說第一個問題。陳瑞山曾針對嚴羽「大抵禪道惟在妙悟，詩道亦在妙悟」之說，提出「開放性文本」（an open text）的觀點，他認為該語背後的答案，實「不亞於禪宗的『公案』之耐人尋味」，其中「蘊含著多種可能的詮釋」。〔註186〕既然這麼一段開放性文本，歷來已引發出各種不同的詮釋，那麼我們所要作的工作，就不應該是是如何地作

〔註183〕 同註10，頁81。
〔註184〕 見嚴迪昌著，《清詩史》（台北：五南圖書出版公司，1998年10月出版），頁457。
〔註185〕 同註20，頁12。
〔註186〕 同註121，頁71。

出「自我」的詮釋，而應該是如何地讓我們的詮釋更「合理化」、更契近嚴羽原意。筆者認爲劉瀚平在〈審美活動中理解、認識的特點之一——悟〉文裡對「悟」字本義的考察，及其對「悟」這個思維方式的討論，可以作爲我們理解嚴羽「妙悟」一詞內涵的依據。劉瀚平在考察諸古典文獻中的「悟」字後，認爲「『悟』的本義當是心領神會」，並且歸結「悟」這一思維方式的特徵：

> 乃在於雖不能把它歸結爲感性，也不能把它歸結爲理性，它是超乎感性和理性之上的「非理性」活動，而能夠深刻地把握事實的本質。它主要的功能爲直觀。直觀不經由概念之媒介，而直接掌握一物之存在或性質，例如內在行爲及自我之存在。〔註187〕

可見「悟」其實就是種直覺活動，其特徵如姚一葦在《審美三論・論直覺》所歸納的：第一、直覺是指「立即的瞭解或把握，亦即在一瞬之間或剎那間所捕捉到的整體，沒有經過思想或反省之類的活動」；第二、直覺是種「自發性判斷」的形式；第三、直覺是「未經知性介入前的一種『認知』」；第四、直覺當中「含有非理性的成份」；第五、直覺的能力「因人而異，不僅有大小之分，且有性質之別」；第六、直覺受到「一個民族或地區文化的影響」。〔註188〕如上所述，「悟」既是種直覺活動，那麼它自然可以有不同的意向對象和意向性，禪道之「妙悟」與「詩道」之「妙悟」的分野自茲而生。大抵在禪道的「妙悟」活動裡，「妙悟」的意向對象是「禪」，其意向性則指往我們思想、概念未形成之前，主客未分的「本來面目」狀態，這時的「禪」是作爲被「悟」的「禪」而出現，「悟」則是作爲「禪」的「悟」而存在。至於在詩道的「妙悟」活動內，「妙悟」的意向對象是「詩」，其意向性指向「語言」與「世界」未分裂之前，主客湊泊不分的美感經驗世

---

〔註187〕見淡江大學中國文學研究所主編，《文學與美學》（台北：文史哲出版社，1990年1月出版），頁302。
〔註188〕見姚一葦著，《審美三論》（台北：台灣開明書店，1993年1月出版），頁51～60。

界，這時的「詩」是作爲被「悟」的「詩」而顯現，「悟」則是作爲
「詩」的「悟」而存在。可見縱使詩與禪在本質上有所不同，但是基
於它們同樣對直覺活動有著重度的依賴，及直覺在詩、禪領域內的相
似活動方式，嚴羽才可能以直覺來溝通詩、禪這兩個不同的領域，從
而提出「禪道惟在妙悟，詩道亦在妙悟」的說法。

　　本上論述，我們其實可以將禪道「妙悟」的性質，定位在「宗教
性」的直覺上面，而把詩道的「妙悟」，定位爲我們前文討論過的「藝
術直覺」。劉瀚平說：

> 「悟」的特點，乃在於他不假邏輯判斷和推理演繹的形象
> 直覺方式，正可借以推出藝術的審美——不靠理性的抽象
> 認識，而是靠純粹意識的直覺，而展開人的自由無限的心
> 靈所圓照的境界中，泯沒主客能所的對立，物物還其各在
> 自己的眞實相。〔註189〕

可見「悟」確實是種藝術的直覺。又童慶炳在〈嚴羽詩論緒說〉文內
的意見，頗值得我們參考：

> 說「大抵禪道惟在妙悟，詩道亦在妙悟」。也就是說，嚴羽
> 主要就「妙悟」這一層面把詩的創作與參禪作了類比，並
> 不是在禪與詩的一切層面進行類比。……那麼「妙悟」是
> 什麼樣的心理機制呢？用我們今天的話來說就是「直覺」。
> 直覺是無需知識的直接幫助的，無需經過邏輯推理而對事
> 物的本質作直接的領悟。直覺是通過最樸素的方式達到最
> 玄妙的境界。一旦有知性介入，就有了「知性」的障礙，
> 那就不是直覺了。〔註190〕

禪是以直覺爲根柢的宗教，詩則是以直覺爲根柢的藝術，就根基上來
說，詩、禪二者的確有互通之處。同時，也因爲嚴羽認識到詩是以直
覺爲根柢的藝術這個重大關鍵，所以他才會特別強調「爲悟乃當行，

---

〔註189〕同註188，頁306。
〔註190〕見童慶炳著，〈嚴羽詩說緒論〉（《北京師範大學學報（社會科學版）》
　　　　1997年第2期），頁87。

乃爲本色」。根據龔鵬程的研究,「本色說的眞正用意」是「用以指明某一文體的本質」,所以「悟」乃「當行本色」的說法,就是嚴羽「認定詩之所以爲詩,在於它是吟詠情性的,其創作與理解,均來自妙悟,而非理性知識的推求」。〔註191〕本此,嚴羽在〈詩辨〉內提出了以下的說法:

> 詩有別材,非關書也;詩有別趣,非關理也。然非多讀書,
> 多窮理,則不能極其至。……詩者,吟詠情性也。〔註192〕

這等於是說「書」所代表的「知識」與「理」所代表的「知性」,對詩歌這種根源於直覺的藝術而言,只能是主要條件而非必要條件。換言之,作詩、論詩的「多讀書」、「多窮理」固然重要,但是它們始終不是詩歌理論所要關心的重點,因爲「詩者」被定位在「吟詠情性」上,只有「性情」才是詩之所以爲詩的關捩處。

　　既然如前所述,我們把詩家的「妙悟」定位爲「藝術直覺」,那麼前文提出的第二個問題,爲何嚴羽說「孟襄陽學力下韓退之遠甚,而其詩獨出退之之上者,一味妙悟而已」,其實就不難爲理解了。我們可自上述的討論中找到答案:第一、「爲悟乃當行,乃爲本色」,第二、「詩有別材,非關書也」。蓋嚴羽認定詩歌是以直覺爲根柢的藝術,與「知識」、「知性」並無直接關係,所以縱使韓愈在學識上遠高於孟浩然許多,但是孟浩然仍舊可以憑藉其優越的「藝術直覺」能力,創造出勝過韓愈的詩作。黃景進說:「孟浩然詩所以高於韓愈,即因他是憑直覺創作,而韓愈作詩則夾雜許多學力——亦即滲入理智的思考與間接的經驗。」〔註193〕確實一語道破其中關鍵。筆者以爲造成這種情形的主要原因,是因爲主導詩歌的直覺活動和以知性爲主的知識活動,不僅性質並不相同,而且還是個別間架層次內的不同活動。南宋劉辰翁〈孟浩然詩集跋〉說:

---

〔註191〕同註146,頁116。
〔註192〕同註20,頁26。
〔註193〕同註124。頁108。

生成語難得。浩然詩高處不刻畫，只似乘興。〔註194〕

劉辰翁言下的「乘興」，其實就是「藝術直覺」的另一種表述方式。〔註195〕劉辰翁對孟浩然詩作勝處的理解與嚴羽一致，認爲孟浩然詩歌成就出「高處不刻畫」的基礎，在於孟浩然長於掌握其「藝術直覺」。又明代桂天祥批點的《批點唐詩正聲》說：

> 浩然體本自沖澹中有趣味，故所作若不經思，而盛麗幽閑之思時在言外，蓋天降殊才，非偶然也。〔註196〕

桂天祥除了點示孟浩然「沖澹中有趣味」的詩歌風格，及「所作若不經思」、「盛麗幽閑之思時在言外」的語言特色外，更指出孟浩然詩歌所以能至此詣境，是因爲「天降殊才」的緣故。所謂的「天降殊才」，我們不妨將之理解爲孟浩然天稟優秀的「藝術直覺」能力。而下引的明代許學夷《詩源辯體》之說，最能說明孟浩然「一味妙悟」的能力，及因「妙悟」形成的詩歌創作特色：

> 古人爲詩，有語語琢磨者，有一氣渾成者。語語琢磨者稱工，一氣渾成者爲聖。語語琢磨者，一有相類，疑爲盜襲；一氣渾成者，興趣所到，忽然而來，渾然而就，不當以形似求之。試觀浩然五言律入錄者，無一句人不能道，然未

---

〔註194〕同註180，頁515。

〔註195〕在前數章與本章內，筆者雖將「佇興」、「神詣」與「悟」的性質都定位爲「藝術直覺」的活動，然比較三者的講法及用法，實有微異之處。今試論如下：蓋論「佇興」者，多是在創作活動中，體察到「藝術直覺」的活動；論「悟」者，多是在閱讀活動中，體察到「藝術直覺」的活動；至於論「神詣」者，有從創作活動體察「藝術直覺」者，亦有自閱讀活動體察「藝術直覺」者。綜上論述，「佇興」、「悟」、「神詣」三者的差異，不是本質上的差異，而是理解角度上的差異。我們可以這樣說，從創作主體的角度論「藝術直覺」者，多主「佇興」之說；從閱讀主體角度論「藝術直覺」者，多主「悟」之論；而「神詣」則較偏中性，除了可從創作主體的角度理解外，亦可就閱讀主體的角度加以理解。當我們將「佇興」、「神詣」與「悟」三者聯繫起來觀察時，恰恰地能展現出「藝術直覺」活動的整體性，說明「藝術直覺」活動並非是偏執於某方某面的活動，而是個由作者到讀者、而讀者再到作者的往覆循環過程。

〔註196〕同註180，頁515。

有一篇人易道。後人才小者輒慕浩然，然但得其淺易耳。

浩然造思極深，必待自得。故其五言律詩皆忽然而來，渾然
而就，而圓轉超絕，多入於聖矣。須溪謂「浩然不須刻畫，
只似乘興」，滄浪謂「浩然一味妙悟」，皆得之矣。〔註197〕

孟浩然的詩歌在許學夷眼中，顯然是屬於「一氣渾成」、「不當以形似
求之」的「聖」者。許學夷將孟浩然詩入「聖」的原因，歸結爲「興
趣所到，忽然而來，渾然而就」，這就是「藝術直覺」的作用。許學
夷引述劉辰翁、嚴羽之說，並以爲「皆得之」，背後代表的意義是，
他與劉辰翁、嚴羽一樣，同樣認同並肯定孟浩然具備優異的「藝術直
覺」能力。

　　根據筆者的觀察，王漁洋在詩學觀念上，頗能直契嚴羽的「妙悟」
之說。而漁洋詩學中最能與「妙悟」相呼應的部分，無過於其對「藝
術直覺」的相關討論，不過由於前章甚多這方面的論述，因此筆者在
此不擬再作深入探討，僅略加述明。觀錢鍾書《談藝錄》第二十八則
〈妙悟與參禪〉條以爲：

若夫俯拾即是之妙悟，如《梁書‧蕭子顯傳》載〈自序〉
所謂：「每有製作，特寡思功，須其自來，不以爲構」；李
文饒外集《文章論》附〈箴〉所謂：「文之爲功，自然靈氣，
惝怳而來，不思而至。」〔註198〕

「俯拾即是」一語，原出於唐代司空圖《詩品‧自然》中的「俯拾即
是，不假諸鄰」，而錢鍾書口中「俯拾即是之妙悟」，相當於「藝術直
覺」的活動。我們曾在前章論證司空圖的「俯拾即是，不假諸鄰」、「直
致所得」，與漁洋「佇興而就」、「偶然欲書」的詩學觀念有相通之處。
而此處錢鍾書舉以論「妙悟」的例子，頗能與漁洋《帶經堂詩話》卷
三〈佇興類〉第一則論「佇興」之說相呼應：

蕭子顯云：「登高極目，臨水送歸；蚤雁初鶯，花開葉落。
有來斯應，每不能已；須其自來，不以力搆。」王士源序

---

〔註197〕同註180，頁516。
〔註198〕同註155，頁102。

孟浩然詩云：「每有製作，佇興而就。」余生平服膺此言，
故未嘗爲人強作，亦不耐和韻詩也。〔註199〕

比較上面兩段引文，有兩個共通點：第一、蕭子顯（487～535）的
論點既被漁洋認可，用來說明「藝術直覺」的活動，又爲錢鍾書用
以引述說明「妙悟」。第二、漁洋所引述的唐代王士源之說，與錢鍾
書所引述的唐代李德裕說法，在觀念上實有殊途同歸之妙。透過對
上引漁洋、錢鍾書論述的大略比較，我們可以間接說明「佇興」與
「妙悟」在觀念上確實有互通之處，二者的差別，僅止於表述方式
的不同而已。

由於嚴羽強調「妙悟」、漁洋著眼「佇興」，二人對「藝術直覺」
的重視如一，此一觀念落實到現實的創作與批評面，形成了嚴羽、
漁洋都不贊成「和韻」之作的主張。嚴羽在《滄浪詩話・詩評》裡
直言：

和韻詩最害人。古人酬唱不次韻，此風始盛於元白皮陸。
本朝諸賢，乃以此而鬥工，遂至往復有八九和者。〔註200〕

嚴羽以爲「和韻詩最害人」的原因，大致可以歸結爲以下兩點：第
一、「詩者」是「吟詠情性者也」，可是「和韻詩」的出現，恰恰違
逆詩所以爲詩的本質。它不是詩人性情之所發，而是交際應酬的必
需品，是詩家的有所爲而爲；更有甚者，詩人藉此機會互較高下，
將抒發性情的詩歌淪爲爭勝鬥工的工具。王漁洋就曾對此感慨的
說：「今人連篇累牘，牽率應酬，皆非偶然欲書者也。」〔註201〕第
二、「詩者」以「妙悟」爲「當行本色」，但是「和韻詩」的寫作，
卻試圖扭曲這個藝術創作的規律。「和韻詩」既是酬唱、鬥工的工具，
那就表示詩人必須有隨時「強作」的心理準備，不能待「藝術直覺」
的「惝恍而來，不思而至」，不能悠哉的「偶然欲書」，而要時時以

---

〔註199〕同註10，頁67。
〔註200〕同註20，頁193～194。
〔註201〕同註20，頁84。

「力搆」。如上所述，詩歌是以直覺爲根柢的藝術，「和韻詩」既不重「藝術直覺」，自然難以成就優良的作品。綜上所述，「和韻詩」既違背詩的本質、又違反藝術創作的規律，自然同時成爲嚴羽與漁洋詩論內針砭藥治的對象。

　　最後我們可以討論王漁洋「詩禪一致」說的第三點。從理論上的可能來說，詩、禪間的相通，不一定只能建立在於某些性質的相似性上，如同嚴羽所說的「妙悟」一樣；它們還可能在境界義上，彼此地相互溝通。嚴羽並沒有特別留意詩、禪在境界上可能擁有的共通性，所以他的「以禪喻詩」僅止於指出詩、禪的共通性質在於「妙悟」。相較於嚴羽，漁洋從二者成就的可能境界上發現，其實詩、禪於此也具有互通的可能，前引的「禪家以爲悟境，詩家以爲化境，詩禪一致，等無差別」之說，就應此而生。漁洋認爲詩與禪所成就的極境，可以同時指向「色相俱空」這面。詩家的「岸」，是冥然無跡、天然不可湊泊的「化境」，實體的「言」已化入虛緲的「意」內，由「實」入「虛」地超越了物理面的語言文字，而僅見詩家的情意，這就相當於我們前章討論的皎然「但見情性，不睹文字」之說，亦即前引元好問「唐賢所謂情性之外，不知有文字云耳」之意。至於禪家的「岸」，則在頓悟後覺顯的自性菩提，禪者明曉「心量廣大，猶如虛空，若空心坐，即落無記空。虛空能含日月星辰、大地山河，一切草木、惡人善人、惡法淨法、天堂地獄，盡在空中，世人性空，亦復如是」〔註202〕、空靜且莊嚴肅穆的「悟境」。就此而言，詩家的「化境」與禪教的「悟境」在成就的境界上，俱能弭去所有相、泯除一切形跡的形上意義，詩、禪於此也有了共通之處。

　　嚴羽與王漁洋詩論就在前述意義上，產生了重大的分歧。這個分歧在二人詩論裡，主要表現爲對「鏡花水月」這個象喻的性質與內容，有著不同的定位與認知。《滄浪詩話・詩辨》說：

───────────────

〔註202〕同註151，頁49。

> 盛唐詩人惟在興趣，羚羊掛角，無跡可求。故其妙處透徹
> 玲瓏，不可湊泊，如空中之音，相中之色，鏡中之象，水
> 中之月，言有盡而意無窮。〔註203〕

根據葉嘉瑩在《王國維及其文學批評》裡的研究，嚴羽的「興趣」之說，應當與其對詩歌本質的規範——「詩者，吟詠情性也」，相互聯繫以便進行理解。本此而論，葉嘉瑩認爲「興趣」指的應當是「由於內心之興發感動所產生的一種情趣」，而「興趣」係源於「詩人內心中情趣之感動」，就像「『興』字所暗示的感興之意，當然也包含了外物對內心的感發作用」。〔註204〕可見嚴羽說「盛唐詩人惟在興趣」，就是說盛唐詩人創作詩歌，完全是憑內心的瞬間興發感動而下筆，而非「以文字爲詩，以才學爲詩，以議論爲詩」，所以盛唐詩歌能同盛唐詩人的生命有著直截的血脈聯繫，其間隱含著種能感發逗動讀者的情趣。接著「惟在興趣」而來的「羚羊掛角，無跡可求」一語，原出於佛典。傳說羚羊這種動物擁有很特殊能力，就是在睡眠時會以掛角樹頭的方式藏身，如同隱形不在場般以確保自身的安全。觀《景德傳燈錄》卷十六記義存禪師之語：「我若東道西道，汝則尋言逐句；我若羚羊掛角，汝向什麼捫摸？」又《景德傳燈錄》卷十七有道膺禪師之說：「如好獵狗，只解尋得有蹤跡底，忽遇羚羊掛角，莫道跡，氣亦不識。」〔註205〕都是取「羚羊掛角」、難以形求之意。而在上引文裡，嚴羽則是用「羚羊掛角，無跡可求」，來比喻「興趣」在性質上的難以捉摸。

　　至於嚴羽用以強調盛唐詩歌妙處在「透徹玲瓏，不可湊泊」的「鏡花水月」象喻，也是出自釋典，如《淨飯王涅槃經》說：

---

〔註203〕同註20，頁26。
〔註204〕見葉嘉瑩著，《王國維及其文學批評》（石家莊：河北教育出版社，1998年6月第一版第二刷），頁283～284。
〔註205〕見佛光大藏經編修委員會主編，《佛光大藏經・禪藏・史傳部・景德傳燈錄》（高雄：佛光出版社，1994年12月出版），頁888及頁944～945。

　　世法無常，如幻如化，如熱時炎，如水中月。〔註206〕

又《說無垢稱經‧聲聞品》云：

　　一切法性皆虛妄見，如夢如焰。所起影象，如水中月，如
　　鏡中像。〔註207〕

引文中的「鏡花水月」，均用來比喻現象世界事物的虛妄非眞、變幻
無常，其要令眾生不可泥著於此。錢鍾書《談藝錄‧補遺》第二則〈鏡
花水月〉條云：

　　滄浪所用「鏡花水月」一喻，即足爲當機煞活之例。在內
　　典中，此喻屢見不一見，而用法違悟。〔註208〕

錢鍾書在引文裡提出兩個觀點：第一、嚴羽使用「鏡花水月」比喻盛
唐詩歌的妙處，就是「活句」活用的最好範例。第二、錢鍾書指出在
釋家內典裡，「鏡花水月」的象喻雖一，但在不同典籍、個別語境下，
其所指卻有著極大的差異。統合上述兩點，錢鍾書其實就是認定「鏡
花水月」這個象喻，本身具備著十足地「活句」性質，有著很大的開
放性與空白性，可供不同的運用者配合不同情境進行開放式的解釋，
以補足不確定的空白點。陳國球嘗在〈論鏡花水月——一個詩論象喻
的考析〉文裡，針對「鏡花水月」在古典詩論內的運用進行考察，其
中他研究嚴羽「鏡花水月」之喻的成果，頗值得我們注意。陳國球說：

　　嚴羽用「透徹玲瓏，不可湊泊」來描寫盛唐詩的「妙處」；
　　其中「透徹」可指通透，「玲瓏」指明晰；意思是說盛唐詩
　　的好處是：能夠將作者的美感經驗毫無窒礙的、充分的傳
　　達，讓讀者再度體味這份美感經驗。「湊泊」是聚合、固定
　　的意思；「不可湊泊」是說不能將詩當作實際事情的紀錄，
　　將詩所表現的環境經驗落實於現實世界的某些場景。以下
　　一連四個象喻，都是爲了進一步闡明這不能泥於形跡之
　　意。「空中之音」指不能尋見，只能感覺到其聲音，不能感
　　覺到其形狀；「相中之色」的「相」在佛義中指一切事物外

〔註206〕轉引自註155，頁305。
〔註207〕轉引自註155，頁305。
〔註208〕同註155，頁305。

> 現的形象狀態：「色」指屬於物質的、可以變壞的一切。佛
> 家所謂「色即是空」，就是說物質不能永恆存在，就好像空
> 幻的一樣。依此則「空中之音」、「相中之色」的比喻，不
> 外是強調這種難以捉摸，不能究實的性質。……至於「水
> 中之月」、「鏡中之象」在佛典中也是用作不能捉摸，不能
> 實求的比喻。「音」、「色」、「月」、「象」本為具體事物，這
> 些景象能被感受到，就呼應了「透徹玲瓏」一語；再加上
> 「空中之」、「相中之」、「水中之」、「鏡中之」等定語在前，
> 說明這些景象的虛幻和不能徵實，呼應了「不可湊泊」一
> 語。嚴羽的目的是說明理想的詩所傳達的經驗有這種特殊
> 性質。〔註209〕

可見嚴羽用「鏡花水月」的象喻，其實是重在說明詩歌內所描繪的景
物，有種讀者不能、也不必去執著實求的特質。盛唐詩歌的妙處正在
於它能具備這種特質，本此「言有盡而意無窮」、「一唱三嘆」的美學
效果，應此而生。筆者以為，下面這段明代詩家王廷相（1474～1544）
在《王氏家藏集》卷二十八〈與郭價夫學士論詩書〉的論述，實可作
為我們這裡討論的註腳：

> 夫詩貴意象透瑩，不喜事實黏著，古謂水中之月，鏡中之
> 影，可以目睹，難以實求是也。三百篇比興雜出，意在辭
> 表，離騷隱喻借論，不露本情。……斯皆包韞本根，標顯
> 色相，鴻才之妙擬，哲匠之冥造也。若夫子美北征之篇，
> 昌黎南山之作，玉川月蝕之詞，微之陽城之什，漫敷繁敍，
> 填事委實，言多趁帖，情出附輳，此則詩人之變體，騷壇
> 之旁軌也。……言徵實則寡餘味也，情直致而難動物也，
> 故示以意象，使人思而咀之，感而契之，邈哉深矣，此詩
> 之大致也。〔註210〕

王廷相歸結詩歌的表現方式，認為「意象」是詩人與讀者間傳達交流

---

〔註209〕見陳國球著，《鏡花水月──文學理論批評論文集》（台北：東大圖
書股份有限公司，1987年12月出版），頁4～5。
〔註210〕見葉慶炳、邵紅編輯，《明代文學批評資料彙編》（台北：成文出版
社，1979年9月初版），頁302～303。

的媒介。就此而言，詩人創造予讀者閱讀的不是物理形式的語言、文字，而是「意象」。在王廷相看來，詩人創造「意象」，使之「透瑩」、「可以目睹，難以實求」，是讀者能進行「思而咀之，感而契之」閱讀行動的前提，在這前提底下，才有可能進一步迴復產生「言有盡而意無窮」、「邈哉深矣」的美學效果。相反地，當詩歌以「文字」、「才學」、「議論」作為其表現方式時，詩人與讀者之間將喪失掉了「意象」這個媒介，而直接進行傳達交流。在這種幾乎沒有距離的文學交流內，容易造成「事實黏著」的問題，詩人沒有構造出可以讓足堪讀者咀嚼的「意象」，所以讀者相對地也遺落了閱讀時所需的想像性，就此王廷相指出「言徵實而寡餘味，情直致而難動物」，是詩之大病。引文裡王廷相舉《詩經》和〈離騷〉等正典為例，說明其作者因為能善於經營「意象」使之「透瑩」、不黏著於「事實」，因而能生發出「意在辭表」、「不露本情」的言外之意。相反地，杜甫的〈北征〉、韓愈的〈南山〉，由於形式過於鋪敘、內容過於質實，以至毫無蘊藉，自然無所謂的言外之意，這類作品已脫離了詩家所尚的正軌了。王廷相「古謂水中之月，鏡中之影，可以目睹，難以實求」的比喻，所指與嚴羽相同，卻比嚴羽更明確指出詩歌內的景象，不可以加以拘泥實求的詩之特質。綜上論述，可見嚴羽運用「鏡花水月」的象喻，取的是其不泥於形跡、難以實求的意思，而內容則重在說明詩歌藝術的特質。

　　至於王漁洋論詩，多有經由嚴羽取「鏡花水月」為喻之處。不過由於漁洋對「鏡花水月」的理解，同嚴羽有很大的出入，因此他對「鏡花水月」性質和內容的認定，也與嚴羽大不相同。《帶經堂詩話》卷三〈清言類〉第十一則記錄說：

> 戴叔倫論詩云：「藍田日暖，良玉生煙。」司空表聖云：「不著一字，盡得風流」，「神出古異，澹不可收」，「采采流水，蓬蓬遠春」，「明漪見底，奇花初胎」，「晴雪滿林，隔溪漁舟」。劉蛻文冢銘云：「氣如蛟宮之水。」嚴羽云：「如鏡中之花，水中之月，如羚羊挂角，無跡可求。」姚寬西谿叢

語載古琴銘云：「山高谿深，萬籟蕭蕭；古無人蹤，唯石嶕
嶢。」東坡羅漢贊云：「空山無人，水流花開。」王少伯詩
云：「空山多雪雨，獨立君始悟。」〔註211〕

我們可以察覺引文裡同嚴羽「如鏡中之花，水中之月，如羚羊挂角，
無跡可求」並列的其他詩句，具有兩個特色：第一、除少數幾則敘述
語，如「不著一字，盡得風流」、「神出古異，澹不可收」之外，絕大
部分的詩句是生動鮮明的意象語。第二、綜觀各個意象語，我們可以
發現它們之間存在著一個共通點，就是都具有「清遠」、「幽靜」的美
感質素，甚至該類詩語內所蘊含的境界，都屬於空寂、空靈的柔性取
向。這類「清遠」、「幽靜」的意象語最為漁洋所鍾愛，在其論述裡反
覆地出現，我們可以列舉、繫聯如下。《帶經堂詩話》卷三〈清言類〉
第五則載：

東坡居士在儋耳作十八大羅漢頌：予最愛其二頌。第九尊
者云：「飯食已畢，撲缽而坐；童子茗供，發龕吹火。我作
佛事，淵乎妙哉；空山無人，水流花開。」第十六尊者云：
「盆花浮紅，篆煙繚青；無問無答，如意自橫。點瑟既希，
昭琴不鼓；此間有曲，可歌可舞。」此頌真契拈花微笑之
妙者。〔註212〕

又《帶經堂詩話》卷三〈清言類〉第七則說：

四溪叢語，洛陽董氏蓄一雷琴，中題云：「山盧水深，萬籟
蕭蕭；古無人蹤，唯石嶕嶢。」四語不減東坡「空山無人，
水流花開」。予嘗喜古水仙操敘事絕妙，而琴曲有聲無意
義，欲以此補之。

「山盧水深，萬籟蕭蕭；古無人蹤，唯石嶕嶢。」右古琴
銘。「攫之幽然，如水赴谷；釋之蕭然，如葉脫木。」右文
與可琴銘。

陳晉洲士業（宏緒）云：極喜古琴銘四句云：「山盧水深，

> 萬籟蕭蕭：古無人蹤，唯石嶕嶢。」能理會此段，便是羲
> 皇以上人。王山史（宏撰）嘗取俞益期牋云：「步其林則寥
> 朗，庇其陰則蕭條，可以長吟，可以遠想。」〔註213〕

又《帶經堂詩話》卷三〈清言類〉第九則記：

> 洪覺範作夾山本禪師銘云：「白塔林間，矯如飛鶴；不涉春
> 緣，碧巖花落。」〔註214〕

在上引語句的背後，都可推展出一種清穆、淡遠的意境，這同禪境的
靜謐、清空是相通的。可見漁洋之所以將嚴羽「鏡花水月」之喻，同
上述幾則意象語並連在一起，顯然是認為它也具備了「清遠」、「幽靜」
的美感質素，其中能展示出空寂、空靈的境界。如此一來，漁洋賦予
「鏡花水月」的所指內容，反而比較接近最初釋家內典使用的空虛、
空寂之意，目的則在表達其心目中的詩歌理想境界，這就脫離了嚴羽
取「鏡花水月」的不泥形跡、難以實求，重在說明詩歌藝術特質的範
圍了。

由於王漁洋認為詩境和禪境可以互通，所以他大量的引用釋典、
禪宗話頭，以說明他對此一理想詩境的深契，並試圖向旁人傳達他的
體會。《帶經堂詩話》卷三〈佇興類〉第五則云：

> 唐人五言絕句，往往入禪，有得意忘言之妙，與淨名默然，
> 達磨得髓，同一關捩。觀王裴輞川集及祖詠終南殘雪詩，
> 雖鈍根初機，亦能頓悟。〔註215〕

又《帶經堂詩話》卷三〈微喻類〉第八則說：

> 嚴滄浪以禪喻詩，余深契其說，而五言尤為近之。如王裴
> 輞川絕句，字字入禪。他如「雨中山果落，燈下草蟲鳴」，
> 「明月松間照，清泉石上流」，以及「卻下水精簾，玲瓏望
> 秋月」，常建「松際露微月，清光猶為君」，浩然「樵子暗
> 相失，草蟲寒不聞」，劉慎虛「時有落花至，遠隨流水香」，
> 妙諦微言，與世尊拈花，迦葉微笑，等無差別。通其解者，

---

〔註213〕同註10，頁89～90。
〔註214〕同註10，頁90。
〔註215〕同註10，頁69。

可語上乘。〔註216〕

所謂的「淨名默然，達磨得髓」、「世尊拈花，迦葉微笑」，正意喻著禪境對體悟者的開展、透顯，漁洋深契的「以禪喻詩」，與其說是嚴羽的原意，倒不如說漁洋自我詮釋的成分居多。如上所述，嚴羽的「以禪喻詩」裡並沒有討論過詩境與禪境相通的問題，但在上引文內，漁洋卻經由對嚴羽論點的詮釋，將詩境與禪境間作了銜結，肯定了它們在最高境界上是有互通的可能。在漁洋之前對輞川絕句的「入禪」最有深解者，當推胡應麟，其《詩藪》說：

> 右丞《輞川》諸作，卻是自出機軸，名言兩忘，色相俱泯。
> 〔註217〕

胡應麟認爲《輞川集》的作品，能流露出一種空寂的美感，其言下的「名言兩忘，色相俱泯」，就是將王維《輞川集》展示出的詩境，等通於禪家妙悟後的禪境。胡應麟對王維這類詩作的深刻體會，同時表現在下面的引文內：

> 右丞卻入禪宗。如「人閒桂花落，夜靜深山空。月出驚山鳥，時鳴春澗中。」「木末芙蓉花，山中發紅萼。澗戶寂無人，紛紛開且落。」讀之身世兩忘，萬念皆寂，不謂聲律之中，有此妙詮。〔註218〕

胡應麟所舉的〈辛夷塢〉，是王維《輞川集》內的代表作；而〈鳥鳴澗〉一詩，亦曾爲漁洋《唐賢三昧集》所選，是王維山水詩五絕的極致。胡應麟所謂的「讀之身世兩忘，萬念皆寂」，即前引文的「名言兩忘，色相俱泯」之意。根據胡應麟的說法，詩、禪是可以在「身世兩忘」、「色相俱泯」的空寂之處，完成境界義上的會通。蕭麗華曾在〈從禪悟的角度看王維自然詩中空寂的美感經驗〉文裡認爲，「王維『空寂』之美最高的體現在輞川系列的自然山水詩中達到高峰」。他並分析〈辛夷塢〉和〈鳥鳴澗〉二詩說：

---

〔註216〕同註10，頁83。
〔註217〕同註180，頁343。
〔註218〕同註180，頁278。

　　〈鳥鳴澗〉在人閒山空的靜寂之境忽生萬有，月出鳥鳴，機
　　趣洋溢，〈辛夷塢〉中澗戶無人，山花紛紛開落，現其紛然
　　萬象，都顯出靜中群動，刹那萬有的一即一切，一切即一之
　　綜合。禪者「一瞬超累劫」、「心融物外」，自能呈現這種境
　　界。清黃周清《唐詩快》卷十四云：「此何境界也，對此有
　　不令人生道心者乎！」就是對這種空寂之美的讚嘆。〔註219〕
王維的山水詩作、特別是輞川絕句，其間所流露出的「空寂之美」，
胡應麟名之爲「名言兩忘，色相俱泯」、漁洋稱之以「字字入禪」，無
一不是揭示詩、禪在境界上可以相通的原因。就此，蕭麗華評前引的
漁洋之說，以爲：「王士禎還論到……寫景現自足世界的聯語，認爲
與禪宗源頭靈山法會上世尊示法，拈花微笑的刹那等無差別。詩家捨
筏登岸後，禪境已成詩中化境，王維輞川山水絕句，不僅傳達這種圓
融活化的機趣，也具足直觀的美感，這種美感在靜寂趣空的閒逸中有
萬般滋味。正是我所謂的『空寂之境』。」〔註220〕其實，並不只有輞
川絕句之類的作品，可以展現我們所謂詩、禪可以會通的空寂之境、
幽穆之美，前引文中漁洋所舉的數詩，都同樣有這種特色。如李白的
〈玉階怨〉，《唐宋詩醇》以爲「妙寫幽情，於無字處得之」，王昌齡
〈長信怨〉的「玉顏不及寒鴉色，猶帶昭陽日影來」與之相較，則「不
免露卻色相」。〔註221〕而常建〈宿王昌齡隱居〉一詩，則明代周敬、
周珽所輯的《唐詩選脈通評林》引宋代評點大家劉辰翁之說，以爲該
詩「清遠沈冥，不類色相，景同意別」〔註222〕。此外孟浩然的〈游
精思觀回王白雲在後〉，劉辰翁的《王孟詩評》解之曰：「並與草蟲無
之，則其境可悲。幽淒寂歷之境，數言俱足。」〔註223〕至於劉慎虛
的〈闕題〉，清代李慈銘《越縵堂詩話》以爲：「『時有落花至，遠隨

---

〔註219〕見淡江大學中國文學研究所主編，《文學與美學第五集》（台北：文
　　　　史哲出版社，1995年9月出版），頁28～30。
〔註220〕同註220，頁29。
〔註221〕同註180，頁601。
〔註222〕同註180，頁451。
〔註223〕同註180，頁536。

流水香』，十字亦有禪諦。」〔註224〕都說明了上述作品同輞川絕句一樣，具備了空寂的意境與美感，所以被漁洋引例爲可以入禪之作。

在前述討論的基礎上，我們可以引導出另外一個問題，那就是嚴羽、王漁洋對「盛唐」的認知差異。由於嚴羽的「鏡花水月」之喻，在於點出詩歌的藝術特質，其有效範圍較廣，所以「盛唐詩人惟在興趣，羚羊掛角，無跡可求。故其妙處透徹玲瓏，不可湊泊，如空中之音，相中之色，鏡中之象，水中之月」中「盛唐」的內容，可以是李白、杜甫，也可以包含王昌齡、岑參、高適，或者是王維、孟浩然。凡是時代上隸屬「盛唐」，且該詩作擁有「透徹玲瓏，不可湊泊」的妙處者，都可納入嚴羽的「盛唐」裡面。觀《滄浪詩話‧詩體》「盛唐體」下，嚴羽自注說「景雲以後，開元天寶諸公之詩」〔註225〕，可見嚴羽對「盛唐」的範圍，並沒有進行嚴格性或絕對式的規範。不過，由〈詩辨〉的「詩之極致有一，曰入神。詩而入神，至矣，盡矣，蔑以加矣！惟李杜得之。他人得之蓋寡也」〔註226〕一語推敲，嚴羽還是視李白、杜甫的詩作爲盛唐典範，甚至是詩家典範。由是可見嚴羽對「盛唐」的理解，雖然在範圍上雖然頗爲寬廣，但是在基本詩觀上，仍是宗法李、杜的。本此，我們可姑且稱之爲「神品」的「盛唐」觀。至於漁洋的「鏡花水月」之喻，要在點出詩歌能與禪境相通的那份空寂美感，其有效範圍自然就較嚴羽的「鏡花水月」之喻狹隘許多。自此漁洋對「盛唐」典範的認定，與嚴羽產生了分歧，我們可透過對漁洋《唐賢三昧集》成書經過的觀察，分析這個分歧之處。觀《帶經堂詩話》卷四〈刪訂類〉第一則云：

> 三昧一集，偶然成書，妄欲令海內作者識取開元、天寶本
> 來面目。〔註227〕

又《帶經堂詩話》卷四〈刪訂類〉第二則說：

---

〔註224〕同註180，頁1368。
〔註225〕同註20，頁53。
〔註226〕同註20，頁8。
〔註227〕同註10，頁109。

　　余舊撰盛唐諸公詩曰三昧集。〔註228〕

經上引述可見，漁洋編撰《唐賢三昧集》的主要目的，在於透過該書
以表明其心目中的「盛唐」觀。那麼，該書的成書緣由、主旨，及漁
洋引文裡指涉的「盛唐諸公」、「開元、天寶本來面目」內容爲何呢？
漁洋在《唐賢三昧集》序文裡說：

　　嚴滄浪論詩云：「盛唐諸人，唯在興趣，羚羊挂角，無跡可
　　求，透徹玲瓏，不可湊泊，如空中之音，相中之色，水中
　　之月，鏡中之象，言有盡而意無窮。」司空表聖論詩亦云：
　　「味在酸鹹之外。」康熙戊辰春杪，歸自京師，日取開元、
　　天寶諸公篇什讀之，於二家之言，別有會心。錄其尤雋永
　　超詣者，自王右丞而下四十二人，爲唐賢三昧集，釐爲三
　　卷。〔註229〕

據該序文所述，漁洋編選《唐賢三昧集》的緣起，是起源於對司空圖、
嚴羽詩論的體會，而恰巧開元、天寶詩人的詩作，足以印證漁洋對二
家之言的會心處，因此這本「盛唐」選集，理所當然地成爲漁洋詩學
理論與實際批評的結合。關於《唐賢三昧集》的代表作家，漁洋在該
序文指出是「王右丞而下四十二人」。今觀《唐賢三昧集》所選的四
十二家，或詩或人多少與所謂的王、孟詩派有所關連。至於漁洋說「不
錄李杜二公者，仿王介甫百家例也」，事實上是以「體例」作爲說詞，
將傳統認定足堪代表「盛唐」典範的李白、杜甫，排除在「盛唐」之
外，從而把王、孟詩派納入「盛唐」主流中，重新建構漁洋所認定的
「盛唐」典範。因爲漁洋說《唐賢三昧集》是「令海內作者識取開元、
天寶本來面目」之作，但編選是書同時，卻又運用「體例不合」的理
由，以王、孟取代李、杜成爲「盛唐之音」。漁洋的作法常引起時人
的困惑，包括連漁洋學生的劉大勤都問：

　　唐賢三昧集所以不登李、杜，原序中亦有說，究未了然。

〔註228〕同註10，頁112。
〔註229〕見清・王阮亭選，清・黃香石評，清・吳退庵、胡甘亭輯註，《唐
　　　　賢三昧集箋註》（台北：廣文書局，1968年11月出版），頁1。

〔註 230〕

既然漁洋在序文中都已說清楚，不錄李、杜詩是「仿王介甫百家例」，爲何身爲漁洋弟子的劉大勤，仍說「究未了然」？劉大勤顯然是對漁洋的解釋有所懷疑。既然連漁洋的弟子，都質疑乃師解釋《唐賢三昧集》不收足以代表「盛唐之音」的李、杜詩的原因，那又如何要時人信服漁洋的說法？所以縱使漁洋努力地回答劉大勤說：「王介甫昔選百家詩，不入杜、李、韓三家，以篇目繁多，集又單行故耳。」〔註 231〕但是劉大勤乃至時人，恐怕還是始終心存疑惑。

綜上論述，我們可以說王漁洋解構了傳統詩學裡，以李杜爲宗主的「盛唐」思考，進而在其詩歌偏好與詩學系統底下，建構出另一套「王漁洋的盛唐」觀，認定王維、孟浩然這類以創造空寂之美爲極致的詩作，才足以代表「盛唐」詩歌。這就與嚴羽宗主李、杜的「盛唐」觀，有了很大的出入。後人如清代的許印芳說嚴羽的論詩立場，「名爲學盛唐、準李杜，實則偏嗜王孟沖淡空靈一派」〔註 232〕，而清代夏承燾以爲「滄浪出，又進而倡盛唐。雖往往敷揚李杜，然其主妙悟，拈鏡象水月之喻，宗旨固在王孟」〔註 233〕，諸如這類認爲嚴羽陽爲宗李、杜，而陰則崇王、孟的言論，或多或少都是經過漁洋去理解嚴羽詩論，受到漁洋很大的影響，所以才有如是結論。相較許印芳等人，對嚴羽、漁洋的「盛唐」觀之間產生的諸多混淆，沈德潛與翁方綱似乎較能感知到漁洋「盛唐」觀的特殊性。沈德潛在其《說詩晬語》卷下第八十則云：

> 司空表聖云：「不著一字，盡得風流」，「采采流水，蓬蓬遠春」，嚴羽云：「羚羊挂角，無跡可求。」蘇東坡云：「空山無人，水流花開。」王阮亭本此數語，定唐賢三昧集。〔註 234〕

---

〔註 230〕同註 114，頁 152。
〔註 231〕同註 114，頁 152。
〔註 232〕同註 20，頁 272。
〔註 233〕同註 20，頁 279。
〔註 234〕見清・沈德潛著，霍松林校注，《說詩晬語》（北京：人民文學出版社，1998 年 5 月出版），頁 255。

而翁方綱《石洲詩話》卷一則說：

　　　　阮亭三昧之旨，則以盛唐諸家，全入一片空澄澹佇中。〔註235〕

在上引論述裡，沈德潛特別將相當於「鏡花水月」之喻的「羚羊挂角，無跡可求」，同司空圖「不著一字，盡得風流」等能展示空寂之美的詩語連結在一起，說漁洋本此「定唐賢三昧集」。而翁方綱則認為漁洋眼中的「盛唐」諸家，純粹只取能表現「空澄澹佇」的空寂之美，如王、孟者流。觀沈、翁二人的說法，顯然都對漁洋的「盛唐」觀有所會心。綜上論述，由於在《帶經堂詩話》卷三〈入神類〉第四則記載裡，漁洋曾將司空圖「不著一字，盡得風流」之說，同「色相俱空，政如羚羊挂角，無跡可求」及畫品中的「逸品」連結在一起。〔註236〕本此，我們不妨姑且稱之漁洋對「盛唐」的認知為「逸品」的「盛唐」觀，這與嚴羽以李、杜「入神」的「神品」「盛唐」觀，在內容上有著明顯地不同。

## 第四節　小　結

　　經過上文的討論後，我們可以有如下的幾點結論：

　　第一、當我們以王漁洋作為後設觀察姜夔、嚴羽詩學的基點時，筆者發現姜夔與嚴羽詩學與「神韻說」間的關連，大抵集中在「尊性情」、「言外之意」及注重「藝術直覺」三個觀念上。不過，嚴羽詩學與漁洋「神韻說」的關係仍然較姜夔與漁洋為密切，這是因為嚴羽更直接、且更多方面影響漁洋詩學的緣故。

　　第二、王漁洋最能默契姜夔詩學的部分，當屬姜夔對「言有盡而意無窮」的相關討論。同時，我們也在漁洋「神韻說」中，隱隱看到了「理高妙」與「自然高妙」的影子。不過，由於姜夔《白石道人詩說》是為「不能詩者作」，所以較「實」而不架空，因此即便姜夔詩

---

〔註235〕見郭紹虞編選，富壽蓀校點，《清詩話續編・石洲詩話》，頁1370。
〔註236〕同註10，頁70。

學帶有「神韻」的色彩，但是與漁洋的「神韻說」仍有段距離，這是漁洋一方面認爲《白石道人詩說》「足參微言」，但另一方面又以爲其「未到滄浪」的主要原因。

第三、在對嚴羽詩學的討論中，我們以嚴羽的「以禪喻詩」作爲出發點，重新思考了「詩」「禪」的問題。筆者以爲「詩」與「禪」仍有本質上的截然區別，因此縱使禪者可以高談「捨筏登岸」、「得魚忘筌」，但是詩家始終必須堅持「藉筌得魚」的基本立場。以「岸」「筏」喻之，即詩人一旦登「岸」之後，「筏」的表面形貌雖然隱沒，但是「筏」的精神意涵卻浮現出來，以致詩家覺知有性情，而不知有文字存在。

第四、在討論嚴羽「以禪喻詩」及王漁洋「詩禪一致」等相關問題時，我們得到以下幾個結論：其一、詩與禪在語言運用的方式上，確實具有某種共通之處。嚴羽、漁洋對此都別有會心，這主要表現在他們對「活句」的相關討論上。其二、詩、禪的本質誠然不同，但是兩者在性質上卻可能經由「妙悟」達成交通。其三、在追求的最終境界上，詩和禪也可以有某種層次的互通。嚴羽似乎沒有對此特加留意，不過漁洋注意了到這個論題。當這個論題落實成爲詩歌批評時，則產生了嚴羽「宗李杜」，而漁洋「準王孟」的巨大分野。筆者認爲，這是嚴羽「以禪喻詩」與漁洋「詩禪一致」的最大差異。

第五、綜合以上討論，筆者認爲姜夔與嚴羽二人，都可以被納入我們的「神韻」詩學譜系內，而且二人都屬於「顯性」詩論家之列。其中嚴羽的地位格外地重要，因爲他的詩學確實對王漁洋的「神韻說」，有巨大並且直接的啓發。

# 第六章　論明代「格調說」與王漁洋「神韻說」間的聯繫——以李夢陽、何景明、徐禎卿、李攀龍、謝榛、薛蕙、孔天胤爲核心的觀察

# 前　言

　　在明代的眾多詩歌流派裡，與王漁洋（1634～1711）「神韻說」最有密切聯繫者，當推前後七子〔註1〕結盟而成的「格調」〔註2〕派。

〔註 1〕　前七子爲李夢陽、何景明、徐禎卿、邊貢、康海、王九思、王廷相。據《明史》（楊家駱主編，台北：鼎文書局，1982 年 11 月第四版）卷二百八十六〈列傳第一百七十四‧文苑二〉所述：「夢陽才思雄鷔，卓然以復古爲命。……景明、禎卿、貢、海、九思、王廷相號七才子，皆卑視一世，而夢陽尤甚。」後七子則爲李攀龍、王世貞、謝榛、宗臣、梁有譽、徐中行、吳國倫。《明史》卷二百八十七〈列傳第一百七十五‧文苑三〉說：「攀龍之始官刑曹也，與濮州李先芳、臨清謝榛、孝豐吳維岳輩倡詩社。王世貞初釋褐，先芳引入社，遂與攀龍定交。明年，先芳出爲外吏。又二年，宗臣、梁有譽入，是爲五子。未幾，徐中行、吳國倫亦至，乃改稱七子。諸人多少年，才高氣銳，互相標榜，視當世無人，七才子之名播天下。」上引文分見《明史》，頁 7348 及頁 7378。

〔註 2〕　筆者所以用「格調說」來概括前後七子詩學，以「格調」派來指涉前後七子詩派，主要是因爲王漁洋多使用「格調」一詞，理解明七

筆者認為漁洋「神韻說」與七子「格調說」間緊密的關連，主要可歸結成以下三點：第一、從詩學淵源的承續上而言，漁洋所論雖與七子持異，但其中卻有許多詩學觀念淵源於七子「格調說」處。關於這點前人已多有述及，如清初詩論家吳喬（1611～？）已有以漁洋為「實是清秀李于麟」〔註3〕的說法。而略晚於漁洋的詩人戈濤，在〈隨園詩敘〉一文裡認為：「近日新城之學遍天下，予以為一信陽而已。信陽畫自唐以上，新城則兼氾濫宋元以下，故每作一詩胸中先據有一成詩，而後下筆追之，必求其肖而止。」〔註4〕「新城」即漁洋，「信陽」則是指七子文首之一的何景明（1483～1521）。又清代詩學名家翁方綱（1733～1818）在《復初齋文集》卷八〈格調論上〉裡說：「漁洋變格調曰神韻，其實即格調耳。」〔註5〕即明指出漁洋「神韻說」為七子「格調說」的變調。此外，近代文學批評史家朱東潤著〈王士禎詩論述略〉一文，以為「漁洋之論出於明人，信矣，然其論有不盡明

子詩學及詩派之故。如《帶經堂詩話》（清·王士禎著，清·張宗柟纂集，戴鴻森點校，北京：人民文學出版社，1998年2月出版）卷一〈品藻類〉第二十六則說：「明詩本有古澹一派，如徐昌國、高蘇門、楊夢山、革鴻山輩。自王李專言格調，清音中絕。」又翁方綱《復初齋文集》（清·翁方綱著，台北：文海出版社有限公司，1969年11月出版）卷八有〈格調論〉、〈神韻論〉上、中、下各三篇，均以「格調」概括明七子詩學，並試圖指出七子「格調說」與漁洋「神韻說」的相通之處，以證成其〈神韻論上〉所謂「漁洋變格調曰神韻，其實即格調耳」的觀點。此外，與筆者後文討論相關的近世學人論述，如日籍的鈴木虎雄，以及柯慶明、簡錦松諸人，亦多有使用「格調」一詞之處。本上所述，筆者文中所使用的「格調」該詞，大致上是等同明七子的詩學及詩派。關於《帶經堂詩話》的引文，詳見該書頁48；翁方綱「漁洋變格調曰神韻」云云，詳見《復初齋文集》，頁332。

〔註3〕 見清·王夫之等撰，《清詩話·答萬季埜詩問》（上海：上海古籍出版社，1999年6月出版），頁26。

〔註4〕 見四庫全書存目叢書編纂委員會編，《四庫全書存目叢書·集部二八○·隨園詩草》（濟南：齊魯書社，1997年7月），頁369。

〔註5〕 見清·翁方綱著，《復初齋文集》（台北：文海出版社有限公司，1969年11月出版），頁332。

人合者」〔註6〕，所謂的「明人」，即以前後七子爲代表的「格調」派
詩論，朱東潤以「漁洋之論出於明人」之說，在持說立場上與翁方綱
頗爲相近。關於這部分，筆者將在前人的研究成果上進行討論。第二、
從漁洋對明人詩論的接受情形來說，又可從三方面談起。首先最爲漁
洋所賞識的，當推前七子的徐禎卿（1479～1511）；此外，前七子裡
與李夢陽（1472～1430）合稱「李、何」的何景明，亦深爲漁洋所賞。
其次，漁洋對待前七子祭酒李夢陽、後七子盟主李攀龍（1514～1570）
的態度比較相近，對於前者他是敬而遠之，對於後者他是不以置評，
結果同是避而不談。最後，漁洋對於後七子早期以布衣執牛耳，自號
「四溟山人」的謝榛（1495～1575）的觀感，甚有不滿之處。筆者以
爲由漁洋對七子派詩論的態度裡，亦可推究其「神韻說」與「格調說」
間的可能聯繫。第三、從「神韻」一詞的使用狀況來看，「神韻」在
詩歌領域內被廣泛運用，應自末五子〔註7〕之一的胡應麟（1551～
1602）開始。胡應麟早歲曾受後七子晚期文魁王世貞（1526～1590）
提攜，又與王世貞之弟王世懋（1536～1588）友善，其《詩藪》論詩
多受王世貞兄弟影響，由是觀之，胡應麟亦歸屬七子後勁之流。此外，
略晚於胡應麟的陸時雍（？），亦多有使用「神韻」一詞論詩處。陸
時雍的詩論，雖同時帶有「格調」派、「性靈」派、「公安」派詩論的
痕跡，但究其詩學的主要傾向而言，係如蕭華榮《中國詩學思想史》
所述：「大約與竟陵派同時或略晚，有不少詩論家仍沿襲著七子後學

---

〔註6〕　見朱東潤等著，《中國文學批評家與文學批評》（台北：台灣學生書
　　　　局，1984 年 5 月再版），頁 375。

〔註7〕　末五子爲李維楨、屠隆、魏允中、胡應麟、趙用賢五人。《明史》卷
　　　　二百八十七〈列傳第一百七十五・文苑三〉云：「後五子則南昌余曰
　　　　德、蒲圻魏裳、歙汪道昆、銅梁張佳胤、新蔡張九一也。廣五子則
　　　　崑山俞允文、濬盧柟、濮州李先芳、孝豐吳維岳、順德歐大任也。
　　　　續五子則陽曲王道行、東明石星、從化黎民表、南昌朱多煃、常熟
　　　　趙用賢也。末五子則京山李維楨、鄞屠隆、南樂魏允中、蘭谿胡應
　　　　麟，而用賢復與焉。其所去取，頗以好惡爲高下。」引文見《明史》，
　　　　頁 7381。

的藝術探索，其中較有代表性的是⋯⋯陸時雍《詩鏡總論》。」〔註8〕
蓋陸時雍論詩，大體仍較偏向七子的「格調說」。就此來說，由「神
韻」一詞在詩歌領域的使用，陸續出現在「格調」派詩話內這個詩學
現象來看，「神韻說」與「格調說」之間確實存在著密切的聯繫。

　　由於明代「格調說」理論範圍既廣，其中涉及的詩人、詩論家、
詩歌流派甚夥，橫跨的時間斷限亦長，限於才學能力與文章篇幅，在
本章中筆者擬以前輩學者的研究成果爲基礎，將上述的思考作爲本文
討論的核心，扣緊明七子「格調說」與王漁洋「神韻說」間的關係進
行論述，以期能解析出明代「格調說」裡的「神韻」問題，並定位這
類「準神韻說」的論述，在「神韻」詩學譜系裡的地位。

## 第一節　由王漁洋對李夢陽、何景明、徐禎卿、李攀龍的態度看「格調」到「神韻」的轉變

　　在進入王漁洋「神韻說」與明七子「格調說」的相關論述之前，
我們當對「格調說」的範圍及「格調」的內容下一界說，以利進行接
續的討論。首先，由於本文非專論明代「格調說」的文章，爲求論述
的緊密度與討論的方便性，筆者擬將本文所討論的「格調說」範圍，
限定在足爲前後七子代表的李夢陽、何景明、徐禎卿、李攀龍、謝榛
等人，及其相關論述上。至於「格調」一詞在明代中期詩論裡的意涵，
簡錦松的《明代文學批評研究》一書中，曾有過頗詳盡的考察，值得
我們參考：

> 樂聲有宮商角徵羽之別，而詩既出於「成章之音、成文之
> 聲」，其音調亦應有和平譙殺種種之異。區別其異者，即格
> 也。格也者，判調定名者也。調爲格所分，遂有某調之區
> 別。⋯⋯「格」爲「調」之名稱，非有實體可指，「調」爲
> 「格」之實體，離「調」則「格」亦無所依附。猶名實相

---

〔註8〕見蕭華榮著，《中國詩學思想史》（上海：華東師範大學出版社，1996
年4月出版），頁292。

> 生，實盡而名滅也。惟格既爲調之名，而行文之際，亦有
> 以格字代調字者。〔註9〕

上引簡錦松之說，有幾點值得我們加以注意：第一、在明中葉的詩論，
包含前七子的論述中，「格」、「調」的性質爲「格」爲判「調」之名，
「調」爲「格」所區分，「調」爲實體而「格」爲定名，就此而言，「格」
虛而「調」實，「格調」一詞的實體在「調」而不在「格」。第二、由
於「格」爲「名」，而「調」爲「實」，名實不可分，所以「格」、「調」
不可分。本此，亦有行文以「格」字代「調」者，「格」、「調」在詞
彙運用上可以相互通用。既然如上所述，「格」虛、「調」實，那麼當
我們討論「格調」時，當由實體的「調」入手自然較爲便易。據簡錦
松的研究，認爲「調」之指涉內容大抵有二端：

> 綜而言之，格乃分類之稱，調爲歌吟之聲，格虛調實也。
> 調之指涉有二：一、詩由文字組成，字必有音，合數字而
> 成句，又合數句數十句而成篇：今字音有四聲平仄，故調
> 必在平仄四聲之中，離平仄四聲則無音響也。第二、歌吟
> 者歌其字句篇章，則篇章內容可影響歌者之情，而變化其
> 聲矣！故調爲吟詠，而意所當先。捨意求調則不可言音節
> 也。至於後世以「格調」爲復古派之專稱，且有「格調派」
> 之名，疑受嘉靖中葉以後格、調二義分析愈密之影響而使
> 然也。〔註10〕

簡錦松認爲在明中葉詩論裡，「調」首先是詩歌形式層次的平仄「聲
調」問題，此即引文裡「調必在平仄四聲之中，離平仄四聲則無音響
也」之意。此外，「調」也同詩歌內容層次的「意」的問題有所牽連，
除上引論述外，簡錦松更認爲「討論『調』之問題，而超越平仄現象
之層次，更言吟詠感受，玩味深密者之處，與著眼於平仄現象，雖有
先後步驟之別，並無矛盾」，可見「超越平仄現象之層次，而談吟詠

---

〔註 9〕 見簡錦松著，《明代文學批評研究》（台北：台灣學生書局，1989 年
　　　　2 月出版），頁 239～240。
〔註10〕 同註 9，頁 261～262。

感受之問題，此亦爲明代中期談論『調』之普遍主題」。〔註11〕但是在「聲」會影響「意」，而「意」亦會影響「聲」的情形裡，「調」一詞中的「聲」義與「意」義，又成爲可以彼此交通的論述。既如上所述，「格調」一詞以「調」爲主，而兼含詩歌作品形式面的「聲調」、內容面的「情意」二義，由是「格調」又引伸出有詩歌的整體體格之意。簡錦松嘗比較分析明代詩人楊一清〈睦拱貞所藏沈石田山水二圖〉與杜甫〈奉先劉少府新畫山水障歌〉、楊一清〈題閻允德畫贈孫廷賢〉與杜甫〈送孔巢父歸江東〉，以及徐問〈盛中丞柏臺凝翠行〉與杜甫〈古柏行〉在聲響、用韻、運字、章法、造意各方面的師法關係，因而得出以下的結論：

> 凡二首格調聲響有師承關係之詩，吾人可由章法、韻法乃至用字運意以談其相似。……疑此種對「格調」之曉解，本爲當時詩人間共同熟知之事，亦即當時人對調本有共同之範圍與定義。〔註12〕

可見「格調」者，係詩論家從聲律、用韻、章法、用字、造意、風格等方面，察知的詩歌整體體格。這就相當於胡應麟《詩藪・內編》卷六所歸納的「作詩大要不過二端，體格聲調，興象風神」裡面，「有則可循」的「體格聲調」的部分，是屬於可學的「法」之範疇。〔註13〕

我們可以把上述所討論的「格調」義，定位爲狹義的「格調」觀念。在這種「狹義」的「格調」觀念——「體格聲調」底下，可能從而引導出「辨體」乃至「典範抉擇」與「典範學習」的問題，我們可據柯慶明之說，暫名之以爲「廣義」的「格調」觀念。這一廣義的「格調」觀念，配合七子所述「格調」的內容，就是其「格調說」的理論主軸。柯慶明在〈中國古典詩的美學性格——一些類型的探討〉文裡認爲，「格調」觀念的產生，是「由於足爲典範的作品的大量出現，

〔註11〕同註9，頁255～256。
〔註12〕同註9，頁249。
〔註13〕見吳文治主編，《明詩話全編第5冊・胡應麟詩話・詩藪》（南京：江蘇古籍出版社，1997年12月出版），頁5520。

因此形成這一文體的固定的或標準的風格的觀念，使用這種文體就意味著接受也追尋這種固定的美學風格。或者若果已然出現數種以上不同的美學風格，使用這種文體，也就意味著對這些不同風格的判別、批評與取捨。因此寫作就不僅是表達一己之情志或美感觀照，而必須同時是某種對先前作品的欣賞肯定與批評鑑別的活動」〔註14〕。如此一來，類似的文類文體經過詩人、詩論家判辨、分析、歸納、分類之後，則被建構成獨一的詩學傳統，合於該傳統美學要求的作品則被納入其中，且爲認同該傳統的詩家所學習與效法，進而成爲該傳統內的典範作品。誠如柯慶明所說的：

> 一個文類或文體的具有某種範圍的共同的美學風格，亦就形
> 成一種最廣義的「格調」的觀念。從這種最廣義的角度看，
> 任何作品事實上都不能逾越其所屬文體文類的本質性的「格
> 調」，因此「格調」的學習就是寫作這類文類文體，參加此
> 一文類文體之傳統的必要的先決條件。所以所有的「格調」
> 的理論總是包涵著一種對於文類文體之整體發展的「傳統」
> 的意識以及對此「傳統」重新再認的努力。〔註15〕

前章我們曾討論的嚴羽（1192？～1243？）《滄浪詩話》裡，如「入門須正，立志須高；以漢魏盛唐爲師，不作開元天寶以下人物」、「詩而入神，至矣，盡矣，蔑以加矣！惟李杜得之，他人得之蓋寡也」、「推原漢魏以來，而截然謂當以盛唐爲法」〔註16〕等等論述，都可視爲這類「廣義」的「格調」觀念。至於明代前後七子的「格調說」，無論是詩學觀念或詩學觀點，大抵本嚴羽詩論而來。關於嚴羽與七子在詩論上淵承關係，朱東潤〈滄浪詩話參證〉一文所說最爲簡明：「李夢陽、何景明等，……其論詩，言復古言盛唐，亦皆不出滄浪之窠臼。

---

〔註14〕見漢寶德等著，《中國美學論集》（台北：南天書局有限公司，1989
　　　年5月第二版），頁235。

〔註15〕同註14，頁235。

〔註16〕見宋・嚴羽著，郭紹虞校釋，《滄浪詩話校釋》（臺北：里仁書局，
　　　1987年4月出版），頁1、頁8及頁27。

李、何之後，至隆慶、萬曆間，有李攀龍、王世貞等，其言復古言盛唐，與李何等，世貞著藝淵卮言，盛推滄浪詩話。與世貞同時而齒輩略後者有胡應麟，應麟著詩藪，……其言於滄浪推尊極甚，詩藪謂爲『獨探玄珠』者以此。應麟爲李、王等一派之後勁，重視滄浪，說有所本。」〔註17〕可見明七子「格調說」裡所反覆討論的「復古」之說，大抵源自嚴羽詩學，而其實可歸總爲「典範抉擇」與「典範學習」的問題。

　　早在前七子盟主李夢陽處，已認知到此一抉擇與學習典範的重要性。王廷相（1474～1544）《王氏家藏集》卷二十三〈李空同集序〉文裡，曾引李夢陽之語：「學其似不至矣，所謂法上而僅中也，過則至且超矣。」〔註18〕我們可以發現李夢陽之說，其實就是嚴羽的《滄浪詩話》裡「學其上，僅得其中；學其中，斯爲下矣」、「論詩以李杜爲準，挾天子以令諸侯也」〔註19〕的「入門須正，立志須高」觀念，意在揭示立一典範對詩家而言的重要性，並且提出典範的選擇對詩家所可能產生的影響。對於七子這一抉擇、學習典範的過程，我們可大致歸納成「文必秦漢，詩必盛唐」這一大原則，以下《明史》的記載，堪爲其中代表。《明史》卷二百八十五〈列傳第一百七十三・文苑一〉說：

> 李夢陽、何景明倡言復古，文自西京，詩自中唐而下，一切吐棄，操觚談藝之士翕然宗之。……李攀龍、王世貞輩，文主秦、漢，詩規盛唐。王、李之持論，大率與夢陽、景明相倡和也。〔註20〕

又《明史》卷二百八十七〈列傳第一百七十五・文苑三〉，以爲李攀龍、王世貞等人：

<hr />

〔註17〕 同註6，頁266。
〔註18〕 見葉慶炳、邵紅編輯，《明代文學批評資料彙編》（台北：成文出版社，1979年9月初版），頁299。
〔註19〕 同註16，頁1及頁168。
〔註20〕 見楊家駱主編，《新校本明史并附編六種》（台北：鼎文書局，1982年11月第四版），頁7307。

> 其持論謂文自西京，詩自天寶而下，俱無足觀，於本朝獨
> 推李夢陽。諸子翕然和之，非是，則詆為宋學。攀龍才思
> 勁鷙，名最高，獨心重世貞，天下亦並稱王、李。又與李
> 夢陽、何景明並稱何、李、王、李。〔註21〕

同樣地在《明史》卷二百八十七〈列傳第一百七十五・文苑三〉裡，
曾記錄後七子晚期盟主王世貞的文學主張，及其說風行海內的情形：

> 世貞始與李攀龍狎主文盟，攀龍歿，獨操柄二十年。才最
> 高，地望最顯，聲華意氣籠蓋海內。一時士大夫及山人、
> 詞客、衲子、羽流，莫不奔走門下。片言褒賞，聲價驟起。
> 其持論，文必西漢，詩必盛唐，大曆以後書勿讀。〔註22〕

綜上文簡述之，前後七子最後選定的古文典範，是秦、漢的散文作品；
而在詩歌典範方面，則要在宗主盛唐之作。由於七子取擇古文典範的
問題，與本文無關，可暫且不論，至於「詩規盛唐」的部分，則再略
行說明。何景明《大復集》卷三十四〈海叟集序〉的自道語，最能表
現出七子「詩規盛唐」的內容：

> 景明學詩，自為舉子歷宦，于今十年，日覺前所學者非是。
> 蓋詩雖盛稱於唐，其好古者自陳子昂後，莫若李、杜二家。
> 然二家歌行、近體誠有可法，而古作尚有離去者，猶未盡
> 可法之也。故景明學歌行、近體，有取于二家，旁及唐初、
> 盛唐諸人，而古作必從漢、魏求之。〔註23〕

引文裡可看出「格調說」裡其實存在著種嚴格的「辨體」觀念，即並
非所有的盛唐詩體，都可作為典範，所謂的「詩規盛唐」之說，其實
只是概括言之而已。嚴格來說，「格調說」所規模的內容，應該是「歌
行、近體規盛唐李杜二家」，而「古體規模漢魏」。換言之，「格調」
派大體認為歌行、近體詩方面的典範，以李、杜二家為主，而初唐陳
子昂、盛唐諸家為輔；至於古體詩則必須上追漢魏，方為正體。上述

---

〔註21〕同註 20，頁 7378。
〔註22〕同註 20，頁 7381。
〔註23〕見清・紀昀主編，《景印文淵閣四庫全書・集部二○六・大復集》(台
　　　　北：台灣商務印書館，1983 年 6 月出版)，頁 1267 之 302。

「歌行、近體規盛唐」、「古體規漢魏」的觀點，不僅是七子們辨體、典範抉擇後的結果，更是其學習典範的確立。同時，在這個抉擇與學習典範的過程內，詩人們可以經由此過程，逐步地找尋、篩選出一群具有類似美學觀、共同詩學理想的同志，在相互創作、論詩的交流活動裡，彼此凝聚出一股具有相同徹向的詩學意識，進而形成具有某種特色的詩歌派別或詩人集團。這就誠如柯慶明所言：「『格調』其實正是彼此唱酬的詩人集團往往具有的共同美學規範之具體呈現。時代風格，派別精神其實都是經由『格調』而得實現而可理解。」〔註24〕

　　承上文討論，「狹義」的「格調」觀念，其內容爲「體格聲調」，在性質上屬於「法」；而「廣義」的「格調」觀念，則如上引柯慶明之說，是「一個文類或文體的具有某種範圍的共同的美學風格」。二者在整體涵括範圍上都頗爲廣大，就此筆者認爲七子的「格調說」，必須緊扣住其「復古」理論進行討論，方不至漫無定所，而失去焦點。這也是下文論述時，筆者不得不採取將「格調說」範圍大致等同於七子「復古」詩論的原因。根據日籍學者鈴木虎雄在《中國詩論史》裡的研究，七子的「格調說」主張可簡潔的歸結爲以下四點：第一、「格調說要求意與格調相應」。這裡的「格調」在鈴木虎雄的論中，相當於詩歌的外在形式，如「聲調」、「形格」之類；而「意」則是詩歌的內容部分，相當於詩的「精神」。鈴木虎雄所謂的「意」與「格調」相應，就是說詩歌的內容要和外在的形式要能相當，過或不及都爲詩歌之缺失。「格調」派所以會出現這類主張的原因，在根本上還是得追究「格調說」在理論上的問題。蓋「格調說」的理論基礎就是復古之論、擬古之說，然而過度地復古、擬古，流弊所及，容易形成如何景明對李夢陽詩學的指摘，即便詩歌「高處」，仍是「古人影子」〔註25〕的情形。畢竟詩人的擬議再如何地高明，始終只能模擬到古人的詩歌形式，如後人對李夢陽詩文的

---

〔註24〕同註14，頁250。
〔註25〕見清・紀昀主編，《景印文淵閣四庫全書・集部二○一・空同集》，頁1262之565。

譏諷：「模擬剽竊，得史遷、少陵之似，而失其眞。」〔註26〕爲了避免這種問題，「格調說」要求詩歌在形式與內容上能達成和諧，方不至於今人詩歌徒成古人衣冠，徒有古形而無自己之神。鈴木虎雄說：「意由格調表現出來。……將人來作比，意如精神，格調如衣冠。……向格調的人，不僅要正格調，且要實際地正其意。這才是格調說的眞髓。然而其流弊所及，則單摹聲調，擬形格，而不問其意，於是僅成『膚廓』。」即是此意。第二、「格調說要先正格調以及意」。「先正格調以及於意」，據鈴木虎雄的解釋：「先正意，意正而成格調那是最好的。這是由內及外。雖然，亦有在正格調之後再正其意的。這是由外及內。」如前所述「格調說」的基礎在於擬古理論，倘詩人能「意正而成格調」，那就表示能自成大家、名家，何勞擬議於古人詩作，何須走「格調說」之路？「正格調之後再正其意」這一「由外及內」的捷徑，是針對初學者或鈍根者所提出的，「格調」派所要走的道路。在七子詩論裡，這表現爲「擬議以成其變化」〔註27〕、通過擬「形」而逐漸得「神」的詩學思考。這

---

〔註26〕同註20，頁7348。

〔註27〕「擬議以成其變化」一詞，出自於《周易》卷七〈繫辭上〉，其云：「聖人有以見天下之賾，而擬諸其形容，象其物宜，是故謂之象。聖人有以見天下之動，而觀其會通，以行其典禮，繫辭焉以斷其吉凶，是故謂之爻。言天下之至賾而不可惡也，言天下之至動而不可亂也。擬之而後言，議之而後動，擬議以成其變化。」後來爲明代李攀龍借以爲論詩，其《滄溟集》卷一〈古樂府〉說：「古之爲樂府者，無慮數百家，各與之爭片語之間，使雖復起，各厭其意，是故必有以當其無有擬之用。有以當其無有擬之用，則雖奇而有所不用也。易曰：『擬議以成其變化』、『日新之謂盛德』。不可與言詩乎哉！」據蕭華榮《中國詩學思想史》（蕭華榮著，上海：華東師範大學出版社，1996年4月出版）書〈明代第六章擬議變化‧一、題解〉所說：「『擬議以成其變化』，可以說是七子派的中心口號。這個口號雖然遠在七子派正式形成之前已經初露端倪，在前七子時已經較爲明確地提出並引起論爭，但人們一向把它歸之於後七子的首領李攀龍。……七子派又稱『格調派』，它們反對宋詩，主張擬議漢魏盛唐的高格逸調，從而開出一種特有的詩境。」可見「擬議以成其變化」的觀念，一直與「格調說」相關連，早在前七子詩學時就有此一傾向，而李攀龍特意標舉該詞論詩，又將「擬議以成其變化」的說法，

一思考進路，發源自前七子的何景明，經後七子的王世貞特意突出後，在七子後學裡成爲主流，特別被胡應麟在《詩藪》裡發揚光大，歸總爲「法」與「悟」的討論，而與「神韻說」的關連最爲密切。第三、「格調說貴質實斥浮華」。「質實」據鈴木虎雄之說，是「合人情而不背事實」，因爲「在文學上，質實固非有妨於趨想像，施修飾，斥空想之謂。只是說不背人情事實而已」。總而言之，就是「格調說」要求「去俗」的詩學主張。第四、「格調說貴氣力斥靡弱」。這點是「格調說」裡追求典雅、高華的美學理想，鈴木虎雄以爲「格調派詩的長處在雄渾、悲壯、高華、瀏亮。其所謂雄，所謂壯都在乎氣力。與靡弱正相反。又所謂華麗，要伴有品味，與意調有關。瀏亮則專屬調，與淫哇嘲哳相反」。〔註28〕我們可以發現格調派所重的「雄渾、悲壯、高華、瀏亮」四者，基本上是從其所典範的盛唐歌行、近體，漢、魏古體詩裡，歸總出來的詩歌特色。借「格調」派所推尊的嚴羽《滄浪詩話》來說，就是「漢魏古詩，氣象混沌，難以句摘」，就是「李杜數公，如金翅擘海，香象渡河」〔註29〕。換言之，格調派的貴氣力之作，斥靡弱之音，推重雄渾、悲壯、高華、瀏亮之美等主張，根本上爲其所典範的內容所決定。

　　觀王漁洋詩學與明代「格調說」間的關連，早在當世即爲學人所察覺，並對此作出熱烈的討論。詩論家吳喬在《答萬季埜詩問》第五則裡，以爲王漁洋「實是清秀李于麟」之說，已逗顯出漁洋與明七子「格調說」之間的淵源。蓋李于麟即後七子的盟主李攀龍，其復古、擬議之說爲前後七子中最激烈者。李攀龍在明代詩人裡最推尊的是李

　　　　推向另一個高峰。關於《周易》的引文，詳見《漢魏古注十三經附四書章句集注·周易》（中華書局編輯部編，北京：中華書局，1998年11月出版），頁51；而李攀龍〈古樂府〉之說，詳見《景印文淵閣四庫全書·集部二一七·滄溟集》（清·紀昀主編，台北：台灣商務印書館，1983年6月出版），頁1278之176；至於蕭華榮的論述及相關討論，詳見《中國詩學思想史》，頁223～225。
〔註28〕見（日）鈴木虎雄著，洪順隆譯，《中國詩論史》（台北：台灣商務印書館，1979年9月第二版），頁136～137。
〔註29〕同註16，頁151及頁177。

夢陽，而其復古論述及固執的態度，則又在李夢陽之上。袁震宇、劉明今合著的《中國文學批評通史——明代卷》說，李攀龍「他持絕對的『第一義』的觀點，片面地推崇古調，其復古的主張較李夢陽尤爲激切」〔註30〕，是頗有道理的。由於李攀龍是後七子之首，其詩歌創作與詩學理論，對時人詩作的批評褒貶，無不左右當時的文壇潮流，後七子的擬古傾向遠較前七子嚴重且死板，李攀龍要負很大的責任。廖可斌在《復古派與明代文學思潮》書中，認爲李攀龍「在後七子中持論最苛刻，後七子復古作加大多是因爲盲目追隨他或不得不屈從他，才走到與他同樣拘泥的地步。他在文壇中聲名極高，影響甚大，在很大程度上就是因爲他持論極端而又倔強，引人矚目」〔註31〕。李攀龍的詩風，本屬雄渾古雅一脈，吳喬以「清秀李于麟」目漁洋，其實就是說漁洋除了「清秀」的詩風與李攀龍不類之外，其喜好模擬古作的程度，實不在李攀龍之下。漁洋甥婿趙執信（1662～1744）的《談龍錄》第十四則，以「阮翁……修齡亦目之爲清秀李于麟，阮翁未知之也」〔註32〕，顯然同意吳喬的說法。錢鍾書的《談藝錄》第三十則〈漁洋竹垞說詩〉條，說漁洋「其自作詩多唐音，近明七子，遂來『清秀李于麟』之譏」〔註33〕，正可作爲上文討論的註腳。漁洋的擬古傾向，並不只出現在其創作上，在他的「神韻說」裡，其實也存在著若干的擬古色彩。今觀吳喬之說，以清代詩論家朱彝尊（1629～1709）口中「止規字句，而遺其神明」〔註34〕、具有嚴重模擬傾向的李攀龍，來比喻漁洋的擬古，或許有言過其實之失，但其中也確實點出了漁洋

〔註30〕　見袁震宇、劉明今著，《中國文學批評通史——明代卷》（上海：上海古籍出版社，1996 年 12 月出版），頁 238。

〔註31〕　見廖可斌著，《復古派與明代文學思潮》（台北：文津出版社，1984 年 2 月出版），頁 445。

〔註32〕　見清·王夫之等撰，《清詩話·談龍錄》，頁 312。

〔註33〕　見錢鍾書著，《談藝錄》（台北：書林出版有限公司，1999 年 2 月第一版第二刷），頁 106。

〔註34〕　見清·朱彝尊著，清·姚祖恩編，黃君坦校點，《靜志居詩話》（北京：人民文學出版社，1998 年 2 月出版），頁 381。

與七子「格調說」的相似處與關連性。

　　清代學者紀昀（1724～1805）在其《紀文達公遺集》卷九〈冶亭詩介序〉裡，以上述吳喬「清秀李于麟」的論點爲本，進一步地闡述王漁洋詩學與七子「格調說」的關連：

> 國初變而學北宋，漸趨板實，故漁洋以清空縹緲之音，變易天下之耳目，其實亦仍從七子舊派神明運化而出之。趙秋谷抨擊百端，漁洋不怒：吳修齡目以清秀李于麟，則衛之終身，以一言中其隱微也。〔註35〕

引文之說可分爲以下幾點加以說明。第一、紀昀口中所謂「國初變而學北宋」者，指的是以錢謙益（1582～1664）、錢澄之、陳維崧（1626～1682）、宋犖（1634～1713）爲首的清初尊宋詩派。據劉世南《清詩流派史》的研究，宗宋派裡可以分爲清婉和清剛兩脈，清婉一脈，主要摹繪田園生活或閒適情趣。他們宗尙黃庭堅、范成大、陸游等，只取田園景色、閒適情趣，同時還上溯到白居易」；而清剛一脈，主要學的是「蘇軾、陸游的豪放，和黃庭堅的峭勁，而且上溯到韓愈」，但是無論是清婉或清剛，最後仍必「上溯到杜甫」。〔註36〕第二、關於紀昀口中「漸趨板實」的宗宋之弊，清代中葉的沈德潛（1673～1769）在《歸愚文鈔》卷十四〈王鳳喈詩序〉內，對這段清初宗宋詩風的反省，最可與紀昀之說相互闡發。沈德潛說：「前此四十餘年，禰宋祧唐，有對仗，無意趣，有乏逸，無蘊藉；覺前人之情與景涵、才爲法斂，劌削不存。」〔註37〕第三、至於紀昀說漁洋爲起矯唐初宗宋風之弊，而以「以清空縹緲之音，變易天下之耳目」，相當於漁洋在《漁洋詩話》序文內自述的，「以太音希聲，藥淫哇錮習，唐賢三昧之選，

---

〔註35〕見吳宏一、葉慶炳編輯，《清代文學批評資料彙編》（臺北：成文出版社，1979 年 9 月出版），頁 488。

〔註36〕見劉世南著，《清詩流派史》（台北：文津出版社，1995 年 11 月出版），頁 241。

〔註37〕同註35，頁 401。

所謂乃造平淡時也，然而境亦從茲老矣」〔註38〕，以王、孟之音導正當時的宗宋之弊。即宋犖《漫堂說詩》第三則所說的：「近日王阮亭十種唐詩選與唐賢三昧集，原本司空表聖、嚴滄浪緒論，所謂：『言有盡而意無窮』，『妙在酸鹹之外』者。以此力挽尊宋袪唐之習，良於風雅有裨。」〔註39〕第四、紀昀指出漁洋矯清初宋詩風的方式，其實是以「清空縹緲」的王、孟「格調」，取代七子雄渾雅麗的漢、魏、盛唐「格調」。紀昀認爲漁洋雖然在取法的典範上，已應時代的需要作了修正與改變，但是其宗「格調」、擬範古人的詩學思考方式，依然可自七子「格調說」中找到源頭，此即紀昀所謂漁洋「其實亦仍從七子舊派神明運化而出之」之意。第五、引文所謂「趙秋谷抨擊百端，漁洋不怒」，指的是趙執信作《談龍錄》，百般詬厲漁洋之舉；而「吳修齡目以清秀李于麟」，則是前述吳喬以「清秀李于麟」目漁洋一事。觀上引趙執信《談龍錄》第十三則「阮翁未知之也」之語，似乎漁洋未曾知曉吳喬的「清秀李于麟」之評，不解紀昀以漁洋聽聞吳喬之論，而銜怨終身一事，其背後依據爲何？不過，倘紀昀的記錄屬實的話，其「以一言中其隱微也」的說法，是頗富啓發性的。根據紀昀的推測，漁洋之所以對趙執信的屢次抨擊，不甚在意，卻爲「清秀李于麟」一語，對吳喬銜怨終生，原因在於趙執信對漁洋的攻擊，始終不能正中其詩學的要害，而吳喬單單「清秀李于麟」一言，就直接觸及到漁洋詩學裡的最不欲爲人所碰觸、提及之處，這就是漁洋與明七子「格調說」間的關係。

　　歷來學人雖然多能指出王漁洋詩學與「格調說」之間的淵源，不過在漁洋的論詩記錄裡，縱有過「余於古人論詩，最喜鍾嶸詩品、嚴羽詩話、徐禎卿談藝錄」之語，亦認爲姜夔（1155？～1211？）《白石道人詩說》「論詩未到嚴滄浪，頗亦足參微言」〔註40〕，更屢次表

---

〔註38〕　見清・王夫之等撰，《清詩話・漁洋詩話》，頁 163。
〔註39〕　見清・王夫之等撰，《清詩話・漫堂說詩》，頁 417。
〔註40〕　見清・王士禎著，清・張宗柟纂集，戴鴻森點校，《帶經堂詩話》（北

現出對王、孟詩歌的默契，就是從不曾自道他與七子「格調說」（徐禎卿除外）間的詩學淵源與聯繫，頂多只是半敘述、半推譽的說：「明興至弘治百有餘年，李何崛起中洲，吳有昌穀徐氏爲之羽翼，相與力追古作，一變宣正以來流易之習，明音之盛，遂與開元、大曆同風。」〔註41〕由是可見漁洋對七子「格調說」的態度，及對自我詩學淵源的認定，乃至其「神韻說」與「格調說」間的牽連，是個頗值得爲人玩味的問題。讓我們先討論漁洋對前後七子的總體態度問題。觀清初周亮工所輯《賴古堂尺牘新鈔三選結鄰集》卷一所載的趙進美〈與王貽上〉一信云：

> 近日公安、竟陵，排擊歷下、瑯琊不遺餘力，虞山指摘，
> 并及何李，幾於棘手罵座。然杜陵詩中大成，而推服六朝、
> 唐初人不容於口。自今視之，六朝、唐初人，何如少陵？
> 公安、竟陵、虞山著作具在，又何如北地、信陽、歷下、
> 瑯琊乎？此語獨可與吾貽上道，亦願與貽上共勉之。〔註42〕

引文裡的歷下是指李攀龍、瑯琊指的則是王世貞。趙進美以爲公安派、竟陵派乃至錢謙益，縱使攻擊、指摘前後七子不遺餘力，但畢竟仍是蚍蜉撼大樹，七子的歷史地位不曾因此類批評被減卻，而七子的論敵也不曾因爲批判七子而在聲譽上有所提升。換言之，趙進美抱持著一個信念，就是歷史自有定評，而歷史評價必然站在七子這一方。趙進美對七子的推崇固然讓人側目，但是我們更應當注意的是，爲何趙進美會認爲該論點「獨可與吾貽上道」。顯然趙進美認定漁洋是其同調者，不然不會以這種近乎推心置腹的語氣，來徵取漁洋的意見。趙進美「此語獨可與吾貽上道」一語，恰恰以漁洋友人的身份告訴我們，漁洋對前後七子的整體看法，基本上仍是肯定多於否定的。

不過，雖然前後七子同主「格調說」，同樣強調擬古、復古，但

---

京：人民文學出版社，1998 年 2 月出版），頁 58 及頁 76。
〔註41〕 同註 40，頁 98。
〔註42〕 見清·周亮工輯，《賴古堂尺牘新鈔》（台北：台灣中華書局，1972年 11 月台一版），頁 475。

是其間主張卻多有不同，就此，漁洋對前後七子的態度，也明顯有所差異。先說漁洋對前七子的態度。觀漁洋〈王貽上予林吉人手札〉說：

> 虞山錢宗伯「與君代興」之言，暨贈詩「勿以獨角麟，儷彼萬牛毛」之句，實爲千古知己，一序一詩，尤不可割。
>
> 但嫌其中議論乃訾李、何，于愚心有所未安。〔註43〕

漁洋口中錢謙益的贈序，係指〈漁洋詩集序〉一文。該序爲順治十八年辛丑（1661），漁洋二十八歲時，藉游宦之便，訪錢謙益於揚州，錢謙益爲漁洋的《漁洋詩集》作序，此爲錢、王二人定交之始。至於錢謙益之贈詩，則是指錢謙益當時贈勉漁洋的〈古詩一首贈王貽上士禛〉一詩。〔註44〕在上述該序與是詩裡，錢謙益對七子詩派，特別是其中的首腦李夢陽與何景明，作出強烈的批評。〈王貽上詩集序〉說：「學古而贗者，影掠滄溟、弇山之膚語，尺寸比儗，此屈步之蟲、尋條失枝者也。」〔註45〕似是針對七子末流所作的評騭；至於〈古詩一首贈王貽上士禛〉，錢謙益則直接指名「獻吉才雄鷙，學杜餔醨糟。仲默俊逸人，放言訾陶謝」〔註46〕。這是引文裡漁洋說嫌錢謙益「其中議論乃訾李、何，于愚心有所未安」之處。由王漁洋不敢苟同「千古知己」錢謙益批評李夢陽、何景明的態度這點來看，我們可以認定漁洋對以李、何爲代表的前七子，基本上是持肯定居多的態度。無怪乎翁方綱在讀完漁洋給林佶（1661～1723？）系列的手札之後，產生「知先生不欲人訾李、何也」〔註47〕的感想。也難怪翁方綱在觀看〈王貽上予林吉人手札〉而「知漁洋不敢議李、何」後，從中推衍出「愚

---

〔註43〕　見清・王士禛著，清・惠棟、金榮注，《漁洋精華錄集注》（濟南：齊魯書社，1999 年 1 月第一版第二刷），頁 1560。

〔註44〕　關於〈漁洋詩集序〉及〈古詩一首贈王貽上士禛〉一序一詩，可詳見《漁洋精華錄集注》（清・王士禛著，清・惠棟、金榮注，濟南：齊魯書社，1999 年 1 月第一版第二刷）的〈附錄〉部分，頁 1551～1553。

〔註45〕　同註43，頁 1552。

〔註46〕　同註43，頁 1553。

〔註47〕　同註43，頁 1562。

嘗謂漁洋所拈神韻,即格調之變稱爾,觀此札益信」的結論。〔註48〕
此外,據大陸學者張健《王士禛論詩絕句三十二首箋證》的統計,漁
洋的〈戲仿元遺山論詩絕句三十二首〉從第十七首到第二十八首,再
加上被《漁洋精華錄》所刪的評論李夢陽、顧起綸兩首詩作,漁洋共
有十四首論詩絕句評論明代詩人。在這十四首以明人爲對象的論詩絕
句裡,正面評論前七子的有五首,分別爲《漁洋精華錄》所刪的論李
夢陽之作、第十七首論何景明、第十八首論王廷相、第二十一首論何
景明、第二十四首論徐禎卿;側面涉及前七子的有兩首,分別是第二
十三首的兼論李夢陽、何景明、邊貢(1476~1532)、徐禎卿,以及
第二十五首的兼論邊貢。其中,論王廷相的第十八首主要感嘆知音難
覓,與詩無關。〔註49〕透過張健的統計結果我們可以發現,漁洋對前
七子的評論,主要集中在李夢陽、何景明、徐禎卿及邊貢身上,並且
基本上對其持肯定的態度。

　　至於王漁洋對於後七子,是持絕少肯定,但也不對之作完全否定
的態度。漁洋在其詞論之作《花草蒙拾》的〈雲間數公詞不涉南宋〉
條裡說:

　　　　雲間數公論詩……拘于方幅,泥于時代,不免唯識者所少。
　　　〔註50〕

明末清初以陳子龍(1608~1647)等人爲要角的雲間詩派,在詩學傳
統上直接承自後七子的擬古思考而來,如宋犖在《漫堂說詩》第四則
內,所指出的雲間詩派與後七子的關連:「王、李及雲間陳、李諸子,
數十年墮入雲霧,如禹碑石鼓,妄欲執筆效之,良可軒渠。」〔註51〕
宋犖口中的雲間陳李諸子,陳是陳子龍、李是李雯,二人均爲雲間詩

---

〔註48〕同註43,頁1563。
〔註49〕見張健著,《王士禛論詩絕句三十二首箋證》(台北:文史哲出版社,
　　　　1994年4月出版),頁26。
〔註50〕見唐圭璋彙刻,《詞話叢編・花草蒙拾》(台北:新文豐出版公司,
　　　　1988年2月台一版),頁685。
〔註51〕同註39,頁417。

派的領袖。從這點來說，雲間詩派可謂是後七子的嫡系，故其詩歌主張離李、何較遠，而距李、王爲近，漁洋對雲間詩派的評論，基本上可視爲對後七子詩學的總評。引文裡漁洋提出「拘于方幅、泥于時代」的批評，正一語點中雲間詩派乃至後七子詩學裡，步趨規模古人過度、取法範圍過隘的問題。此外，《帶經堂詩話》卷一〈體制類〉第十則，漁洋評論李攀龍的過度擬古：「樂府古詩不必輕擬。滄溟諸賢病正坐此。」又《帶經堂詩話》卷一〈品藻類〉第一則，漁洋以爲「嘉隆七子剽襲古樂府」〔註52〕。由是可推知漁洋對後七子嚴重的模擬風氣，時有不滿之處。不過，畢竟漁洋家學與後七子詩學間仍存在著一定程度的關連，本此，漁洋雖有不滿後七子者，但仍不致於對後七子下過於剗刻的評論。誠如清代王應奎（1684～1757）《柳南續筆》卷三〈阮亭詩序〉條所說：

> 阮亭爲季木從孫，季木之詩宗法王李。阮亭入手，原不離
> 此一派。林古度所謂家學門風，淵源有自也。〔註53〕

引文中的季木，指的是漁洋第十七叔祖王象春。據漁洋所說，王象春其人「天才排奡，目空一世」，且「跌宕使氣，常引鏡自照曰：此人不爲名士，必當作賊」，〔註54〕可見王象春實屬名士之流。同時，王象春也是當代詩學名家，主要宗法後七子李、王詩學，《帶經堂詩話》卷七〈家學類〉第一則說：「十七從叔祖季木，……以詩名萬曆間，與文光祿天瑞翔鳳齊名。」〔註55〕由於漁洋在家學門風上有源本於後七子處，且如王應奎所說，漁洋入手詩歌，本不脫王、李一派，因此漁洋在對後七子的批評上仍略作保留。

　　雖然說王漁洋對前後七子的整體看法是肯定多於否定，而給予前七子的評價又高於後七子。不過，前後七子在個別詩學思考上其實並

---

〔註52〕 同註40，頁24及頁36。
〔註53〕 見清·王應奎撰，《柳南隨筆續筆》（北京：中華書局，1997 年 12 月第一版第二刷），頁178～179。
〔註54〕 同註40，頁165及頁164。
〔註55〕 同註40，頁164。

不盡相同，遠在前七子階段，七子內部已產生了李夢陽與何景明、李夢陽與徐禎卿的論爭，以及在總體詩學路線上的分歧；而在後七子時，又爆發出李攀龍、王世貞與謝榛的重大爭論。本此同中之異，漁洋對前後七子的觀感又有所分別。與漁洋交善的汪琬（1624～1691），曾在其筆記著作《說鈴》裡，記錄一段頗具啓發性意義的軼事：

> 王進士言：「若遇仲默、昌穀，必自把臂入林。若遇獻吉，便當退三舍避之。」予時在坐，遽謂曰：「都不道及汝鄉于麟耶？」王嘿然。〔註56〕

汪琬口中的王進士就是漁洋，而仲默、昌穀、獻吉、于麟分別是指前七子的何景明、徐禎卿、李夢陽及後七子的李攀龍。觀察上引文裡漁洋對待何、徐、二李四人的態度，我們可以清楚地發現，漁洋是能欣賞何景明與徐禎卿詩學的，因此樂於與何、徐二人「把臂入林」；對於李夢陽的詩學，漁洋則是敬重但不表認同，所以說遇之「當退三舍避之」，即敬李夢陽而遠之之意；至於對籍屬同鄉的李攀龍，漁洋以「嘿然」的不與置評之意帶過，可見在漁洋對李攀龍的觀感中，是存在著不滿的成分，這也是漁洋對李攀龍的評價始終較何、徐、李夢陽三人低下的主要原因。

　　上述漁洋對待何、徐、二李四人的態度及其中展現的評價問題，是解開「神韻說」與七子「格調說」之間聯繫的大關鍵。先討論何景明、徐禎卿、李夢陽的問題。李夢陽、何景明、徐禎卿在詩學方向上的差別，早在後七子的王世貞處就已被察覺。王世貞《藝苑卮言》卷六說：

> 今中原豪傑，師尊獻吉；後俊開敏，服膺何生；三吳輕儁，復為昌穀左袒。〔註57〕

王世貞在上引論述中明確地指出，當日宗七子者，因其才性、喜好的

---

〔註56〕 見歷代學人撰，《筆記小說大觀四編・說鈴》（台北：新興書局有限公司，1978年1月出版），頁6171。

〔註57〕 見丁福保輯，《歷代詩話續編・藝苑卮言》（北京：中華書局，1997年3月第一版第三刷），頁1045。

不同，可略分為師尊李夢陽、服膺何景明與左祖徐禎卿這三派。又下
引胡應麟《詩藪·續編》卷二之說，似是承續上述王世貞之論所作的
闡述：

> 弘正間，詩流特眾，然皆追逐李、何。士選、繼之、進之、
> 近夫，獻吉派也。華玉、君采、望之、仲鶡，仲默流也。
> 昌穀雖服膺獻吉，然絕自名家，遂成鼎足。〔註58〕

胡應麟認為在當日，李夢陽、何景明的影響固然廣大，然徐禎卿以名
家之姿，崛起於李、何二人之間，弘正騷壇係呈現鼎足三分之勢。今
觀李、何、徐三家的詩風，大抵如沈德潛在《說詩晬語》卷下第二十
一則及第二十二則所歸結的，「李獻吉雄渾悲壯，鼓盪飛揚，何仲默秀
朗俊逸，迴翔馳驟」，而「徐昌穀……倩朗清潤，骨相嶔崎」。〔註59〕
在論詩主張方面，李夢陽較偏重「擬議」、規模古人之作，何景明、徐
禎卿則較重視「變化」、領會古人神情之道。由上論述可見，何景明與
徐禎卿無論在詩風或者詩論上，都較為類近而有相互溝通的可能，至
於李夢陽的詩風或詩論，確實同何、徐二人尚存有一段的距離。觀漁
洋在上引文內，所以願意同何、徐二人「把臂入林」，而敬避李夢陽於
三舍之外，正是種建立在詩學思考類似性上的觀感。筆者以為漁洋與
何景明、徐禎卿的詩學思考類似性，正交會在「擬議以成其變化」這
一論題的討論上。

何景明在《大復集》卷三十二〈與李空同論詩書〉一文內，對李
夢陽與自身學詩門徑的檢討，最能表現出李夢陽的「擬議」與何景明
的「變化」之間的差異。何景明說：

> 追昔為詩，空同子刻意古範，鑄形宿鏌而獨守尺寸；僕則
> 欲富于材積，領會神情，臨景構結，不仿形跡。〔註60〕

如前所述「格調說」的理論基礎在於擬古之說，李夢陽、何景明之所

---

〔註58〕同註13，頁5742。
〔註59〕見清·沈德潛著，霍松林校注，《說詩晬語》（北京：人民文學出版
社，1998年5月出版），頁238及頁239。
〔註60〕同註23，頁1267之290。

以爲「格調」派而不爲其他的共通點，在乎二人同樣強調復古、不廢模擬一途。雖然李、何的理論基礎相同，但是當落入規擬古人的態度與方法的討論時，李、何二人產生了意見上的分歧。誠如蕭華榮所認爲的，何景明由於「不滿於李的過份強調法式，『刻意古範』、『尺尺寸寸』地模仿古人，以至於成爲古人的『影子』，而主張『領會神情』，即從詩的精神、意境上學習擬則古人，眞正掌握古人的創作奧竅，在自己的創作中『臨景構結』，即根據生動、具體的情景靈活地運用前人的方法遣字造句，組織結構」〔註61〕。至於在徐禎卿的詩論裡，亦有類似於何景明強調「變化」的觀點，其《談藝錄》第六則舉東漢賦家揚雄指點桓譚學賦途徑爲例說：

> 昔桓譚學賦於揚雄。雄令讀千首賦。蓋所以廣其資，亦得
> 以參其變也。詩賦粗精，譬之絺綌，而不深探研之力，宏
> 識誦之功，何能益也？故古詩三百，可以博其源；遺篇十
> 九，可以約其趣；樂府雄高，可以屬其氣；離騷深永，可
> 以禆其思。然後法經而植旨，繩古以崇辭，雖或未盡臻其
> 奧，我亦罕見其失也。〔註62〕

徐禎卿口中的「廣其資」，相當於是何景明〈與李空同論詩書〉「富于材積」的論點，而「參其變」之說，則相通於何景明所謂「領會神情，臨景構結」的說法。徐禎卿舉桓譚學賦於揚雄之事爲例，以說明「廣其資」而「參其變」之理，其意大致有二：第一、強調詩人學詩必須要有根柢，而根柢則必得自對古人作品的參證與學習。此等學古、擬古之說，係「格調」派的通義，本之徐禎卿要學者參讀《詩經》、〈離騷〉、〈古詩十九首〉、漢、魏樂府等作品，並以這類詩學典範作爲創作的準的，「法經而植旨，繩古以崇辭」，縱使不能進達詩家臻境，亦能少去一般人所犯之闕失。從這一點來看，徐禎卿其實還是帶有相當濃厚的「格調」色彩。第二、徐禎卿雖然認爲「廣其資」對學

〔註61〕同註8，頁249。
〔註62〕見清·何文煥輯，《歷代詩話·談藝錄》（台北：漢京文化事業有限
　　　　公司，1983年1月出版），頁767。

詩、作詩之人而言相當重要，但是它並不代表學詩者的終站，相反地，「廣其資」只是學詩的第一步而已。根據徐禎卿的說法，「廣其資」的目的在於「參其變」，所有對古人的師法、擬議，只是為了「因情立格」以成就最後的變化，為了如「神工哲匠」般，「顛倒經樞，思若連絲，應之杼軸，文如鑄冶，逐手而遷，從衡參互，恆度自若」，[註63]寫出一己之情而已。從徐禎卿的強調「參其變」來說，他又表現出從「格調」轉向「神韻」的態勢。綜觀徐禎卿「廣其資」而「參其變」的詩學觀點，不僅較李夢陽的「刻意古範，鑄形宿鏌而獨守尺寸」開放，同時也較何景明的「富于材積，領會神情，臨景構結，不仿形跡」通豁。本此，黃保眞、成復旺、蔡鍾翔合著的《中國文學理論史——明代時期》，以為徐禎卿詩論「在前七子多數人追求古代雄健的時代格調的時候，他卻表現了兼重才情、神韻的傾向」[註64]，確實有其道理。

　　如前所述，漁洋所以能欣賞何景明、徐禎卿之說，主要在於他對「擬議以成其變化」這一說法的認同。先說漁洋詩論中「擬議」、學古的部分。王漁洋從不反對詩人學古，甚至如大陸學者張健《清代詩學研究》所說的，「在詩歌要當代化還是古典化的問題上」，漁洋「與七子派是一致的，……他的總的取向是要走傳統的路子，要求詩歌要古」。[註65]在《然鐙記聞》第九則裡，漁洋就透過對清初大詩人吳偉業（1609～1671）詩歌的批評，表達出這種詩歌當「古典化」的觀點：

　　為詩總要古。見梅村先生詩，盡態極妍，然只是欠一「古」
　　字。[註66]

漁洋此評，當與其《帶經堂詩話》卷一〈源流類〉第五則，「明末暨

[註63]　同註62，頁767。
[註64]　見黃保眞、成復旺、蔡鍾翔著，《中國文學理論批評史——明代時期》（台北：紅葉文化事業有限公司，1994年5月出版），頁90。
[註65]　見張健著，《清代詩學研究》（北京：北京大學出版社，1999年11月出版），頁404。
[註66]　見清・王夫之等撰，《清詩話・然鐙記聞》，頁119。

國初歌行，約有三派。……婁江源於元白，工麗時或過之」〔註67〕之說並觀。吳偉業以長篇歌行名聞當世，時稱「梅村體」。今觀「梅村體」的特色，在乎其華豔工麗的整體風格，漁洋「盡態極妍」之評，正是就「梅村體」特具的華豔工麗風格而言。此外，漁洋以吳偉業的歌行源於元稹、白居易，而工麗又過之的論述，要在指出「梅村體」與「善狀詠風態物色」的「元和體」間的類似點，並且強調「梅村體」的風華，有更勝「元和體」之處。《四庫全書總目提要》卷一百七十三〈集部二十六·別集類二十六·梅村集〉條評吳偉業《梅村集》，以爲「其少作大抵才華豔發，吐納風流，有藻思綺合、清麗芊眠之致。……其中歌行一體，尤所擅長。格律本乎『四傑』，而情韻爲深，敘述類乎香山，而風華爲勝。韻協宮商，感均頑豔，一時尤稱絕調。其流播詞林，仰邀睿賞，非偶然也」〔註68〕。又清代中葉詩家趙翼（1727～1814）於其《甌北詩話》卷九說：「梅村詩本從『香奩體』入手，故一涉兒女閨房之事，輒千嬌百媚，妖豔動人。幸其節奏全仿唐人，不至流爲詞曲。然有意處則情文兼至，姿態橫生；無意處雖鏤金錯采，終覺膩滯可厭。」〔註69〕可見吳偉業詩作，「盡態極妍」四字確實足以當之。但是，爲何漁洋以爲吳偉業之作仍「欠『古』字」呢？筆者認爲這還是得從漁洋以「婁江源於元白」的說法來加以理解，蓋漁洋以爲元、白的作品，無論是「善狀詠風態物色」的「元和體」或是「意存諷賦，箴時之病，補政之缺」的「新樂府」之作，都沒有資格作爲詩家規模的典範。蓋漁洋素不喜元、白詩學，承唐代司空圖（837～908）〈與王駕論詩書〉的「元白力勍而氣屛，乃都市豪估耳」之評，以爲元、白正坐少「骨重神寒」四字，故其品不貴。〔註70〕因此在漁

---

〔註67〕同註40，頁21。

〔註68〕見清·永瑢、紀昀主編，《四庫全書總目提要》（海口：海南出版社，1999年5月出版），頁913。

〔註69〕見郭紹虞編選，富壽蓀校點，《清詩話續編·甌北詩話》（上海：上海古籍出版社，1999年6月第一版第二刷），頁1290。

〔註70〕同註40，頁39。

洋眼裡，吳偉業詩作縱使能極盡妍美之態，但既與元、白有所淵源，自然難以古調視之，故說其「只是欠一『古』字」。

　　又《然鐙記聞》第二則所載漁洋之語，亦能反映漁洋的強烈學古意識，其云：

　　　　脫盡時人面孔，方可入古。〔註71〕

從引文之語推判，漁洋似乎認爲詩歌的今與古，係處於一種對立的態勢，惟有脫今才能入古。由是觀之，這就不僅僅是種強烈的學古意識而已，漁洋更有股朝復古方向前進的意味。那麼，該如何脫盡時人面孔以求「入古」呢？除了上文所說，當以盛唐詩歌爲典範作爲「學古者之法」之外，漁洋還提出了當以古學爲根柢的主張。《然鐙記聞》第一則記載說：

　　　　學詩須有根柢。如三百篇、楚詞、漢、魏，細細熟玩，方
　　　　可入古。〔註72〕

又《帶經堂詩話》卷三〈眞訣類〉第五則亦有類似說法：

　　　　本以風雅以導其源，沂以楚騷、漢魏樂府詩以達其流，博
　　　　之九經、三史、諸子以窮其變，此根柢也。〔註73〕

漁洋以《詩經》、《楚辭》、漢、魏古詩、樂府爲學詩入古之本，旁及群經、諸子、三史之說，相當於前述何景明的「富于材積」與徐禎卿「廣其資」的論點。甚至引文裡漁洋取以作爲學古典範的內容，幾乎與徐禎卿《談藝錄》的「古詩三百，可以博其源；遺篇十九，可以約其趣；樂府雄高，可以厲其氣；離騷深永，可以裨其思」相一致。由是可見，漁洋的「擬議」論調，的確與「格調說」，特別是何景明、徐禎卿有諸多聯繫之處。

　　再說王漁洋詩論內強調「變化」、學古得神的部分。在對待「擬議」以求「變化」這一說法的態度上，漁洋的觀點基本上是同何景明、徐禎卿一致的。不過，在當如何「變化」的思考上，漁洋又較何、徐

---

〔註71〕同註66，頁119。
〔註72〕同註66，頁119。
〔註73〕同註40，頁78。

二人前進了一大步。漁洋認爲在「擬議以成其變化」的基礎上，不僅
應去掉「擬議」之相，同時連同最後的「變化」之跡，也要一併泯滅；
學古人之神，最終還是在於展現自我之神。從理論上來看，漁洋的思
考裡表現出一種企圖超越「格調」的意識，經由實的「格調」面轉向
虛的「神韻」面，這是漁洋的「神韻說」之所以爲「神韻說」，而不
屬於「格調說」範圍，能獨立於七子詩派之外的主要原因。大陸學者
張健認爲，漁洋當時需要面對且試圖探索的詩學道路，是要如何「繼
承傳統又不陷入模擬古人」，因此「從詩學發展的內在理路來看，神
韻說就是在這種詩學背景下提出來的」，〔註74〕實爲見地之論。觀《帶
經堂詩話》卷一〈源流類〉第一則說：

> 學古人勿襲形撫，正當尋其文外獨絕處。〔註75〕

上引論述內所謂的「古人形撫」，就是古人「格調」，而「文外獨絕處」，
則是指古人精神。漁洋要人求古人「文外獨絕處」，就是要人明曉「變
化」，學古以得神之理。漁洋這種超越「格調」的意識，主要還是因
爲「神韻說」的焦點在「神」、在「韻」，就不是「格調」所能涵攝，
因此學古的目的除了領略古人神情外，更在於從中展現出自己的神
情；至於古人的「格調」，反而如同「捨筏登岸」後的「筏」，棄之並
無不可。關於這個道理，漁洋在《帶經堂詩話》卷一〈體製類〉第十
一則，對李攀龍的評論裡，表達得最爲明確：

> 古今之人一一強同，則千里之謬，不容秋毫，肖貌之形，
> 難爲覿面。……李于麟曰：「擬議以成其變化。」噫！擬議
> 將以變化也，不能變化而擬議，奚取焉？〔註76〕

在上引文字中，漁洋透過對李攀龍「擬議以成其變化」一語的闡述，
明確地表達其兩個重要詩學觀點：第一、詩歌必須要有個人的性情貫
乎其中，否則一味盲目的擬古，只是創造出更多強同古、今之人，但

---

〔註74〕 同註65，頁404。
〔註75〕 同註40，頁19。
〔註76〕 同註40，頁26。

卻「難爲靦面」的作品。由是我們可以看出，爲何漁洋會在《帶經堂詩話》卷三〈眞訣類〉的第一則裡，認爲南宋詩家姜夔「一家之言，自有一家之風味，如樂之二十四調，各有韻聲，乃是歸宿處；模仿者，語雖似之，韻則亡矣」的説法，能「足參微言」的原因。〔註77〕第二、由於「擬議」的終極目的在於「變化」，學古的目標指向得神，「神韻」的顯露本於對「格調」的超越，本此漁洋無法認同不能「變化」的「擬議」，因爲詩家學詩本該「伐毛洗髓，務得其神，而不襲其貌」〔註78〕。綜上論述，可見何景明、徐禎卿「擬議以成其變化」的觀念，進入漁洋「神韻説」時，成了學古得神的論述。對於這點，大陸學者張健的研究頗值得我們參考：「從學古人之神的立場上看七子派，則七子派的學古是模擬其體格聲調，這恰恰是詩歌的形體。在某個意義上説，從七子派的格調説到王士禎的神韻説的轉變，也是學古方式從求形到求神的轉變。」〔註79〕何景明與徐禎卿的詩論，正因爲表現出這種由「格調」轉向「神韻」、由「求形」轉變成「求神」的傾向，所以自然能得到漁洋的贊同。

在上文論述的基礎上，我們可以接著討論爲何王漁洋對李攀龍詩學不以置評的原因。李攀龍在前七子裡，最推重的是強調「擬議」的李夢陽，其摹古的行徑源本於李夢陽，卻又遠較李夢陽嚴重。清代詩論家潘德輿（1785～1839）《養一齋詩話》卷六説：「獻吉之病，已在摹擬太過，歷下效之而又甚焉。」〔註80〕可見李攀龍確爲前後七子中特重「擬議」而最罕「變化」者。從這個角度切入觀察時，李攀龍詩學當然與偏重「變化」的何景明、徐禎卿詩學格格不入，更何況是比何、徐更進一步提出學古得神主張的王漁洋詩學。漁洋對於李攀龍的過度模擬，確實存在著某些不滿的成分，觀其以「樂府古詩不必輕擬。

---

〔註77〕 同註40，頁76。
〔註78〕 同註40，頁122。
〔註79〕 同註65，頁422。
〔註80〕 見郭紹虞編選，富壽蓀校點，《清詩話續編・養一齋詩話》，頁2097。

滄溟諸賢病正坐此」之說，便可得到證實。不過另一方面，如大陸學者張健所說，漁洋仍然認可李攀龍「回歸傳統的總體趨向是正確的」〔註81〕。與漁洋交善的詩人計東在其《改亭集》卷四〈寧益賢詩集序〉裡說：「空同、歷下，守唐人之家法者也。貽上既尊其名，而心實未能忘。」〔註82〕正足以說明漁洋對於李攀龍詩學，還是有著部分的肯定。此外，如前所述，漁洋的家學門風與李攀龍爲首的後七子詩派間有著密切關連；同時，李攀龍又是漁洋的同鄉前輩，無論從家門淵源或人倫情理上來說，漁洋都不方便對李攀龍作太強烈或過度直接的批評。本此，漁洋對汪琬「都不道及汝鄉于麟耶」的提問，選擇採取「嘿然」式的不作回應。誠如漁洋友人、清代詩學名家施閏章（1618～1683）在《漁洋續集》序文裡所說的：「新城王阮亭先生論詩，於其鄉不尸祝于麟。」〔註83〕漁洋「不尸祝」李攀龍的態度，正相當於前述的不與置評。不過，由於漁洋的「神韻說」，實在難以認可李攀龍詩學的一味摹古而遺去神明，因此當吳喬以「清秀李于麟」一語，指出漁洋詩學裡的擬古成分時，漁洋對此自然難以接受。本此，紀昀〈冶亭詩介序〉說漁洋因爲吳喬該語而銜怨終身，似乎也是可以被理解的。

　　最後，我們可以討論爲什麼王漁洋從不自述其「神韻說」裡的「格調說」成分。筆者以爲，這是由於漁洋有意爲「神韻說」與「格調說」，在本質與論述焦點上進行區隔的緣故。換言之，「格調」派中的「擬議」論者，如李夢陽、李攀龍等人，執著於古人衣冠的模擬，固然難爲漁洋所認可；而「格調」派中的「變化」論者，如何景明、徐禎卿等人，雖然已討論到漁洋「神韻說」中的「伐毛洗髓，務得其神」問題，但畢竟只是「格調」底下的「領會神情」與「參其變」，這就決定了何、徐二人始終是「格調」派，而不可能發展出「神韻說」。

〔註81〕同註65，頁257。
〔註82〕見四庫全書存目叢書編纂委員會編，《四庫全書存目叢書·集部二二八·改亭集》，頁583。
〔註83〕見四庫全書存目叢書編纂委員會編，《四庫全書存目叢書·集部二二六·漁洋山人續集》，頁708。

透過與「格調說」的對比，漁洋的「神韻說」特色正在於雖然同樣強調經由規模古人「格調」，從而得到古人神情，但是古人神情的獲取，並不是漁洋提出「神韻說」的最後目的，轉化古人神情爲詩人自我性情，才是「神韻說」追求的極境。本此筆者認爲漁洋在「神韻說」裡，不僅要破除對古人「格調」的死板模仿，甚至最後連自古人「格調」處所領會的神情也要一併泯去，如是，漁洋詩學裡反覆強調的「尊性情」觀念，才能有落腳著跟之處。試以禪宗指、月之說爲喻。我們可以將手指喻爲「格調」，而將月亮比爲「神韻」，如同手指可以指示月亮的存在一樣，「格調」可以指示「神韻」的途徑。李夢陽等人執著於「格調」，就如同人們在指月活動裡執念以指爲月一樣，自然所得非月；而像何景明等人在「格調」底下求得「變化」後，卻黏滯於「格調」，如同人們在指月活動中，既已由指得月，卻反過來把指與月同當作爲月，所得亦非月之本體；至於漁洋的「神韻說」經由「格調」得「神韻」後，並不執著於「格調」本身，故其所得爲純粹之「神韻」，如同人們以指得月後，明曉指並非月，月之本體自然透現而出。換句話說，「格調說」強調的是擬議的過程，即便「格調」派裡的「變化」一脈，亦不外如此；而「神韻說」注重的是擬議後的境界，故漁洋要人「不著一字，盡得風流」、追求「羚羊掛角，無跡可求」、「色相俱空」的「逸品」、反覆告誡學者「須參活句」。蓋「格調說」與「神韻說」雖有淵源，但是二者在根本性質與關注焦點上，實在有所差異。

## 第二節 論徐禎卿對王漁洋「神韻說」的啓發——兼論王漁洋對謝榛的評價

在前曾引述的汪琬《說鈴》記錄裡，王漁洋似乎對何景明與徐禎卿二人，表現出無分軒輊的欣賞態度，但在事實上，漁洋對徐禎卿的推重絕對高過何景明，此觀《帶經堂詩話》卷二〈評駁類〉第一則所記，便可得證。漁洋說：

> 余於古人論詩，最喜鍾嶸詩品、嚴羽詩話、徐禎卿談藝錄，
> 而不喜皇甫汸解頤新語、謝榛詩說。〔註84〕

在上引文字裡，漁洋以爲徐禎卿的《談藝錄》，足可與其素來賞愛的梁代鍾嶸（467？～519？）《詩品》，及幾被標舉爲詩論典範的嚴羽《滄浪詩話》並駕齊驅。漁洋對徐禎卿詩學的推重，不僅可見一般，更在何景明之上。在上一節裡，我們曾約略討論漁洋對待徐禎卿詩學的態度，及徐禎卿與漁洋在詩論上的關連。在此我們可以針對上文未及之處，作更進一步地的探討。此外，關於漁洋對謝榛的評價問題，筆者擬在此處一併加以討論。其原因有二：第一、漁洋雖然對徐禎卿、謝榛二人詩論的評價大有不同，但在其詩論資料裡，對徐、謝的論詩作過多次的探究，同樣值得我們關注。第二、在後七子當中，謝榛的地位與前七子中的徐禎卿頗爲相似，蓋二人均以詩創聲名海內，亦都有思致精微的詩論著作傳世。同時，徐、謝二子分別能在李夢陽與何景明、李夢陽與王世貞二大詩歌勢力之外，自成一大家。更重要的是，謝榛論詩多有瓣香於徐禎卿之處。基於上述理由，筆者將在討論完徐禎卿對漁洋「神韻說」的啓發之後，緊接著討論漁洋對謝榛的評價問題。

早在康熙二年癸卯（1663），王漁洋三十歲作〈戲仿元遺山論詩絕句三十二首〉時，已表現出對徐禎卿詩歌及其詩論之作《談藝錄》的賞識，其二十四云：

> 文章煙月語原卑，一見空同迥自奇。天馬行空脫羈馽，更
> 憐譚藝是吾師。〔註85〕

漁洋作該絕句之意有二：第一是評論徐禎卿的詩歌創作，第二則是推許徐禎卿的詩歌理論。先說第一點。徐禎卿少時曾游吳地，與祝允明、唐寅、文徵明齊名，並名爲「吳中四才子」。《明史》卷二百八十六〈列傳第一百七十四·文苑二〉稱其「體臒神清，詩鎔鍊精

---

〔註84〕同註40，頁58。
〔註85〕同註49，頁129。

警，爲吳中詩人之冠，年雖不永，名滿士林」〔註86〕。「文章煙月」之語，源出徐禎卿少作《鸚鵡五集》內〈文章煙月〉一詩的頸聯，本作「文章江左家家玉，煙月揚州樹樹花」，嘗被時人譽爲警句而廣被傳佈。朱彝尊《靜志居詩話》卷十〈徐禎卿〉條說：「迪功少學六朝，其所著五集，類靡靡之音。」〔註87〕蓋徐禎卿少時不僅追摹六朝，亦間及中晚唐詩，又兼受吳中一地詩風影響，故雜有齊梁風流之氣，上述的《鸚鵡五集》諸作與〈文章煙月〉一詩，就是徐禎卿少時的代表作品。不過，徐禎卿在登進士第隨李夢陽、何景明交遊之後，詩風開始有了轉變。《明史》說徐禎卿「其爲詩，喜白居易、劉禹錫。既登第，與李夢陽、何景明游，悔其少作，改而趨漢、魏、盛唐」〔註88〕。王世貞《藝苑卮言》卷六則以爲，「昌穀少即擿詞，文匠齊梁，詩沿晚季，迨舉進士，見獻吉始大悔改。其樂府、選體、歌行、絕句，咀六朝之精旨，採唐初之妙則，天才高朗，英英獨照。律體微乖整栗，亦是浩然太白之遺也」〔註89〕。足見與李、何游於京師這一經歷，對徐禎卿詩風的轉變具有決定性的影響。漁洋認爲徐禎卿的少作如〈文章煙月〉諸詩，尚帶有六朝輕靡習氣，並不足觀。只有遇見李夢陽後，徐禎卿改變詩風所創作的後期詩作，才是其詩歌精華所聚，故說「文章煙月語原卑，一見空同迥自奇」。《帶經堂詩話》卷四〈刪訂類〉第四則記載背後，正代表漁洋的這種觀感：

　　　徐昌穀少年詩所稱警句，如「文章江左家家玉，煙月揚州處處花」，與唐子畏「杜曲梨花杯上雪，灞陵芳草夢中煙」伯仲之閒耳，較之自定迪功集不啻霄壤。微空同師資之功，不能超凡入聖如此。〔註90〕

---

〔註86〕同註20，頁7351。
〔註87〕同註34，頁263。
〔註88〕同註20，頁7351。
〔註89〕同註57，頁1045。
〔註90〕同註40，頁113。

唐子畏即「吳中四才子」之一的唐寅,《迪功集》乃徐禎卿詩風改變後的晚年自定詩集。漁洋認爲徐禎卿少作「文章江左家家玉,煙月揚州處處花」裡所展露的輕靡詩風,與唐寅「杜曲梨花杯上雪,灞陵芳草夢中煙」詩裡濃厚的吳中習氣,其實並無二致,直至徐禎卿晚歲自編的《迪功集》中,方能免除此一齊梁習氣。就此,漁洋姪子王啓浣註解漁洋該絕句說:「鸚鵡五集所謂名句,如『文章江左家家玉,煙月揚州樹樹花』,乃吳體之卑者。」〔註91〕正爲解人。至於「天馬行空脫羈馽」,正是漁洋對徐禎卿整體詩風的形容。關於徐禎卿脫俗飄逸的詩風,在漁洋之前的詩論家已有定評,如王世貞《藝苑卮言》卷五以爲徐禎卿詩,「如白雲自流,山泉泠然,殘雪在地,掩映新月;又如飛天仙人,偶游下界,不染塵俗」〔註92〕。又朱彝尊《明詩綜》引李雯語說:「迪功神致俊爽,如天廄飛龍,不加鞭策,自然駛邁。用寡用虛,獨有所長」〔註93〕都可與漁洋「天馬行空脫羈馽」之說相參照。再說第二點。絕句最末語云「更憐談藝是吾師」,顯然漁洋頗爲推許徐禎卿《談藝錄》之作。不過,與司空圖《詩品》、嚴羽《滄浪詩話》,乃至於姜夔的《白石道人詩說》相較,漁洋並未具體說明過他所以欣賞《談藝錄》的緣由。如要一探究竟,筆者以爲當由漁洋討論《談藝錄》的隻字片語中進行推較,方可獲得答案。

　　觀《漁洋精華錄》卷二所錄王漁洋〈題迪功集〉一詩,間有涉及對徐禎卿詩論的評價處,其云:

　　　　昭代嬋娟子,徐卿雅好文。稱詩如典午,譚藝似參軍。濩落雲霞質,飄颻鸞鶴群。只應禹洞裡,靈跡待夫君。〔註94〕

關於上引的該詩首聯「昭代嬋娟子,徐卿雅好文」,據翁方綱《石洲詩話》卷八「予視學山東,得見漁洋此詩手草,首句云『絕代嬋娟子』」

〔註91〕同註43,頁253。
〔註92〕同註57,頁1036。
〔註93〕見清·紀昀主編,《景印文淵閣四庫全書·集部三九八·明詩綜》,頁1459之861。
〔註94〕同註43,頁92。

的記載，「昭」字似本應作「絕」。漁洋是聯旨在稱賞徐禎卿的良質美材，即翁方綱所謂的徐禎卿「少負雋才」、「天挺之清奇」之意。〔註95〕頷聯的「稱詩如典午，譚藝似參軍」，分別是漁洋對徐禎卿詩作與詩論的推崇。「稱」此處音同「趁」，有符合之意；而「典午」一詞，據漁洋小門生惠棟的註解是「典午謂晉，所謂正始之音是也」〔註96〕。本此，「稱詩如典午」等於說徐禎卿的詩作，可以符合於「正始之音」，這是漁洋從詩歌創作層面上對徐禎卿的推重。至於「譚藝」是指徐禎卿的論詩活動，並非就其《談藝錄》之作而言；而「參軍」一詞，金榮引杜甫詩「俊逸似參軍」〔註97〕爲註，誠確。由是可見漁洋「譚藝似參軍」之說，意在稱美徐禎卿論詩具有如鮑照般的俊逸之風，這是漁洋從詩學理論上對徐禎卿的讚許。至於頸聯的「瀽落雲霞質，飄颻鸞鶴群」之語，是漁洋針對徐禎卿詩歌作形象化的概括，意在點出《迪功集》古逸俊爽的詩風，相當於我們前引的評語，如王世貞《藝苑卮言》的「如白雲自流，山泉冷然，殘雪在地，掩映新月；又如飛天仙人，偶游下界，不染塵俗」、漁洋論詩絕句的「天馬行空脫羈駒」。在尾聯「只應禹洞裡，靈跡待夫君」裡，漁洋似乎運用《靈寶要略》裡的典故，「吳王闔閭游包山，見一人，自言姓山，名隱居，入洞庭，取素書一卷，文不可識。令人賫之問孔子，孔子曰：『丘聞童謠云：吳王出遊，觀震澤湖。龍威丈人山隱居北上包山，入靈墟，乃入洞庭，竊禹書。』」〔註98〕，指出徐禎卿詩歌之妙，必終能爲有識者所神解。頗有王世懋《藝圃擷餘》評徐禎卿詩，以爲徐禎卿「能以高韻勝，有蟬蛻軒舉之風」，「更千百年，李何尚有廢興」而徐詩「必無絕響」之意。〔註99〕由上論述可見，徐禎卿在論詩風格上俊逸的特色，是王漁洋欣

---

〔註95〕見郭紹虞編選，富壽蓀校點，《清詩話續編・石洲詩話》，頁1510及頁1511。
〔註96〕同註43，頁92。
〔註97〕同註43，頁93。
〔註98〕轉引自註43，頁149。
〔註99〕見清・何文煥輯，《歷代詩話・藝圃擷餘》，頁782。

賞《談藝錄》的原因之一。

又王漁洋曾在《帶經堂詩話》卷一〈品藻類〉第二十六則裡，以為「明詩本有古澹一派，如徐昌國、高蘇門、楊夢山、華鴻山輩。自王李專言格調，清音中絕」〔註100〕，為復興、提倡這一古澹派詩風，故編選徐禎卿、高叔嗣兩家詩作，成《二家詩選》一書。薛順雄〈王士禛著作考〉一文曾考述《二家詩選》，以為「士禛詩法、素宗二公，故合二人之作，簡其精華，編為此集」。至於《二家詩選》的編選內容，則「大抵於禎卿詩多取迪功集；其少年之作，見於外集別集者咸不取，叔嗣為取其五言詩而舍七言，蓋取所長而棄所短也，二人佳作亦約略備於是集矣」。〔註101〕其中，漁洋嘗引明代顧璘《國寶新編》評徐禎卿之語：

> 昌穀神清體弱，雙瞳燭人，幼精文理，不由教迪。上採騷雅，下括高岑。融會折衷，備茲文質。其所探索，具在談藝錄。可謂良工心苦者。〔註102〕

漁洋又引陳子龍評論，以為：

> 迪功存詩無多，乃與二雄鼎足。觀其談藝，皆深造之語，宜其短章片語，無不連城也。〔註103〕

觀引文所述，顧璘與陳子龍都認為徐禎卿能本著細密的思考與嚴謹的態度，對詩歌進行深刻的探索，而《談藝錄》正是徐禎卿論詩的代表之作。漁洋因為贊同顧璘與陳子龍的說法，所以才引顧、陳二人的評說入《二家詩選》內，可見徐禎卿作《談藝錄》的「良工心苦」、能得「深造之語」，亦是漁洋欣賞《談藝錄》之處。又觀《帶經堂詩話》卷二〈評駁類〉第一則說：

> 皇甫百泉（汸）解頤新語，殊不能啟發人意，非徐昌國（禎

---

〔註100〕同註40，頁48。
〔註101〕見薛順雄著，《中國古典文學論叢》（台北：台灣學生書局，1983年10月出版），頁227。
〔註102〕轉引自註49，頁195。
〔註103〕轉引自註49，頁195。

卿）談藝錄之比。〔註104〕

引文裡的皇甫汸（1498～1583）其人，年輩略晚於徐禎卿而在當代頗有詩名。今觀皇甫汸論詩，其實無甚高見，其《解頤新語》一書大抵勦襲前人故說，乃至抄引前人舊文，頗無新意，其中甚至多有碎亂者。如《解頤新語》第五則云：

> 《詩序》：「情動於中而形於言，言之不足故嗟歎之，故詠歌之。」故曰：詩者持也，持人情性。三百之篇，義歸無邪。〔註105〕

皇甫汸分別採〈詩大序〉、詩緯書《含神霧》及《論語・爲政第二》之說，然亦僅止於採集、排列諸說，並未有何特見。又如第一百一十則及第一百一十一則曰：

> 怊悵述情，必始乎風；沈吟鋪辭，莫先於骨。

> 賈浪仙雖有警句，視其全篇，意思殊餒，大抵寒澀，亦爲體之不備也。〔註106〕

前者語出梁代劉勰（466？～537？）的《文心雕龍・風骨第二十八》，後者則本自司空圖的〈與李生論詩書〉，幾近完全抄錄並且未註明出處。《四庫全書總目提要》卷一百九十七〈集部五十・詩文評類存目〉曾述評《解頤新語》一書，以爲：

> 汸詩有名於當時，而此書乃多謬陋。大抵皆襲舊文，了無精識：好大言，而實皆膚詞。如云：「《詩》首關雎，《易》始龍德，《逍遙》大鵬，其意一也。」此十六字爲一條，竟不知作何語。又引證不確，搖筆即舛。如鍾嶸《詩品》，家弦戶誦，乃云：「《鍾品》已湮，僅存嚴氏、李商隱等三十六體。」《唐書》本傳明云以表啓而名，乃指爲詩派。……如此之類，指不勝屈。世以汸名重傳之耳。〔註107〕

---

〔註104〕同註40，頁59。
〔註105〕見吳文治主編，《明詩話全編第3冊・皇甫汸詩話・解頤新語》，頁3244。
〔註106〕同註105，頁3261。
〔註107〕同註68，頁1080～1081。

諸如此類，當即漁洋所謂《解頤新語》「殊不能啓發人意」之處。漁洋將皇甫汸的《解頤新語》同徐禎卿的《談藝錄》進行比較，進而貶《解頤新語》而揚《談藝錄》的行爲，正好表現出他對徐禎卿的「良工心苦」與「皆深造之語」的推崇。

　　此外，在《帶經堂詩話》卷三〈要旨類〉第三則，這條類似漁洋讀書筆記的記載裡，也可以幫助我們解開王漁洋爲何欣賞《談藝錄》的謎底。漁洋記說：

> 弇州云：「朦朧萌坼，情之來也。明雋清圓，詞之藻也。」
> 四語亦妙。〔註108〕

上述文字語出《談藝錄》第七則，漁洋誤植爲王世貞所說。在討論漁洋爲何以徐禎卿「四語亦妙」之前，讓我們先還原徐禎卿的原文：

> 朦朧萌坼，情之來也；汪洋漫衍，情之沛也；連翩絡屬，
> 情之一也；馳軼步驟，氣之達也；簡練揣摩，思之約也；
> 頡頏累貫，韻之齊也；混沌貞粹，質之檢也；明雋清圓，
> 詞之藻也。高才闊擬，濡筆求工，發旨立意，雖旁出多門，
> 未有不由斯戶者也。〔註109〕

在上引論述當中，徐禎卿旨在描述文藝創作裡，詩人從「情」之所生到作品構思，最後落實成文字的整個過程。「萌坼」是種子裂開初發芽的樣子，徐禎卿用「朦朧萌坼」一語，旨在形容詩人的「情」被感興的初發始狀態。「汪洋漫衍」是廣大充沛之貌，「連翩絡屬」則有接連不斷之意，詩人之「情」在初發始之後，將會慢慢地充沛會愈發地明顯而一貫，這相當於徐禎卿口中的「汪洋漫衍，情之沛也；連翩絡屬，情之一也」。至此，我們已可約略看出徐禎卿以情爲本的詩觀。此外，「馳軼步驟，氣之達也；簡練揣摩，思之約也；頡頏累貫，韻之齊也；混沌貞粹，質之檢也」，則是徐禎卿分別從詩人氣勢的通暢、構思的醞釀、韻律間的配合、內容的約束各方面，來討論創作時應注意的事項，

---

〔註108〕同註40，頁72。
〔註109〕同註62，頁767。

以及如何使作品具體成型等問題。至於「明雋清圓，詞之藻也」，則是「情」落實爲文字後，詩人對文字進行藻飾的活動。「雋」就是意深味遠、「清」則是語言清麗，在「明雋清圓」一語裡，我們可以看出徐禎卿重視「雋」與「清」的美學觀。最後在「高才閒擬，濡筆求工，發旨立意，雖旁出多門，未有不由斯戶者也」之語裡，徐禎卿流露出對上述分析詩歌創作過程的信心，如畢桂發等人主編的《精選歷代詩話評釋》所評釋的：「『雖旁出多門』二句：此謂寫詩方法雖各不相同，但都要經由『朦朧萌坼……詞之藻也』的過程。」〔註110〕

　　根據筆者的觀察，徐禎卿《談藝錄》論詩有兩大支柱，其一爲尚情貴眞的觀點，其二爲推尊古調的觀念。潘德輿《養一齋詩話》卷一說：「談藝錄推本性情，頗多古誼。」〔註111〕就是分別從性情面與尊古面，點出徐禎卿《談藝錄》論詩的主旨。蓋尚情貴眞的主張，係徐禎卿慧眼洞燭之見，是其所以能獨樹一幟於七子間的主要原因；而推尊古調的觀念，則是徐禎卿本「格調」派論詩之舊習而來，其詩說始終非「神韻」、非「性靈」而爲「格調」，根本於此。觀上文引述的《談藝錄》第七則之說，頗能表現出徐禎卿尚情貴眞的觀點。關於「情」的性質與內容，徐禎卿曾在《談藝錄》第三則裡作過界說：

　　　　情者，心之精也。情無定位，觸感而興。……故喜則爲笑啞，憂則爲吁戲，怒則爲叱咤。〔註112〕

徐禎卿「情者，心之精也」的說法，其意有二：第一、「心」爲主體，「情」發於「心」，「心」爲能發、「情」爲所發，徐禎卿將由「心」所發的「情」，定位爲心的精華處，旨在提示「心」、「情」二者之間的無隔，甚至隱隱有以爲「情」是「心」的精純物之意。第二、「情」既然爲「心之精也」，「情」爲「心」之發，那麼徐禎卿自然認定「心」

---

〔註110〕見畢桂發、張連第、漆緒邦主編，《精選歷代詩話評釋》（鄭州：中洲古籍出版社，1988 年 7 月），頁 169。

〔註111〕同註 80，頁 2011。

〔註112〕同註 62，頁 765。

是「情」的根源處，而「情」則是心象的流露。在中國美學的討論裡，素來有將「心」視爲一能動、敏感之主體的通義。此義以劉勰《文心雕龍・物色第四十六》之說，「春秋代序，陰陽慘舒。物色之動，心亦搖焉」〔註113〕所論最明。如上所述，「心」既外物所感、所搖，那麼由「心」外發的「情」之動向，自然也將隨「心」反應而隨時地改變，本此而產生「喜、怒、哀、樂、愛、惡、懼」七情之別，及「喜則爲笑啞，憂則爲吁戲，怒則爲叱吒」等等反應「情」變的外在活動。由是可見各種「情」的內容，及基於此一內容所表現的活動，其實是不盡相同的，這是「情」的「殊相」。引文裡徐禎卿的「情無定位，觸感而興」之說，就是對此而發。不過「情」在屢屢變動的「殊相」中，亦有所不變處。蓋「喜」之「笑啞」、「憂」之「吁戲」、「怒」之「叱吒」雖爲「情」的「殊相」，然其根源於「心」、發之於「情」的「眞」處，則爲同一，這是「情」的「共相」，也只有如此，徐禎卿「情者，心之精也」的論述才得以成立。

　　同樣在《談藝錄》第三則內，徐禎卿提出「情」爲「詩之源」，而「思」、「力」、「才」、「質」四者爲「詩之流」的說法：

> 蓋因情以發氣，因氣以成聲，因聲而繪詞，因詞而定韻，
> 此詩之源也。然情實眇眇，必因思以窮其奧；氣有粗弱，
> 必因力以奪其偏；詞難妥帖，必因才以致其極；才易飄揚，
> 必因質以禦其侈。此詩之流也。〔註114〕

一方面徐禎卿以「情」爲「詩之源」，等於是要求詩人創作詩歌，必須以「情」作爲根本。但在另一方面，徐禎卿也承認「情無定位」、變化無端，因此當虛緲的「情」，要落實爲實體的文學作品時，就需要經由「思」、(構思)「力」(學力)、「才」(才氣)、「質」(內容)加以具體化。由於這四者並非詩歌的所本，但卻是成就詩歌的重要質

---

〔註113〕見梁・劉勰著・詹鍈義證，《文心雕龍義證》(上海：上海古籍出版社，1999 年 12 月第一版第三刷)，頁 1728。

〔註114〕同註 62，頁 765。

素，因此徐禎卿說它們是「詩之流」。綜上論述，由於「情」爲「心之精」，是「心」的精純物，代表心之「眞」處，本此，以「情」爲根源的詩歌，才有感動讀者的可能。此一觀點以《談藝錄》第五則所說最明：「夫情能動物，故詩足以感人。」此外，如第一則以爲「詩者，所以宣元鬱之思，光神妙之化者也」，第三則說：「詩者乃精神之浮英，造化之秘思也。」〔註 115〕其實都不外乎詩歌之「情」眞則能感人之意。

不過，亦如前所述，徐禎卿到底還是「格調」派的主要原因，在於他十分重視「格調」的觀念。《談藝錄》第四則說：

> 魏詩，門戶也；漢詩，堂奧也。入戶升堂，固其機也。〔註 116〕

「堂奧」者即內堂的深處。引文內徐禎卿以魏詩爲門戶而漢詩爲堂奧之喻，隱隱有自魏詩上溯漢詩之意。只是徐禎卿爲何特重漢、魏詩歌？徐禎卿說：

> 由質開文，古詩所以擅巧。由文求質，晉格所以爲衰。若乃文質雜興，本末並用，此魏之失也。故繩漢之武，其流也猶至於魏；宗晉之體，其敝也不可以悉矣。〔註 117〕

徐禎卿特重漢、魏之詩，以此爲詩學準繩，其實就是「格調」派取法乎上、追求「第一義」的觀念。胡應麟《詩藪·內編》卷二評論說「嚴羽卿論詩，六代以下甚分明，至漢魏便鶻突。……昌穀始中要領，大暢玄風」〔註 118〕，即是針對此而發。另外，龔顯宗〈明代七子派詩論之研究〉一文說：「談藝一書所論者皆爲古體，蓋傷漢末禮樂崩，晉宋新聲作，古風沈滯已甚，故『上緣聖則，下摘儒元，廣教化之源，崇文雅之致，削浮華之風，敦古樸之習』，於近體固未嘗齒及之也。」〔註 119〕實爲確論。由之可見，徐禎卿詩學除了上述的尙情貴眞之說

---

〔註 115〕 同註 62，頁 765～766、頁 764 及頁 766。
〔註 116〕 同註 62，頁 766。
〔註 117〕 同註 62，頁 766。
〔註 118〕 同註 13，頁 5458。
〔註 119〕 見龔顯宗著，〈明代七子派詩論之研究〉《台南師專學報》第 9 期，

外，亦保有其「格調」、尊古的一面。既如上述，在徐禎卿一方面重
「情」，但另一方面又不廢「格調」的思考底下，那麼如何使「情」
與「格調」彼此交通、構成一種和諧的態勢，成了徐禎卿詩學中最大
的論題。徐禎卿對此提出了「因情立格」的說法，《談藝錄》第六則
說：

> 夫情既異其形，故辭當因其勢。譬如寫物繪色，倩盼各以
> 其狀：隨規逐矩，圓方巧獲其則。此乃因情立格，持守圓
> 環之大略也。〔註120〕

引文中的「格」即「格調」。徐禎卿的「因情立格」之說，重點在於以
固定的「格」去合變化的「情」。如此一來，「情」就成詩歌創作中的
主體，被提升到「格調」之上，而尊古求「格」之外必然要求變古求
「情」，徐禎卿就由此走上了前文所述的「擬議」而重「變化」一途。

筆者認爲王漁洋從前引《談藝錄》第七則裡，單拈「朦朧萌拆，
情之來也。明雋清圓，詞之藻也」，並以爲「四語亦妙」的原因，主
要有兩點：第一、徐禎卿論詩尙情貴眞的論述，與漁洋詩學內強調眞
性情的觀點相互契合。第二、徐禎卿「明雋清圓，詞之藻也」語內所
展現的美學觀，恰恰與漁洋偏向清遠的美學觀有交通之處。在上述兩
點原因裡，又以第一點最爲重要。關於漁洋詩論裡的重眞性情之說，
我們在前文裡已多有述及，今不厭其煩再舉例說明之。觀《帶經堂詩
話》卷三〈要旨類〉第八則云：

> 劉公子節之（孔和）詩云：「少陵詩竭情，右軍書趁媚，譬
> 如今雅琴，乃是古鄭衛。此語固頗高，何以處衰季？多巧
> 傷元化，僞古愈看僞。強擬皇娥篇，勒取岣嶁字。不如求
> 眞至，辛憺皆可味。」旨哉言乎！〔註121〕

劉孔和作上引該詩的主旨，其實在於闡述詩貴「求眞」觀點，所謂的
「眞」就是性情之眞。劉孔和在該詩詩末提出「不如求眞至，辛憺皆

---

　　1976年12月），頁175。
〔註120〕同註62，頁767。
〔註121〕同註40，頁74。

可味」的說法，是漁洋以劉孔和之詩「旨哉言乎」的主要原因。漁洋
這種強調真性情的論述，同時可見於對張九徵的《過江集》序文的稱
許上。《帶經堂詩話》卷六〈自述類上〉第六則載：

> 順治庚子冬在揚州，……有過江集，張吏部（九徵）公選
> 序之云：筆墨之外，自具性情；登臨之餘，別深懷抱。知
> 己之言也。〔註122〕

又《帶經堂詩話》卷八〈自述類下〉第二十一則說：

> 京口張文選公選博物君子也，嘗題予過江、入吳兩集云：
> 筆墨之外，自具性情；登臨之餘，別深懷抱。此語可與解
> 人道。〔註123〕

此外，汪琬《說鈴》亦載此事：

> 或曰王十一詩，筆墨之外，自具性情；登臨之餘，別深懷
> 抱。真有遺世獨立想。〔註124〕

觀引文所述，漁洋不僅認同張九徵對其《過江集》的評語，更對此評
給予「知己之言」的高度評價。張九徵所謂的「自具性情」、「別深懷
抱」，其實是說讀者可由對漁洋詩作的閱讀當中，發掘出漁洋的情志，
當然這種情志的呈現，是有著相當的「真實性」。我們可以發現，這
類「自具性情」、「深具懷抱」論述的基本假設，是肯定作者創作時，
有意願、也有充分能力，得以把真面目、真性情注入詩歌當中。也只
有在這個前提成立時，敏銳的讀者方可透過構成詩歌的語言文字，察
覺出作者的真面目、真性情。漁洋對張九徵論點的同意，無疑認可對
真性情的贊同與強調，是構成他詩學的重要成分之一。漁洋的類似說
法，都與徐禎卿強調情為「詩之源」的尚情貴真觀點，有相通之處。
關於漁洋偏向清遠的美學觀，我們在下文中將有專論，故此處暫略而
不述。

　　綜上論述，王漁洋欣賞徐禎卿《談藝錄》的原因有三：第一、徐

---

〔註122〕同註40，頁177。
〔註123〕同註40，頁195。
〔註124〕同註56，頁6182。

禎卿《談藝錄》論詩具有俊逸的特色；第二、徐禎卿作《談藝錄》能「良工心苦」，且其中「皆深造之語」；第三、《談藝錄》論詩持尚情貴眞的觀點，及徐禎卿偏向清遠的美學傾向，能爲漁洋所認同。其中第三點給予漁洋「神韻說」的啓發最大，漁洋論詩絕句所謂的「更憐譚藝是吾師」之說，正應由上文討論中理解。此外，王小舒《神韻詩史研究》一書，以爲漁洋對《談藝錄》的推崇，是因爲徐禎卿論詩「帶有神秘主義的傾向」，而「恐怕在這一點上二人有心理默契之處」的說法，〔註125〕雖推臆的成分居多，不過存之可聊備一說。

在討論完徐禎卿之後，我們可以接著討論王漁洋對謝榛的評價問題。關於謝榛與漁洋「神韻說」之間的關係，近世學者多針對此進行過深入的研究。如袁震宇、劉明今合著的《中國文學批評通史——明代卷》說：

> 謝榛……值得注意的是他要奪其神氣，求其聲調，哀其精華，以造乎「渾淪」，這樣便在格調說的基礎上開了神韻說的境界。〔註126〕

而王承丹〈淺論後七子的內部紛爭及影響〉一文指出：

> 關於學古門徑，謝榛提出「提魂攝魄法」……，不難看出，「奪神氣」、「提魂攝魄法」與何景明所謂「領會神情」靈犀相通，同「神韻」實屬一路。此根紅線下連王世貞、王世懋、胡應麟，又歷經文學革新運動，直接清代王士禎，王氏的神韻說中可見此一瓣心香。〔註127〕

由上引研究成果當中可見，學者們研究謝榛與漁洋「神韻說」間的關連，其實多著重「格調說」與「神韻說」間的關係，或謝榛與漁洋二人在詩學觀念上的相似性立論，而罕直接討論漁洋對謝榛的評價問題。事實上，只有從漁洋自己的言論當中對此問題進行探討，才有可

〔註125〕見王小舒著，《神韻詩史研究》（台北：文津出版社，1994 年 6 月出版），頁 362。
〔註126〕同註 30，頁 241。
〔註127〕見王承丹著，〈淺論後七子的內部紛爭及影響〉（《臨沂師專學報》第 18 卷第 1 期，1996 年 2 月），頁 54。

能適切地定位漁洋對謝榛詩學的看法。

　　〈四溟詩話序〉一文，是我們理解王漁洋如何評價謝榛的重要文獻。在該文內，漁洋對謝榛生平的敍述，大抵本錢謙益《列朝詩集小傳》之説，並無任何新見，只有其中一段頗值得我們重視：

> 謝榛，字茂秦，眇一目，喜通輕俠，度新聲。……當七子結社之始，尚論有唐諸家，茫無適從；茂秦曰：「選李、杜十四家之最佳者，熟讀之以奪神氣，歌詠之以求聲調；玩味之以裒精華；得此三要，則造乎渾淪，不必塑謫仙而畫少陵也。」〔註128〕

這段記載，可視爲對謝榛詩歌理論的總概括，其語原出謝榛《四溟詩話》卷三第三十九則：

> 予客京時，李于麟、王元美、徐子與、梁公實、宗子相諸君招余結社賦詩，一日因談初唐盛唐十二家詩集，並李杜二家，孰可專爲楷範？或云沈宋，或云李杜，或云王孟。予默然久之，曰：「歷觀十四家所作，咸可爲法。當選其諸集中之最佳者，錄成一帙，熟讀之以奪神氣，歌詠之以求聲調，玩味之以裒精華。得此三要，則造乎渾淪，不必塑謫仙而畫少陵也。夫萬物一我也，千古一心也，易駁而爲純，去濁而歸清，使李杜諸公復起，孰以予爲可教也。」諸君笑而然之。是夕，夢李杜二公登堂謂余曰：「子老狂而遽言如此。若能出入十四家之間，俾人莫知所宗，則十四家又添一家矣。子其勉之。」〔註129〕

在謝榛之語中，有三處值得特別注意：第一是兼取初、盛唐十四家精要處的觀念，第二是「熟讀之以奪神氣，歌詠之以求聲調，玩味之以裒精華」的説法，第三則是謝榛從中表現出企圖自名一家的強烈意識。

　　先説第一點。謝榛所謂以初、盛唐十四家精要處爲法的論述，其

---

〔註128〕見明・謝榛著，宛平校點，《四溟詩話》（北京：人民文學出版社，1998 年 2 月出版），頁 129。
〔註129〕同註128，頁 80。

實還是「格調說」中學古創作的觀念，只是謝榛擴大了學古的範圍，並重新思考了如何集合諸家長處的問題。關於這點，謝榛在《四溟詩話》卷三第十一則的記錄裡，表達得頗爲明確：

> 熟讀初唐、盛唐諸家所作，……見諸家所養之不同也。學者能集眾長，合而爲一，易牙以五味調味。則爲全味可矣。〔註130〕

可見集諸家之長，在於成「全味」，模擬古人是爲了超乎古人，此即前述「格調」派中「擬議以成其變化」的觀念。又在《四溟詩話》卷四第五十七則內，謝榛稱此集諸家長處之法爲「釀蜜法」：

> 予夜觀李長吉、孟東野詩集，皆能造語奇古，正偏相半，豁然有得。併奪搜奇想頭，去其二偏：險怪如夜壑風聲，瞑巖月墮，石石山精鬼火出焉；苦澀如枯林朔吹，陰崖凍雪，見者靡不慘然。予以奇古爲骨，平和爲體，間以初唐盛唐諸家，合而爲一，充其氣魄，則不失正宗矣。若蜜蜂歷采百花，自成一種佳味，與芳馨殊不相同，使人莫知所蘊。作詩有學釀蜜法者，要在想頭別爾。〔註131〕

謝榛自道其取初、盛唐諸家的方法，主要是去諸家粗蕪而存其精華。謝榛舉蜜蜂採百花爲例，說明他的詩學思考。蓋蜜蜂雖遍採百花香料爲基本材料，但歷經自我加工過程後所產生的蜂蜜，雖取材於百花而其味卻與百花不相類同。而詩人作詩應該像蜜蜂釀蜜一樣，當遍取各詩家精華，最後以脫出各詩家之外而自有其風味。本於上述，謝榛以「作詩有學釀蜜法者，要在想頭別爾」總結其說，所謂的「想頭」是詩人的自我構想之意，相當於蜜蜂「釀」蜜的行動，誠如黃保眞、成復旺、蔡鍾翔合著的《中國文學理論史——明代時期》所解釋的：「無論古人之精萃，還是歷代之詩法，都需要通過自己的構思才能化入自己的作品。」〔註132〕謝榛的「釀蜜」之說，其意正在此。再說第二

---

〔註130〕同註128，頁69。
〔註131〕同註128，頁115。
〔註132〕同註128，頁135。

點。由謝榛「熟讀之以奪神氣，歌詠之以求聲調，玩味之以裒精華」
的說法裡，我們可以看出他學古的內容，主要集中在對名家詩歌的精
神、聲律及文字的汲取上。其中又以「奪神氣」最爲重要，謝榛稱此
「奪神氣」之法爲「提魂攝魄」。《四溟詩話》卷二第五十一則說：

> 詩無神氣，猶繪日月而無光彩。學李杜者，勿執於句字之
> 間，當率意熟讀，久而得之。此提魂攝魄之法也。〔註133〕

由於謝榛這類說法，與前述王漁洋的學古得神之說頗有相通之處，因
此有不少學者認爲漁洋的「神韻說」有取於此，如前引述的袁震宇、
劉明今《中國文學批評通史──明代卷》、王承丹〈淺論後七子的內
部紛爭及影響〉，即持此論。筆者以爲這等說法多可商榷之處，原因
是漁洋對謝榛論詩多有不滿之處，顯見其對謝榛詩論的接受度其實相
當低。與其欲強說漁洋的這類論述與謝榛有關，倒不如據我們前文所
述，將漁洋這類說法的影響源，指向何景明、徐禎卿等人，或者較爲
平實。再說第三點。在當代心理學裡，有夢境反映潛意識的說法。謝
榛於夢境內獲李白、杜甫稱譽，勉其出入十四名家之間，成第十五名
家之說，若非如四庫館臣所謂「急於求名，乃作是書以自譽」〔註134〕
的捏造之詞，就是其潛意識的反映。謝榛之夢無論是「急於求名」，
或是其潛意識的反映，要之均有強烈欲自名家的意識蘊含其中。觀《四
溟詩話》卷三說：

> 夫大道乃盛唐諸公之所共由者，予則曳裾躡履，由乎中正，
> 縱橫於古人眾跡之中；及乎成家，如蜂采百花爲蜜，其味
> 自別，使人莫之辨也。〔註135〕

這段引文的重點，除了上述的「釀蜜」之說以外，就是謝榛對「及乎
成家」的自我期許，由是亦可見謝榛亟欲自名一家的強烈企圖心。

　　除上述之說值得留意以外，王漁洋在〈四溟詩話序〉一文尾處，
亦曾對謝榛的詩歌創作進行評騭，亦是我們不能忽視的部分。漁洋

〔註133〕同註128，頁46。
〔註134〕同註68，頁1080。
〔註135〕同註128，頁74。

說：

> 茂秦今體功力深厚，句響而字穩，七子五子之流，皆不及
> 也。茂秦詩有兩種，其聲律圓穩、持擇矜慎者，弘、正之
> 遺響也；其應酬牽率、排比支綴者，嘉、隆之前茅也。余
> 錄嘉隆七子之詠，仍以茂秦為首，使後之尚論者，得以區
> 別其薰蕕，條分其涇渭也。若徐文長之論，徒以諸人倚勢
> 紈袴，凌壓韋布，為之徒呼憤不平，則又非躋余茂秦之本
> 意。〔註136〕

在上面這段話中，漁洋表明以下幾個觀點：第一、指出謝榛專長創
作近體。第二、漁洋歸結謝榛的詩歌風格大抵有二，第一種詩風本
前七子處而來，特色是「聲律圓穩、持擇矜慎」；第二種則是後七子
之體，特色在於「應酬牽率、排比支綴者」。第三、謝榛的詩歌創作
在後七子當中，甚至是在七子末流裡，都是成就最高的。第四、漁
洋指出他對謝榛詩歌的推尊，是就藝術論藝術的文學批評活動，並
沒有個人意氣之爭的成分存乎其中。漁洋口中的「徐文長之論」，是
指徐渭在讀罷李攀龍〈戲為絕謝茂秦書〉後，有所感觸而寫下的〈廿
八日雪〉（原注：時棉被被盜）一詩，今錄於《徐渭集・徐文長三集》
卷五：

> 昨見帙中大可詫，古人絕交寧不罷，謝榛既與為友朋，何
> 事詩中顯相罵？乃知朱轂華裾子，魚肉布衣無顧忌，即令
> 此輩忤謝榛，謝榛敢罵此輩未？回思世事髮指冠，令我不
> 酒亦不寒，須臾念歇無些事，日出冰消雪亦殘。〔註137〕

徐渭在此詩裡為李攀龍、王世貞合排謝榛於七子外，與之斷盟後，尚
且攻詰、訾罵不休的行徑，感到困惑與不滿，並為謝榛的遭遇打抱不
平。漁洋正借徐渭之論，說他所以推舉謝榛，無關黨爭意氣等個人因
素，而是純就事論事之舉。由上述可見，漁洋對謝榛的詩歌創作，基

---

〔註136〕同註128，頁129。
〔註137〕見明・徐渭撰，《徐渭集》（北京：中華書局，1999年2月第一版第
　　　　二刷），頁143～144。

本上是持肯定的態度。

　　相較於對謝榛詩歌創作的肯定，王漁洋對於謝榛論詩卻大不認同，其〈戲仿元遺山論詩絕句三十二首〉之二十六云：

> 楓落吳江妙入神，思君流水是天眞。何因竄點澄江練，笑
> 殺談詩謝茂秦。〔註138〕

漁洋口中的「楓落吳江」，指的是初唐崔信明佚詩「楓落吳江冷」一語；而「思君流水」之句，指的是東漢末詩人徐幹〈室思〉詩的名句「思君如流水」；至於「澄江練」，則是指南齊詩人謝朓〈晚登三山還望京邑〉詩的警句「澄江淨如練」。鍾嶸《詩品》嘗評「思君如流水」一語，以爲「既是即目」〔註139〕，許譽該詩語爲徐幹「直尋」所得之作。漁洋此處繼承鍾嶸之評，以爲「楓落吳江冷」、「思君如流水」及「澄江淨如練」三句之妙，正妙在三個詩人興會神到、直致所得，此即我們前文所討論過的「藝術直覺」的作用。但是據王世貞《藝苑卮言》卷三所述，謝榛曾不解此理，以爲「澄」字與「淨」在意義上有所重複，而有過竄點謝朓「澄江淨如練」之舉：

> 謝山人爲玄暉「澄江淨如練」，「澄」「淨」二字意重，欲改
> 爲「秋江淨如練」。余不敢以爲然。〔註140〕

蓋謝榛論詩，多有隨己意竄點前人詩作之習，其所持的理由是「詩不厭改，貴乎精也」〔註141〕。在《四溟詩話》卷三第二十則中，曾記錄謝榛詩友徐汝思之語：

> 余偕詩友周一之、馬懷玉、李子明，晚過徐比部汝思書
> 齋。……汝思曰：「聞子能假古人之作爲己稿，凡作有疵而
> 不純者，一經點竄則渾成。」〔註142〕

觀引文所述，謝榛本人似亦頗以能擅此技爲傲。又如《四溟詩話》卷

---

〔註138〕同註49，頁129。
〔註139〕見梁・鍾嶸著，曹旭注，《詩品集注》（上海：上海古籍出版社，1996
　　　　年8月第一版第二刷），頁174。
〔註140〕同註57，頁996。
〔註141〕同註57，頁40。
〔註142〕同註128，頁73。

一第一百零五則及第一百零六則說：

> 杜牧之清明詩曰：「借問酒家何處有，牧童遙指杏花村。」
> 此作宛然入畫，但氣格不高。或易之曰：「酒家何處是，江
> 上杏花村。」此有盛唐調。

> 劉禹錫懷古詩曰：「舊時王謝堂前燕，飛入尋常百姓家。」
> 或易之曰：「王謝堂前燕，今非百姓家。」此作不傷氣格。
> 〔註143〕

又《四溟詩話》卷三第三十五則載：

> 杜牧之開元寺水閣詩云：「六朝文物草連空，天澹雲閒今古
> 同。鳥去鳥來山色裏，人歌人哭水聲中。深秋簾幕千家雨，
> 落日樓台一笛風。惆悵無因見范蠡，參差煙樹五湖東。」
> 此上三句落腳字，皆自吞其聲，韻短調促。而無抑揚之妙。
> 因易爲「深秋簾幕千家月，靜夜樓台一笛風」。迺示諸歌詩
> 者，以予爲知音否邪？〔註144〕

漁洋對於謝榛窜點前人詩作的行爲，相當地不能認同，曾對此作過幾次的批評，前述的論詩絕句即針對此而發，而《帶經堂詩話》卷十八〈辯析類〉第三十五則也說：

> 後人妄改古詩，如謝茂秦改玄暉「澄江淨如練」之類，爲
> 世口實。〔註145〕

此外，在《帶經堂詩話》卷十八〈辯析類〉第四十五則裡，漁洋明確地指出其反對謝榛窜點古人詩作的主要原因：

> 右丞詩：「萬壑樹參天，千山響杜鵑。山中一夜雨，數杪百
> 重泉。」興來神來，天然入妙，不可湊泊，而詩林振秀改
> 爲「山中一丈雨」，潼川志作「春聲響杜鵑」，方輿勝覽作
> 「鄉音響杜鵑」，此何異點金成鐵，故古人詩一字不可妄
> 改。如謝茂秦改宣城「澄江淨如練」作「秋江」，亦其類也。
> 近餘姚譚宗纂唐律秋陽，諸名家詩無不妄加點窜，古人何

---

〔註143〕同註128，頁29。
〔註144〕同註128，頁78。
〔註145〕同註40，頁513。

　　　　不幸，橫遭黥劓如此！〔註146〕

漁洋這裡的持論立場，其實與上引的論詩絕句相同。如我們一再強調
的，詩歌是詩人存在經驗的具體化，漁洋並不反對在詩歌字句上進行
精鍊的修飾，他反對的是改詩者在毫不顧慮原作者現時體驗的情況
下，將原本活生生、流露出詩人興發感動的詩句加以點竄。在漁洋看
來，這是種對詩歌生命的撕裂，而引文中《詩林振秀》、《潼川志》、《方
輿勝覽》、謝榛的點竄古人詩歌，正坐實了這個問題，他們的寥寥數
筆，就僵化限制了原本詩人「既書即目」、直尋直致而得的作品，甚
至詩歌當中的生氣，也因此而消逝無存。

　　關於王漁洋批評謝榛改詩的問題，以漁洋後學伊應鼎的體會最
深，他在《漁洋山人精華錄會心偶筆》卷六闡論漁洋「楓落吳江妙入
神」絕句時說：

　　　謝元暉之澄江淨如練，景在眼前、神會心間，自然得之，
　　　天生妙句，其真處全在一澄字。而「淨如練」三字，即「澄」
　　　字之光景，謝茂秦欲妄為改竄，正所謂求之於理路而索之
　　　於言詮者。遂使千古妙句，頓爾減色。〔註147〕

蓋謝榛之失，在於將原本不該涉理路、言筌的詩歌，坐死在理路、言
筌之中，詩歌的生命從此被窒息，所謂的「千古妙句，頓爾減色」即
是此意。同時，在《清詩話‧師友詩傳續錄》第九則內，漁洋說出另
外一個他不喜謝榛《四溟詩話》的原因；

　　　四溟詩說，多學究氣，愚所不喜。〔註148〕

在引文裡並沒有說明為何《四溟詩話》「多學究氣」。不過據筆者推測，
漁洋所以以認為《四溟詩話》多有「學究氣」的原因，是因為謝榛在
《四溟詩話》內曾屢次提出種種學詩、作詩之法，如前曾討論過的「釀
蜜法」、「提魂攝魄法」，乃至「無米粥法」、「縮銀法」、「野蔬借味法」、

---

〔註146〕同註40，頁518。
〔註147〕見清‧伊應鼎編述，《漁洋山人精華錄會心偶筆》（台北：廣文書局
　　　　有限公司，1968年7月出版），頁449。
〔註148〕見清‧王夫之等撰，《清詩話‧師友詩傳續錄》，頁50。

「取魚棄筌法」等等，可謂五花八門、撩人耳目，如教場之學究示人以詩道。漁洋「神韻說」向來重悟解神會，其論詩「如華嚴樓閣，彈指即現，又如仙人五城十二樓，縹緲俱在天際」〔註149〕，強調「詩如神龍，見其首不見其尾，或雲中露一爪一麟而已」〔註150〕，自然難以接受像謝榛這樣拼命示人門徑，甚至過度露揚己論的論詩方式。再加上謝榛在論詩態度上，表現得頗爲強勢，多有輕侮狂傲之氣，漁洋所以素不喜《四溟詩話》，或許這是另外一個因素。

## 第三節　論薛蕙、孔天胤的「神韻」論詩同王漁洋「神韻說」間的聯繫

　　王漁洋之前的明代詩論家，如薛蕙（1489～1541）、孔天胤（？）、胡應麟、鍾惺（1574～1624）、譚元春（1586～1647）、陸時雍、王夫之（1619～1692）等人，都有過以「神韻」一詞論詩的記錄。從明中葉以降，以「神韻」論詩的風氣，似乎有逐漸蔓延開來的趨勢。雖然如上所述，明代有以「神韻」論詩的大潮流，不過仔細考究漁洋用以論詩的「神韻」，與前代詩論所使用的「神韻」一詞之間，卻未必都具有聯繫。筆者試述如下。先說胡應麟。據陳國球〈胡應麟詩論研究之一：「興象風神」析義〉一文的統計，「神韻」一詞在胡應麟《詩藪》書中出現的次數，不下二十一次。〔註151〕如《詩藪·內編》卷二評「建安之傑」曹植的「明月照高樓，流光正徘徊」，以爲「明月流光，雖神韻迴出，實靈運、玄暉造端。」又《詩藪·內編》卷四以爲李白〈塞下曲〉、〈溫泉宮〉、孟浩然〈岳陽樓〉、王維〈岐王應教〉等詩作，「俱盛唐絕作。視初唐格調如一，而神韻超玄，氣概閎逸，時或過之。」又《詩藪·內編》卷五說：「岑調穩於王，才豪於李，而諸作咸出其下，

---

〔註149〕同註40，頁79。
〔註150〕同註32，頁310。
〔註151〕見陳國球著，〈胡應麟詩論研究之一：「興象風神」析義〉（《幼獅學誌》第18卷第1期，1984年5月），頁108。

以神韻不及二君故也。」又如《詩藪‧外編》卷五之喻詩:「詩之筋骨,
猶木之根榦也;肌肉,猶枝葉也;色澤神韻,猶花蕊也。筋骨立於中,
肌肉榮於外,色澤神韻充溢其間,而後詩之美備善。」〔註152〕胡應麟
在詩學發展史上的地位,如黃保眞、成復旺、蔡鍾翔合著的《中國文
學理論史——明代時期》所說,他在「格調的同時亦兼神韻。……他
極力要把格調與神韻統一起來、爲人們指明一條由格調而到達神韻的
道路」〔註153〕。舉凡上述,都可推測胡應麟應與漁洋「神韻說」有所
關連。可是卻如黃景進在《王漁洋詩論之研究》裡所說的,漁洋雖曾
看過《詩藪》一書,但「絕口不提其思想與詩藪之關係」。黃景進認爲
這是因爲漁洋受到錢謙益《列朝詩集小傳》的影響,所以不甚欣賞胡
應麟的人格。〔註154〕筆者以爲漁洋不提其與胡應麟詩學之間的關係,
上引的黃景進之說或許是原因之一,但恐怕不是主因。蓋如前所引述
的,胡應麟固然試圖冶「格調」、「神韻」於一爐,指點詩家一條由「格
調」到「神韻」、由「體格聲調」到「興象風神」的路,但畢竟我們不
能忽略《詩藪》一書的基本要旨,在於「闡發前後七子之論,辨析諸
種體制與各個時代的藝術風格,以提倡格高調正」〔註155〕。換言之,
《詩藪》自始自終都是「格調」派的詩話,所以縱使胡應麟有以「神
韻」論詩的傾向,但是他的「神韻」始終都是建立在「格調」基礎上
的「神韻」。誠如葉鎮楚《中國詩話史》所言,胡應麟論詩要旨之一是
「尚法又重悟」,本此來說,「詩歌的神韻應以格調爲基礎,而格調則
應以神韻爲歸宿」。〔註156〕胡應麟這種建立在「格調」上的「神韻」
詩論,頂多只能說是「格調說」的變調或改革派而已,實在難以說它

〔註152〕 同註 13,頁 5461、頁 5491、頁 5506 及頁 5609。
〔註153〕 同註 64,頁 159。
〔註154〕 見黃景進著,《王漁洋詩論之研究》(台北:文史哲出版社,1980 年
6 月出版),頁 107~108。
〔註155〕 同註 64,頁 159。
〔註156〕 見葉鎮楚著,《中國詩話史》(長沙:湖南文藝出版社,1988 年 5 月
出版),頁 166。

就是「神韻說」。既然如此,我們如何能硬要漁洋認同該說,甚至強說他的詩學與胡應麟之間有直接關連呢?基於這個原因,我們認爲胡應麟的論「神韻」,自應另作討論,而不擬納入本詩學譜系中。〔註157〕

　　次說鍾惺與譚元春。鍾惺、譚元春同爲明季竟陵派領袖,其《詩歸》一書亦有以「神韻」評詩的記錄,不過由於該書使用「神韻」一詞的次數既少,〔註158〕又與漁洋「神韻說」無直接關連,故此處暫不予以討論。再說陸時雍。晚明陸時雍的詩歌選本《詩鏡》,亦多有以「神韻」論詩、評詩處,如《詩鏡總論》說:「詩之佳者,拂拂如風,洋洋如水,一往神韻行乎其間。」又云:「五言古詩非神韻綿綿,定當捉衿露肘」〔註159〕。而《古詩鏡》卷十二〈宋第一〉總評南朝宋詩人顏延之,以爲「延之彫績滿腸,荊棘滿手,以故意致雖密,神韻不生」。又卷十三〈宋第二〉評南朝宋謝靈運〈登池上樓〉一詩說:「『池塘生春草』、『杪秋尋遠山,山遠行不近』、非力非意,自然神韻。」〔註160〕不過根據黃景進《王漁洋詩論之研究》的說法,

〔註157〕關於胡應麟詩學與「神韻」的相關問題討論,讀者可以參見黃景進的〈「以禪喻詩」到「詩禪一致」——嚴滄浪與王漁洋詩論之比較〉(中國古典文學研究會主編,《古典文學第四集》,台北:台灣學生書局,1982 年 12 月出版)文,頁 120~123;陳國球的〈胡應麟詩論研究之一:「興象風神」析義〉(陳國球著,《幼獅學誌》第 18 卷第 1 期,1984 年 5 月)文,頁 108~109;黃景進的〈王漁洋「神韻說」重探〉(中山大學中文系編,《第一屆國際清代學術研討會論文集》,高雄:中山大學中文系,1993 年 11 月出版)文,頁 541~544;張健《清代詩學研究》(張健著,北京:北京大學出版社,1999 年 11 月出版)書〈第九章對七子、虞山派詩學的繼承與超越:王士禎的詩學‧二神韻并非只是王、孟一派的審美特徵〉,頁 428~430。

〔註158〕根據黃景進在《王漁洋詩論之研究》書〈第四章神韻的意義‧第四節漁洋之神韻說〉中的論述,鍾惺、譚元春《詩歸》中亦有一處以「神韻」評詩之例,《詩歸》評晚唐馬戴之詩時說:「晚唐詩有極妙而與盛唐人遠者,有不必妙而氣脈神韻與盛唐近者。」關於黃景進的討論,詳見該書頁 106。

〔註159〕見明‧陸時雍評選,《古詩鏡》,(台北:台灣商務印書館,1976 年出版),總論頁 1 及總論頁 31。

〔註160〕同註 159,卷十二頁 3 及卷十三頁 7

「漁洋著作中從未提起詩鏡，或許他未看到亦未可知」〔註161〕，漁洋也許眞的未有機緣看到過《詩鏡》一書，如此一來陸時雍縱使有以「神韻」論詩之處，但亦難影響漁洋的「神韻說」。本此，筆者也不擬討論陸時雍論「神韻」的問題。〔註162〕最後說王夫之。與漁洋生活年代相近的王夫之，其《古詩評選》、《唐詩評選》、《明詩評選》三部詩選之書，亦多見「神韻」一詞的使用。〔註163〕如《古詩評選》卷一〈古樂府歌行〉評漢高祖劉邦〈大風歌〉，以爲該詩「神韻所不待論。三句三意，不須承轉；一比一賦，脫然自致」。卷五〈五言古詩二〉評謝靈運〈從斤竹澗越嶺溪行〉說：「抑知詩無定體，存乎神韻而已。」〔註164〕又《唐詩評選》卷一〈樂府歌行〉評王績〈北山〉時說：「對仗起束，故自精貼，聲韻亦務協和，乃神韻駿發。」卷四〈七言律〉則評楊巨源〈和大夫邊春呈長安親故〉說：「虛實在神韻，不以興比有無爲別，如此空中構景，佳句獨得，詎不賢於硬架而無情者乎？」〔註165〕又《明詩評選》卷四〈五言古〉評貝瓊〈秋懷〉，以爲其「一泓萬頃，神韻奔赴」。卷五〈五言律〉論顧璘〈共泛東潭餞望之〉時，以爲「空同以來，名藝苑者不鮮，五言近體亦斐然可

---

〔註161〕同註154，頁106。

〔註162〕關於陸時雍詩學與「神韻」的相關問題討論，讀者可以參見龔顯宗的〈明代主神韻之說的陸時雍〉（龔顯宗著，《華學月刊》第135期，1983年3月）一文；及黃如焄《晚明陸時雍詩學研究》（黃如焄撰，嘉義：國立中正大學中國文學研究所碩士論文，1994年6月出版）的〈第五章陸時雍的「神韻論」之建構〉，頁155～192。

〔註163〕據陶水平《船山詩學研究》（陶水平著，北京：中國社會科學出版社，2001年6月出版）一書〈第五章晉宋風流論〉・第五節論「神韻」〉所統計，王夫之在《古詩評選》、《唐詩評選》、《明詩評選》中，「且不說含有『神韻』之意的評語，單是明確地使用了『神韻』這一概念的地方就多達二十餘處。」有關陶水平的詳細論述，請見該書頁351。

〔註164〕見明・王夫之著，張國星校點，《古詩評選》（北京：文化藝術出版社，1997年3月出版），頁1及頁220。

〔註165〕見明・王夫之著，王學太校點，《唐詩評選》（北京：文化藝術出版社，1997年1月出版），頁1及頁202。

觀，七言之作殆乎絕響。計諸子之自雄，正倚七言為長城，得盡發其噴沙走石之氣。乃彼所矜長，正其露短，神韻心理，俱不具論，平地而思躍天，徒手而思航海」。〔註166〕都是以「神韻」論詩、評詩的實例。然而考王夫之生平，他早年曾參與多次反清活動，屢嘗敗餒，後見神州陸沈、明社頹敗，便於順治十四年（1657）之際，隱居在衡陽石船山不出，專意於著述，過著近乎與世隔絕的生活，故其名聲於當時實不甚顯揚，如梁啟超《中國近三百年學術史》所說：「他生在比較偏僻的湖南，除武昌、南昌、肇慶三個地方曾做短期流寓外，未曾到過別的都會。當時名士，除劉繼莊（獻廷）外，沒有一個相識，又不開門講學，所以連門生也沒有。」〔註167〕王夫之的遭遇直接影響了其著作的流行傳播，所以王夫之的著作群雖然極為龐大，共計有九十五種、三百八十多卷、八百萬餘字，但刻印、流傳的過程卻頗為坎坷。考王夫之著作的首次刻印，是在他身後十餘年，其子王敔在親友們的義助之下，方得以刻印十數種，數量甚少且流傳亦不廣。〔註168〕上面提到的《古詩評選》、《唐詩評選》、《明詩評選》三書出現甚晚，不僅不在王敔第一次刻印之列，且據楊松年《王夫之論詩研究》所說，三書直到「劉人熙於辛亥革命前後始於長沙排印『船山遺書』，民國二十二年（1933）上海太平洋書店排印『船山遺書』，始收三者於其中」〔註169〕。至於王夫之本人的思想，在清中葉之前亦罕為人所知，直至清末民初才逐漸發揮影響力。從漁洋著作裡並未曾提及過王夫之其人其作，且王夫之著作、思想

〔註166〕 見明‧王夫之著，陳新校點，《明詩評選》（北京：文化藝術出版社，1997 年 3 月出版），頁 114 及頁 207。

〔註167〕 見梁啟超著，《中國近三百年學術史》（台北：里仁書局，1995 年 2月出版），頁 109。

〔註168〕 筆者此處有關王夫之生平、著作的討論，大致上本陶水平《船山詩學研究》書〈緒論‧一、船山的生平簡介與學術大要〉之說，詳見該書頁 1～4。

〔註169〕 見楊松年著，《王夫之詩論研究》（台北：文史哲出版社，1986 年10 月出版），頁 22。

都至清中葉後才得以流廣來看，漁洋似乎不僅未曾見過王夫之的著作，甚至是連王夫之其人亦有所未聞。筆者認爲王夫之以「神韻」論詩，應是本明人詩論而來，與漁洋「神韻說」之間並無直接關連。就此，筆者並不準備討論王夫之論「神韻」的相關問題。〔註170〕本上所述，在以漁洋「神韻說」爲後設考察的基點上，筆者將把討論的焦點放在薛蕙與孔天胤身上，以求建立一血脈相通的譜系連結。。

在《帶經堂詩話》卷三〈要旨類〉第四則的記載裡，漁洋提到明代詩論家裡，有孔天胤者曾以「神韻」論詩：

> 汾陽孔文谷（天允）云：詩以達性，然須清遠爲尚。薛西原論詩，獨取謝康樂、王摩詰、孟浩然、韋應物，言「白雲抱幽石，綠篠媚清漣」，清也；「表靈物莫賞，蘊眞誰爲傳」，遠也；「何必絲與竹，山水有清音」，「景昃鳴禽集，水木湛清華」，清遠兼之也。總其妙在神韻矣。「神韻」二字，予向論詩，首爲學人拈出，不知先見於此。〔註171〕

這段資料是「神韻說」研究者最喜歡引述的資料之一，筆者認爲其中原因有三：第一、在歷來以「神韻」論詩、評詩者，包括胡應麟、漁洋等人，都未曾明確界說「神韻」一詞的情況底下，孔天胤較明確地將「神韻」的內容範圍爲「清遠」，這對於研究者理解「神韻」該詞，顯然是彌足珍貴的。第二、孔天胤之語既被漁洋所引述，且未對此提出異議，那就意味著孔天胤的說法能爲漁洋所認可，由是或可略窺漁洋對「神韻」一詞的認定。第三、漁洋以「神韻說」宗主的身份，指出在他之前尚有孔天胤以「神韻」論詩，而孔天胤爲嘉靖十一年（1532）進士，年輩遠在胡應麟、陸時雍、王夫之等人之前，研究者本漁洋的這段引述，多以孔天胤爲第一個以「神韻」一詞論詩者。不過，雖然說孔天胤的這段文字對「神韻說」的研究，

---

〔註170〕關於王夫之詩學與「神韻」的相關問題討論，讀者可以參見陶水平《船山詩學研究》的〈第五章「晉宋風流論」‧第五節論「神韻」〉，頁346～362。
〔註171〕同註40，頁73。

可能產生如是重大的影響，但似限於原始文獻的來源，歷來未有學者指出孔天胤該語的出處。筆者曾對此產生困惑，經歷多方查閱的結果，發現漁洋所引述的孔天胤之語，出自孔天胤的《文谷集》雜卷十三〈園中賞花賦詩事宜〉，原文如下：

> 詩以達性，然須清遠爲尚。西原薛子論詩，獨有取謝康樂、王摩詰、孟浩然、韋應物。言「白雲抱幽石，綠篠媚清漣」，清也；「表靈物莫賞，蘊眞誰爲傳」，遠也；「何必絲與竹，山水有清音」，「景昃鳴禽集，水木湛清華」，清遠兼之也。總其妙在神韻矣。〔註172〕

在上面引述的文字裡，可以確定孔天胤爲所說的，只有「詩以達性，然須清遠爲尚」而已；而「西原薛子論詩」以下到「清遠兼之也」，則明顯爲孔天胤對薛蕙說法的引述；至於引文內最重要的「總其妙在神韻矣」一語，無論是從其位置還是語氣，實在難以判定這是孔天胤的說法，還是孔天胤引述薛蕙的話。爲了釐清「總其妙在神韻矣」的歸屬問題，筆者又試著查考薛蕙的《考功集》與《西原遺書》，終於發現孔天胤所引述的薛蕙之說，係源本於《西原遺書》卷下的〈論詩〉第七則：

> 曰清、曰遠，乃詩之至美者也，靈運以之，王、孟、韋、柳，亦其次也。「白雲抱幽石，綠篠媚清漣」，清也；「表靈物莫賞，蘊眞誰爲傳」，遠也；「何必絲與竹，山水有清音」，「景昃鳴禽集，水木湛清華」，可謂清遠兼之矣。〔註173〕

透過對薛蕙與孔天胤之語的交叉比對，眞相由是大白，我們前述的「總其妙在神韻矣」一語，係出自孔天胤，而非薛蕙所說。不過筆者在查考該資料的過程同時發現，薛蕙也有過以「神韻」論詩的記錄，而且其說比孔天胤更具啓發性意義。觀《西原遺書》卷下〈論詩〉第九則說：

---

〔註172〕見四庫全書存目叢書編纂委員會編，《四庫全書存目叢書・集部九五・文谷集》，頁176。

〔註173〕見四庫全書存目叢書編纂委員會編，《四庫全書存目叢書・集部六九・西原遺書》，頁406。

　　論詩當以神韻爲勝，而才學次之，陸不如謝正在此耳。
〔註174〕

引文裡可以引伸出幾個問題：第一、薛蕙如何理解「神韻」一詞？第二、薛蕙提出「論詩當以神韻爲勝」有何意義？第三、在「神韻爲勝，而才學次之」中，「神韻」與「才學」之間有何關連？第四、爲何薛蕙認定謝靈運之詩勝於陸機？

　　先說第一個問題和第四個問題。關於「神韻」一詞，薛蕙在上引文中雖未明定其內容，但是《西原遺書》卷下〈論詩〉第八則的記載，卻提供了我們理解薛蕙「論詩當以神韻爲勝」一語的方向：

　　陸士衡詩弘博繁富，張茂先謂之大材，信矣。至於清遠秀麗，則不及康樂遠甚。〔註175〕

上引〈論詩〉第九則的「論詩當以神韻爲勝，而才學次之，陸不如謝正在此耳」之說，應是針對這裡所作的解釋。薛蕙以「陸士衡詩弘博繁富，張茂先謂之大材，信矣」的說法，似本自鍾嶸《詩品》卷上〈晉平原相陸機〉對陸機詩的評語：

　　其咀嚼英華，厭飫膏澤，文章之淵泉也。張公歎其大才，信矣。〔註176〕

薛蕙說陸機詩歌「弘博繁富」，相當於說陸機的「才學」淵富，所以詩材取之不盡、用之不竭。但是薛蕙同時也認爲，雖然陸機詩歌「弘博繁富」，但若以「清遠秀麗」之美的具備與否作爲評詩標準時，結果是「陸不如謝」，這是因爲謝靈運在對詩歌「神韻」的掌握上，遠遠勝過陸機的緣故。在此，「神韻」與「清遠秀麗」就被薛蕙連結起來。換言之，薛蕙是從「清遠秀麗」來理解「神韻」一詞的，本此他所認定的「神韻」在性質上應是種美感境界，這種美感境界的構成主要以「清遠」爲主。釐清上述問題後，爲何薛蕙認定謝靈運詩遠勝於陸機的問題，就可以迎刃而解。鍾嶸《詩品》卷上〈晉平原相陸機〉

---

〔註174〕同註173，頁406。
〔註175〕同註173，頁406。
〔註176〕同註139，頁132。

評陸機詩作，以爲：

> 尚規矩，不貴綺錯〔註177〕，有傷直致之奇。〔註178〕

陸機其人雖才高學富，其詩雖「綺錯」而「規矩」有致，但是因他偏愛擬古而不重直抒胸臆，所以流弊如王世貞《藝苑巵言》卷三所說：「陸病……在模擬，寡自然之致。」〔註179〕而清代詩論家李重華（1682～1754）也在《貞一齋詩說‧談詩雜錄》第七十八則指出，「陸士衡擬古詩名重當時，余每病其呆板」〔註180〕。可見陸機詩風時有呆滯之失，自然難說其以「清遠秀麗」爲勝。至於謝靈運則不同於陸機。鍾嶸《詩品》卷上〈宋臨川太守謝靈運詩〉說謝靈運其人：

> 學多才博，寓目輒書，內無乏思，外無遺物，其繁富，宜哉！然名章迥句，處處間起；麗曲新聲，絡繹奔發。譬猶青松之拔灌木，白玉之映塵沙，未足貶其高潔也。〔註181〕

謝靈運的才學高博實不亞於陸機，但卻因爲他作詩較重視「直尋」、「興會神到」，因此即便有王叔岷所說的「正由於『內無乏思，外無遺物。』隨興揮寫，未加鎔裁，所以難免繁蕪之累」〔註182〕之病，但在詩風上仍較陸機多清秀靈動之氣。本此，當薛蕙以「清遠」、「論詩當以神韻爲勝」作爲標準，衡比陸機、謝靈運二人詩歌時，自然是謝詩的評價高於陸詩。

再說第二個問題。薛蕙說「論詩當以神韻爲勝」，就是直標「神

---

〔註177〕關於鍾嶸「不貴綺錯」一語的問題，王叔岷嘗在《鍾嶸詩品箋證稿》（王叔岷撰，台北：中央研究院中國文哲研究所，1992 年 3 月出版）書〈晉平原相陸機〉裡，衍伸韓籍學者車柱環《鍾嶸詩品校證》之說，指出「不貴綺錯」一語於理難通，「不」字或者爲「而」字之形誤，蓋「不貴綺錯」或應本作「而貴綺錯」。王叔岷的詳細論證，詳見該書頁 174～176。

〔註178〕同註 139，頁 132。

〔註179〕同註 57，頁 993。

〔註180〕見清‧王夫之等撰，《清詩話‧貞一齋詩說》，頁 935。

〔註181〕同註 139，頁 160～161。

〔註182〕見王叔岷撰，《鍾嶸詩品箋證稿》（台北：中央研究院中國文哲研究所，1992 年 3 月出版），頁 200。

韻」為論詩的第一義諦，將「神韻」的有無視為評論詩歌，甚至分辨詩家優劣的標準。同時，又由於薛蕙以「清遠」詮釋「神韻」一詞，所以當他進行詩歌評論時，自然較欣賞具有「清遠」特質的詩作，而謝靈運、王維、孟浩然、韋應物等人的山水詩歌，正是這類具有「清遠」特質詩作中的魁楚。前引第七則的「曰清、曰遠，乃詩之至美者也，靈運以之，王、孟、韋、柳，亦其次也」之說，正代表薛蕙這一論詩傾向。本此，《西原遺書》卷下第一則說：

> 孟浩然、王摩詰、韋應物，詩有沖淡蕭散之趣，在唐人中，
> 可謂絕倫。〔註 183〕

在薛蕙看來，「沖淡蕭散」相當於「清遠」，說王、孟等人詩作有「沖淡蕭散之趣」，等於是說王、孟詩歌是具備「神韻」的作品，同時也是第一義的典範作品。筆者以為薛蕙以「清遠」詮釋「神韻」，並且提出「論詩當以神韻為勝」的觀點，在「神韻」詩學譜系發展上具有兩個重大意義：第一、薛蕙是首位明確以「神韻」一詞評論謝靈運、王維、孟浩然等人詩歌，並將之標舉為「神韻」詩典範的詩論家。第二、薛蕙以「清遠」詮釋「神韻」，以及「論詩當以神韻為勝」的說法，已具備了王漁洋「神韻說」的基本論點，若以此說法為核心再繼續向外延伸、向下發展時，就是漁洋以「神韻」為核心的詩學體系。最後討論第三點。薛蕙的「以神韻為勝，而才學次之」之說，基本上已涉及「神韻」與「才學」間關係的討論。根據龔顯宗〈明代七子派詩論之研究〉一文的研究結果，薛蕙認為「才與學為作詩者所必具，兩者相成不相妨」〔註 184〕。就此我們可推論薛蕙的論詩態度是宗主「神韻」但不廢「才學」，其「以神韻為勝，而才學次之」的說法，應當自此理解。

　　既然如上所述，薛蕙的「神韻」是種「清遠」的美感境界，那麼他如何地理解「清」與「遠」，則是我們必須進一步討論的問題。前

〔註 183〕同註 173，頁 406。
〔註 184〕同註 118，頁 175。

引的《西原遺書》卷下〈論詩〉第七則，「『白雲抱幽石，綠篠媚清漣』，清也；『表靈物莫賞，蘊眞誰爲傳』，遠也；『何必絲與竹，山水有清音』，『景昃鳴禽集，水木湛清華』，可謂清遠兼之矣」之說，是我們解開這個問題的關鍵。先說「清」。「白雲抱幽石，綠篠媚清漣」是謝靈運〈過始寧墅詩〉中的名句，全詩如下：

> 束髮懷耿介，逐物遂推遷。違志似如昨，二紀及茲年。緇磷謝清曠，疲薾慚貞堅。拙疾相倚薄，還得靜者便。剖竹守滄海，枉帆過舊山。山行窮登頓，水涉盡迴沿。嚴峭嶺稠疊，洲縈渚連綿。白雲抱幽石，綠篠媚清漣。葺宇臨迴江，築觀基曾巓。揮手告鄉曲，三載期歸旋。且爲樹枌檟，無令孤願言。〔註185〕

「始寧墅」是東晉謝玄所建的別館，位於浙江上虞一地，算來是謝家的故宅。此詩是宋武帝永初三年（422），謝靈運被外放爲永嘉太守，經過其先祖故居所寫的。劉坦之曾總結該詩主旨說：「此詩因之永嘉，得過此而作。言自少時即懷耿介，不爲因物有遷，違志頗久，蓋非清曠堅貞之質，而執拗不固，可爲慚謝也。所賴拙與疾相并，以此出守海隅。因得遂吾幽尋故山之便。於是登涉深峻，窮覽景物，修營舊業，增築新基，而後赴郡，且與鄉里相別，告知歸期，使樹枌檟於茲，當不負此願言也。」〔註186〕全詩從「束髮懷耿介」到「還得靜者便」八句，寫的是謝靈運看到先祖故宅，聯想到先祖的榮耀，對比於自己被謫放外地的悲哀，應斯而生的感慨之情。從「剖竹守滄海」到「築觀基曾巓」十句，則是描寫謝靈運經過、整理謝玄故居時，所看到的「始寧墅」四周景色。從「揮手告鄉曲」到「無令孤願言」，則是謝靈運對鄉親訴說自己心中的期望，希望能在滿三年官期之後，歸隱終老於此。關於其中「白雲抱幽石，綠篠媚清漣」

---

〔註185〕 見逯欽立輯校，《先秦漢魏晉南北朝詩》（北京：中華書局，1998 年 5 月第一版第三刷），頁 1159～1160。

〔註186〕 見劉躍進、范子燁編，《六朝作家年譜輯要・謝靈運年譜》（哈爾濱：黑龍江教育出版社，1999 年 1 月出版），頁 285。

兩句的意涵，葉嘉瑩《魏晉六朝詩講錄》裡的說解很值得我們參考：
「『幽石』是人跡罕到的高山上的岩石；『綠篠』是剛長出來得細嫩
的小竹子；『清漣』是清波蕩漾的流水。他說：白雲縈繞著高山上幽
僻的岩石；嫩綠的竹枝竹葉把影子投在水面上，好像用自己美麗的
姿態來討流水的歡喜。」〔註187〕本此，筆者認爲「白雲抱幽石，綠
篠媚清漣」所以被薛蕙認爲具備「清」的特質，有以下兩點原因：
第一、據蔣寅〈古典詩學中『清』的概念〉一文的研究，在「清」
這個概念的內涵中，有「超脫塵俗而不委瑣」之意。〔註188〕換言之，
「清」就是脫俗、不俗的。而謝靈運「白雲抱幽石，綠篠媚清漣」
所描繪出來的美景，本身就非世俗之境，超出紅塵之外，所以薛蕙
說它是「清」。第二、又據蔣寅之說，「清的基本內涵是明晰省淨」
〔註189〕。觀「白雲抱幽石，綠篠媚清漣」在全詩中，是緊接「剖竹
守滄海，枉帆過舊山。山行窮登頓，水涉盡迴沿。巖峭嶺稠疊，洲
縈渚連綿」而來，而這幾句詩描寫的是一幅極其困頓難行、步步維
艱的山水景象。當讀者隨謝靈運筆下被曳住在這窮山困水之中時，
謝靈運突然「柳暗花明又一春」地寫出「白雲抱幽石，綠篠媚清漣」
的清麗之景。這種從困滯之景到清媚佳境的大轉向，瞬間造成讀者
明淨、清新的感受，這是「白雲抱幽石，綠篠媚清漣」能被薛蕙稱
作「清」的第二個原因。

　　再說「遠」。「表靈物莫賞，蘊眞誰爲傳」是謝靈運〈登江中孤嶼〉
的警句，全詩如下：

　　　　江南倦歷覽，江北曠周旋。懷新道轉迴，尋異景不延。亂
　　　　流趨孤嶼，孤嶼媚中川。雲日相輝映，空水共澄鮮。表靈
　　　　物莫賞，蘊眞爲誰傳。想像崑山姿，緬邈區中緣。始信安

〔註187〕見葉嘉瑩著，《漢魏六朝詩講錄》（石家莊：河北教育出版社，1997
　　　　年7月出版），頁447。
〔註188〕見蔣寅著，〈古典詩學中「清」的概念〉（《中國社會科學》2001年
　　　　第1期），頁184。
〔註189〕同註188，頁184。

　　期術，得盡養生年。〔註190〕

江中孤嶼指的是甌江中的江心寺嶼，島上有東西二峰，景色頗爲峻秀。〈登江中孤嶼〉一詩作於宋少帝景平元年（423），時謝靈運爲永嘉太守。全詩從「江南倦歷覽」到「尋異景不延」四句，謝靈運主要寫的是江南佳景已遊歷殆盡，而轉思越過甌江，探索江北名山勝水的急切心情。從「亂流趨孤嶼」到「空水共澄鮮」四句，則是寫謝靈運忽然尋獲江上孤島的喜悅，及島上的美景。從「表靈物莫賞」到「得盡養生年」六句，則是謝靈運由觀覽江上孤島的勝境，聯想到崑崙山的眾仙、神宮，從而遙念求仙之事。其中「表靈物莫賞，蘊眞爲誰傳」二句，是謝靈運對孤島上有這般山水靈境，卻沒有人懂得欣賞所發的感慨。「表靈」是說山水之間能表現出宇宙天地的靈氣，即南朝宋論家宗炳〈畫山水序〉中，「至於山水，質有而趣靈」〔註191〕之意；而「物」則是指世俗之人，「表靈物莫賞」等於說孤嶼上有能流露天地靈秀之氣的山水勝景，人們卻不懂得欣賞它們的美妙。「蘊眞」的「眞」指的則是天地間的自然眞意，可見「蘊眞爲誰傳」是謝靈運反問讀者，山水之中雖然蘊含著自然眞意，但是有誰可以對此中眞意加以傳揚呢？在「表靈物莫賞，蘊眞爲誰傳」裡，我們可以察覺謝靈運試圖表現出一種與眾不同、飄然高超的情懷——雖然「表靈物莫賞」，但是我謝靈運懂得欣賞；試問「蘊眞爲誰傳」？我謝靈運有把握可以將此間眞意流傳於世。「遠」一字，本有飄然高超之意，薛蕙所以認定謝靈運的「表靈物莫賞，蘊眞爲誰傳」，具備「遠」這一特質的主要原因，正在於謝靈運能在該詩句中，充分表現出這種飄然超遠的情懷。

　　在此，我們可以對上文討論進行簡單的歸結。薛蕙論「清」的內涵，在於脫俗而明淨；而「遠」的內涵，則是飄然高超。同時，上述

────────────

〔註190〕同註185，頁1162。

〔註191〕見陳傳席著，《六朝畫論研究》（台北：台灣學生書局，1991年5月出版），頁123。

薛蕙論「清」的對象，指向謝靈運筆下的山水——「白雲抱幽石，綠
篠媚清漣」；而論「遠」的對象，則指向謝靈運胸中的情懷——「表
靈物莫賞，蘊眞爲誰傳」。誠如廖可斌《復古派與明代文學思潮》所
歸結的，「所謂『清』，主要是指物象清麗；所謂『遠』，主要指思致
悠遠」〔註192〕。又大陸學者張健《清代詩學研究》也說：「清偏向於
浸透著主體情趣的審美客體的審美表現，也就是說重在景物之描繪；
而遠則側重於審美客體中所蘊含的主體思想情感的審美表現，重在情
感之抒發。」〔註193〕總上所述，能具備脫俗明淨、飄然超遠之美，
且能貫通審美主、客體，進而泯滅二者之間的界限者，就是有「神韻」
的作品。在薛蕙看來，東晉詩人左思〈招隱詩二首〉之一內的名句「非
必絲與竹，山水有清音」，及東晉謝混〈遊西池〉裡的警語「景昃鳴
禽集，水木湛清華」，都是能兼「清遠」，具有「神韻」的典範作品。
左思〈招隱詩二首〉之一原詩如下：

> 杖策招隱士，荒塗橫古今。巖穴無結構，丘中有鳴琴。白
> 雪停陰岡，丹葩曜陽林。石泉漱瓊瑤，纖鱗或浮沈。非必
> 絲與竹，山水有清音。何事待嘯歌，灌木自悲吟。秋菊兼
> 餱糧，幽蘭間重襟。躊躇足力煩，聊欲投吾簪。〔註194〕

如葉嘉瑩《漢魏六朝詩講錄》所說，中國很早就有以描寫自然景物
爲內容的詩歌作品，但是眞正的山水詩出現的比較晚，而「在山水
詩的歷史發展中，最早出現的就是招隱詩」，因爲「招隱」的背景都
在山林，所以「招隱詩」自然需要用大量的筆墨來描繪大自然的山
水風光，因此「招隱詩」「就成了中國山水詩的一個源頭」。〔註195〕
左思的這篇〈招隱〉不僅是「招隱」之作，同時也是山水佳構。剛
開始的「杖策招隱士，荒塗橫古今」兩句，主要描寫招隱者爲尋找
眞正的隱士而徘徊於荒山僻野之間，直接點出了「招隱」的題旨。

〔註192〕同註31，頁277。
〔註193〕同註65，頁436。
〔註194〕同註185，頁734。
〔註195〕同註187，頁445～446。

從「巖穴無結構」到「纖鱗或浮沈」六句，則是寫隱士隱居的幽雅環境，及在尋訪隱士途中所觀覽到的自然美景。從「非必絲與竹」到「聊欲投吾簪」八句，寫的則是招隱者心境的轉換，招隱者受到自然物色的吸引與感動，由原先的招隱轉變爲退隱。如葉嘉瑩所說的：「左思的〈招隱〉招了半天不但沒有把隱士招出來，他自己也要到山裡去與隱士認同了。」〔註196〕其中的「非必絲與竹，山水有清音」二句，是說山水之間的天籟和鳴，是大地萬物合奏的樂曲，代表著大自然生命靈樞的律動。就如葉嘉瑩的解說，「何必一定要聽那些漂亮女子彈琴談瑟吹簫吹笛呢？你聽一聽那山水之中的聲音，你就會感到，一切喧嘩與塵染都沒有了，那種聲音勝過塵世間最美妙的音樂」，所以左思的「非必絲與竹，山水有清音」，「就不是只寫山水形貌，而是寫他自己的感受」。〔註197〕詩中描繪的脫俗明淨的山水物色，與詩內流露的飄然高超的詩人胸臆，在「非必絲與竹，山水有清音」語裡合流爲一，物與我的界限在此被打破而泯滅無跡，這就是薛蕙標舉的「清遠兼之」、具有「神韻」的詩境。同樣地，謝渾的「景昃鳴禽集，水木湛清華」所以具有「清遠」特質，亦如上述之理，筆者此處就不再作贅述了。

　　薛蕙的論「清遠」在明代引起很大的迴響，除上述的孔天胤之外，胡應麟的《詩藪‧外編》卷二及許學夷的《詩源辯體》卷七第九則，都曾對薛蕙的這段話作過引述與討論。胡應麟說：

> 薛考功云：「曰清、曰遠，迺詩之至美者也，靈運以之。『白雲抱幽石，綠篠媚清漣。』清也；『表靈物莫賞，蘊眞誰爲傳。』遠也；『豈必絲與竹，山水有清音』，『景昃鳴禽集，水木湛清華』。清與遠兼之矣。」薛此論雖是大乘中旁出佛法，亦自錚錚動人。第此中得趣頭白，祇在六朝窠臼中，無復向上生活。若大本先立，旁及諸家，登山臨水，時作

---

〔註196〕同註187，頁452。
〔註197〕同註187，頁451。

　　　　此調，故不啻嘯聞數百步也。〔註198〕
至於許學夷對薛蕙說法的引述，似非取自原典，應係直接從《詩藪》
抄錄下來；而其觀點，則幾本胡應麟之說：

　　　薛考功云：「曰清、曰遠，乃詩之至美者也，靈運以之。『白
　　　雲抱幽石，綠篠媚清漣。』清也；『表靈物莫賞，蘊眞誰爲
　　　傳。』遠也；『豈必絲與竹，山水有清音』，『景昃鳴禽集，
　　　水木湛清華』。清與遠兼之矣。」胡元瑞云：「薛論雖是大
　　　乘中旁出佛法，亦自錚錚動人。第此中得趣，頭白祇在六
　　　朝窠臼中，無復向上生活。若大本先立，旁及諸家，登山
　　　臨水，時作此調，故不啻嘯聞數百步也。」愚按：元瑞此
　　　論超越諸子，所云：「大本先立」，則漢魏是也。〔註199〕

在胡應麟的論述裡，有三處值得我們特別留意：第一、胡應麟並不對
薛蕙的說法表示認同」，他認爲薛蕙的「清遠」乃「詩之至美」的說
法，即便能優美動人，但是始終無法作爲詩中第一義，仍有其侷限之
處。第二、胡應麟評薛蕙「清遠」爲「第此中得趣，頭白祇在六朝窠
臼中，無復向上生活」一語，明確地指出了薛蕙的以「清遠」論「神
韻」，源起於對六朝山水詩歌特色，特別是對謝靈運詩特色的歸結。
由此看來，薛蕙曾點名過的王、孟、韋、柳等人，其實是六朝山水「清
遠」詩風的嫡系。胡應麟在此更指出薛蕙「清遠」論詩的侷限，在於
其不具普遍性意義，所謂「無復向上生活」的說法，應當從此處理解。
第三、胡應麟針對薛蕙「清遠」論調的侷限，提出「大本先立」的補
救之道。許學夷對此補充說，胡應麟所謂的「大本先立」是指由六朝
「清遠」之風，上溯到漢、魏的雄渾超邁。在胡應麟、許學夷的說法
當中，其實蘊含著一種「格調」的觀念，即以法「漢魏」去六朝「清
遠」之弊。這種尊尚「格調」的觀念，是胡、許始終爲「格調」派一
員的主要原因。

---

〔註198〕同註13，頁5563～5564。
〔註199〕見明・許學夷著，《詩源辯體》（北京：人民文學出版社，1998年2
　　　　月出版），頁111。

　　以上文的討論爲基礎，我們可以對孔天胤以「神韻」論詩的相
關問題，作出以下三點結論：第一、孔天胤《文谷集》雜卷十三〈園
中賞花賦詩事宜〉「詩以達性，然須清遠爲尙」與「總其妙在神韻」
的說法，其實是合薛蕙《西原遺書》卷下〈論詩〉第七則「曰清、
曰遠，乃詩之至美者也」和第九則「論詩當以神韻爲勝」之說而來。
第二、當我們觀察薛蕙與孔天胤的「神韻」一詞使用狀況時，可以
明顯發現他們兩人間有一脈相承的痕跡。第三、如第一點所述，孔
天胤以「神韻」論詩，係原本薛蕙之說。由是可見薛蕙與孔天胤即
便份屬同輩〔註200〕，但薛蕙以「神韻」論詩，當在孔天胤之前。換
言之，薛蕙才是首位以「神韻」一詞論詩的詩論家。

　　王漁洋之所以特別標舉孔天胤「詩以達性，然須清遠爲尙」而
「總其妙在神韻」的說法，是因爲他對「神韻」的理解，與薛蕙、
孔天胤相似的緣故。漁洋論詩偏重「清遠」的傾向，除了表現爲對
上述薛蕙、孔天胤之說的契合以外，還出現在以下的言論中。《然鐙
記聞》第十五則說：

　　　　詩要清挺。纖巧濃麗，總無取焉。〔註201〕

這是漁洋論詩重「清」的具體例證。而《帶經堂詩話》卷三〈眞訣類〉
第六則說：

　　　　畫瀟、湘、洞庭，不必蹇山結水；李龍眠作陽關圖，意不

---

〔註200〕關於薛蕙其人，字君采、號西原。生於明孝宗弘治二年（1489），
　　　　爲明武宗正德九年（1514）進士，卒於明世宗嘉靖二十年（1541），
　　　　享年 53 歲。至於孔天胤其人，字汝錫、號文谷、又號管涔山人。
　　　　生卒年不詳，僅知其爲明世宗嘉靖十一年（1532）進士。不過，根
　　　　據筆者的查考，孔天胤《文谷集》（見四庫全書存目叢書編纂委員
　　　　會編，濟南：齊魯書社，1997 年 7 月）序卷八〈篤行貞節詩序〉云：
　　　　「嘉靖四十一年，日長至之後十日，皇帝策封慶成恭裕王子爲慶成
　　　　王。」可見於明世宗嘉靖四十一年（1562）時，孔天胤仍在世，若
　　　　薛蕙此時尚未謝世，亦應有七十四歲。本此筆者作最大的假設，將
　　　　薛蕙與孔天胤視爲同輩之人。〈篤行貞節詩序〉一文，詳見《四庫
　　　　全書存目叢書・集部九五・文谷集》，頁103。
〔註201〕同註66，頁 120。

　　　　在渭城車馬，而設釣者於水濱忘形塊坐，哀樂嗒然，此詩
　　　　旨也。……曰遠。〔註202〕

所謂「畫瀟、湘、洞庭」、「李龍眠作陽關圖」云云，即劉世南《清詩
流派史》所說的，「以淡墨寫意，而不必正面刻畫，使人讀後自會幽
然意遠」〔註203〕之意。這是漁洋論詩重「遠」的具體例證。至於《然
鐙記聞》第八則以爲：

　　　　爲詩先從風致入手，久之要造於平淡。〔註204〕

「平淡」就是前述薛蕙口中的「沖淡蕭散」，亦即「清遠兼之」之意。
本此我們可以說，漁洋在此處提出了爲詩要「清遠」的說法。又《然
鐙記聞》第十四則說：

　　　　詩要洗刷得淨。拖泥帶水，便令人厭觀。〔註205〕

詩要「洗刷得淨」，即詩要明澄脫俗，是「清」；而不「拖泥帶水」，
即不黏滯，是「遠」。這裡，漁洋認爲詩歌的理想當以「清遠」爲上。
本此翁方綱《七言詩三昧舉例》的〈丹青引〉條說：「漁洋……於唐
賢獨推右丞……諸家得三昧之旨。蓋專以沖和淡遠爲主，不欲以雄鷙
奧博爲宗。……吾窺先生之意，固有不得不以李、杜爲詩家正軌也，
而其沈思獨往者，則在沖和淡遠一派，此固右丞之支裔，而非李杜之
嗣音也。」〔註206〕眞可說是漁洋知音。

　　　不過，如翁方綱在《石洲詩話》卷一指出的：「蓋漁洋論詩，以
格調撐架爲主。」〔註207〕蓋王漁洋「神韻說」本多有源於明代「格
調說」處。同時，亦如《石洲詩話》卷二對「格調」特色的歸結：「格
調自要高雅，不以方隅自限。」〔註208〕蓋「格調說」裡，其實是有
著極強烈的尊「雅」意識。在下文裡我們可以發現，漁洋的「神韻說」

---

〔註202〕同註40，頁78。
〔註203〕同註36，頁213。
〔註204〕同註66，頁119。
〔註205〕同註66，頁120。
〔註206〕見清・王夫之等撰，《清詩話・七言詩三昧舉例》，頁290～291。
〔註207〕同註95，頁1378。
〔註208〕同註95，頁1394。

除了推崇「清」、「遠」之美以外，其實還從「格調說」處吸取了「雅」的成分。觀《然鐙記聞》第三則云：

> 爲詩且無計工拙，先辨雅俗。品之雅者，譬如女子，靚妝
> 明服固雅，粗服亂頭亦雅；其俗者，假使用盡妝點，滿面
> 脂粉，總是俗物。〔註209〕

在上引文裡有兩個重點：第一、漁洋認爲「雅」是詩之本，是作詩、論詩的當務之要，所謂「爲詩且無計工拙，先辨雅俗」正代表了這個觀點。第二、漁洋以女子雅俗喻詩的妙喻，正可呼應清代詞論家周濟（1781～1839）《介存齋論詞雜著》的「毛嬙、西施，天下美婦人也。嚴妝佳，淡妝亦佳，亂服亂頭，不掩國色」〔註210〕之說。漁洋意在說明了詩歌呈現出來雅俗與否，繫乎於個人天生的才性，難以強學強就。周亮工所輯《賴古堂名賢尺牘新鈔》卷四所錄張九徵〈與王阮亭〉信裡，以爲漁洋：「御風以行，飛騰縹緲，身在五城十二樓，猶復與人間較高深乎？譬之絳、灌、隨、陸，非不各足英分，對留侯則成傖夫。嵇鍛、阮酒，非不骨帶煙霞，對蘇門先生，則成笨伯。……然則明公之獨絕者，先天也。弟知其然，而不能言其然。」〔註211〕張九徵指出漁洋是以「先天」才氣取勝的說法，正可與漁洋以雅俗爲先天之說相互參證。又如前面曾引述的《然鐙記聞》第八則：「爲詩先從風致入手，久之要造於平淡。」「風致」就是「雅」，漁洋指出爲詩的最後境地雖然在於能「清遠」，但是「雅」卻是一首詩的最基本要求，此即上述的「爲詩且無計工拙，先辨雅俗」之意。

承上論述，當「雅」這個成分，連同「清遠」一併被王漁洋納入「神韻說」裡時，就意味著不是所有具備「清遠」特質的詩歌，都有相同的美學價值。換言之，在「雅」的論詩標準之下，即便是「清遠」之詩，亦可能有高低上下的分別。漁洋的這個思考，明顯地表現在他

---

〔註209〕同註66，頁119。

〔註210〕見唐圭璋彙刻，《詞話叢編‧介存齋論詞雜著》，頁1633。

〔註211〕同註42，頁73。

對同為「神韻」詩宗的王維、孟浩然詩作，進行優劣的判分及評論上。
在《帶經堂詩話》卷一〈品藻類〉第八則裡，有這麼一則記載：

> 汪鈍翁（琬）嘗問予：「王孟齊名，何以孟不及王？」予曰：
> 「正以襄陽未能脫俗耳。」汪深然之，且曰：「他人從來見
> 不到此。」〔註212〕

又《漁洋詩話》卷上第五十二則內，漁洋亦有類似說法：

> 汪鈍翁問余：「王、孟齊名，何以孟不及王？」答曰：「孟詩
> 味之未能免俗耳。」汪深歎其言，謂從無人道及此。〔註213〕

此外，在汪琬《說鈴》裡，也曾記錄此事，只是問者、答者的位置作
了調換，提問的人是漁洋，而解答的人是汪琬：

> 王推官與予論唐王、孟詩。余謂襄陽稍涉俗，王急歎為知
> 言。〔註214〕

關於究竟是誰提出孟浩然詩歌不能免俗的問題，我們可以暫且不論，
因為無論是漁洋或汪琬，都是一致認為孟浩然詩歌不及王維。至於孟
所以不及王的原因，漁洋的解釋是孟浩然的詩歌「不能脫俗」、「未能
免俗」。換言之，當漁洋以「雅」作為評判王維、孟浩然高下的標準
時，由於王雅於孟，所以結論自然是王勝於孟。根據筆者觀察，歷代
詩論家解釋王維詩作為何勝過孟浩然時，大致採取以下兩種進路：第
一、王維因為「才」高於孟浩然，所以王在孟之上。這裡的「才」又
可略分為才力與才學。前者如王世貞《藝苑卮言》卷四說：「摩詰才
勝於孟襄陽，由工入微，不犯痕跡，所以為佳。」〔註215〕後者如鍾
惺《唐詩歸》之評：「浩然詩當於清淺中尋其靜遠之趣，豈可故作清
態，飾其寒窘，為不讀書、不深思人便門？若右丞詩，雖欲竊其似以
自文，又不可得矣。此王孟之別也。」〔註216〕第二、王維因為「雅」

---

〔註212〕同註40，頁39。

〔註213〕見清・王夫之等撰，《清詩話・漁洋詩話》，頁174。

〔註214〕同註56，頁6175。

〔註215〕同註57，頁1006。

〔註216〕見陳伯海主編，《唐詩彙評》（杭州：浙江人民出版社，1996年5月
第一版第三刷），頁516。

於孟浩然，所以王優於孟。如明代胡震亨的《唐音癸籤》引何景明之評說：「孟五言秀雅不及王，而閑澹頗自成局。」又高步瀛的《唐宋詩舉要》云：「姚曰：『孟公高華精警，不逮右丞，而自然奇逸處則過之。』」〔註217〕。而我們前引的漁洋說法，亦是持此類觀點。

　　王維、孟浩然既然同爲「神韻」詩宗，王漁洋爲何在「雅」的標準下，認爲王詩高於孟詩呢？《師友詩傳續錄》第十五則的記載，可以解開這個問題：

> 問：「王、孟假天籟爲宮商，寄至味於平淡，格調諧暢，意興自然，眞有無跡可尋之妙。二家亦有互異處否？」答：「譬之釋氏，王是佛語，孟是菩薩語。孟詩有寒儉之態，不及王詩天然而工。」〔註218〕

引文中的問者爲漁洋門人劉大勤，答者則爲漁洋。在這段問答裡，我們可以歸結出幾個重點：第一、漁洋並沒有對劉大勤說的「王、孟假天籟爲宮商，寄至味於平淡」云云發表意見，表示他認同劉大勤對王、孟的評價，承認王、孟二家都具備「無跡可尋之妙」，可作爲「神韻」詩的典範。第二、雖說王、孟二家都足以爲「神韻」詩宗，但一旦要認眞分高下的話，漁洋認爲王維始終是在孟浩然之上。引文中「王是佛語，孟是菩薩語」的說法，是運用了「以佛品詩」的詩學批評方式，而與佛理、禪理無關。蓋在佛教教理中，修行者位階的高低是根據其證解「空性」的程度而定，本此有佛的果位高於菩薩，而菩薩的果位又高於聲聞、緣覺的分別。所謂「以佛品詩」，就是將上述的位階分判方式，運用到詩歌批評當中，這是一種詩學批評的類比方式。漁洋以佛的果位比喻王維，以菩薩的果位比喻孟浩然，純粹只是爲了說明王維的詩歌的價值高於孟浩然而已，並沒有其他的意思。第三、漁洋指出孟浩然詩所以不及王維，在於其詩作時有「寒儉之態」。「寒」是寒酸，「儉」是蹇迫，「寒儉」綜言之就是不夠高雅，漁洋認爲孟浩然

---

〔註217〕同註216，頁516～517。
〔註218〕同註148，頁151。

的詩作在取材或語言使用上，有時會有流於「寒儉」的問題，而不像
王維屢屢能於清遠之中，表現出高雅的興致。關於這點，筆者擬舉以
下幾首孟浩然詩作，略加以説明。

　　先從取材方面看孟浩然詩作的「寒儉」。此可以〈送從弟邕下第
後尋會稽〉一詩爲例：

> 疾風吹征帆，倏爾向空没。千里在俄頃，三江坐超忽。向
> 來共歡娛，日夕成楚越。落羽更分飛，誰能不驚骨。〔註219〕

這是首以送別爲主題詩作，全詩以苦景起興，以悲語作結。明代詩論
家高秉的《唐詩品匯》説：「劉云：『發興甚苦。』」而明代徐用吾的
《精選唐詩分類評釋繩尺》，以爲該詩「悲語動人，至此極矣」。〔註220〕無不點出這首詩裡所蘊含的悲苦之情。而在歷代詩家的評論當
中，最值得注意的是明代周珽《唐詩選脈通評林》的評語，他説：

> 讀孟詩，逸調如聞蘇門清嘯，苦調似聽燕市悲筑。如此詩
> 以哀感勝者，蓋浩然累試不第，窮困道途。若〈南歸阻雪〉、
> 〈苦雨思歸〉、〈寄京邑耆歸〉等篇，俱慨嘆悲調，讀之所
> 謂「酸風苦雨一時來，英雄淚成碧」。〔註221〕

周珽口中的孟浩然「逸調」之作，大抵如〈彭蠡湖中望廬山〉、〈登鹿
門山〉、〈晚泊潯陽望廬山〉之類的作品；而「苦調」者，則可以本詩
及〈南歸阻雪〉等作爲代表。孟浩然的「苦調」裡有個特色，就是其
題材取悲苦的情境或際遇直言之，而能引起讀者的共鳴，即引文裡的
「苦調似聽燕市悲筑」，能以「以哀感勝」，使人有「酸風苦雨一時來，
英雄淚成碧」之感。孟浩然所以會發此愀愴之詞，應與其仕途的不順
遂有關。漁洋所以認爲孟浩然時有「寒儉」之態，與上述的孟詩「苦
調」、愀愴之詞有密切的關連。蓋漁洋生活在康熙盛世，少年便得志，
終生仕途通順，且如吳調公《神韻論》所説，在漁洋身上保存著某種

---

〔註219〕見《全唐詩》（北京：中華書局，1996年1月第一版第6刷）第5
　　　　冊，頁1621。
〔註220〕同註216，頁521。
〔註221〕同註216，頁521。

程度的「魏晉風度」，他雖然「沒有嵇康的風骨高峻，也不像陶淵明既超脫而又不脫離現實」，但是卻還有一些「可愛的名士氣和書卷氣」。〔註222〕漁洋的名士風度與富麗氣象，反映在其詩作時，就如徐乾學（1631～1694）《漁洋山人續集》序文所說的：

> 記曰：「治世之音安以樂。」張子曰：「詩之情性，溫厚平易。」今以崎嶇求之，以艱難索之，則其心先狹隘矣！讀先生之詩有溫厚平易之樂，而無崎嶇艱難之苦，非治世之音，能爾乎？〔註223〕

本此，漁洋自然難以欣賞孟浩然的某些悲苦之音，乃至發露無餘的作品。在漁洋看來，這類作品有取材上的「寒儉」之失，不夠高尚典雅。今觀漁洋的「神韻」詩選集《唐賢三昧集》中，不收錄這類作品，包括孟浩然的〈送從弟邕下第後尋會稽〉，及類似作品如〈南歸阻雪〉、〈苦雨思歸〉、〈寄京邑耆歸〉等，其原因正在於此。

　　再從語言的使用上看孟浩然詩作的「寒儉」。此可以〈和張丞相春朝對雪〉一詩為例：

> 迎氣當春至，承恩喜雪來。潤從河漢下，花逼豔陽開。不睹豐年瑞，焉知燮理才。撒鹽如可擬，願糝和羹梅。〔註224〕

張丞相即張九齡。孟浩然這首詩以「春雪」為題，同張九齡相互唱和，嚴格說來應該是首應酬之作。清代屈復的《唐詩成法》對此詩有不錯的評價，其云：「前半春朝對雪，後半和丞相，法亦猶人。為結自用典切甚，又化俗為雅。『鹽』、『梅』既切丞相，切雪，梅又切春朝。切雪、切丞相易，並切春難。」〔註225〕大抵屈復認為孟浩然該詩之佳，在乎一「切」字。不過，這首詩在語言使用上的過於淺俗，卻是往往是歷代詩論家大作批評的目標。其中第七句的「撒鹽如可擬」，

---

〔註222〕見吳調公著，《神韻論》（北京：人民文學出版社，1991年1月出版），頁216。
〔註223〕同註83，頁709。
〔註224〕同註219，頁1632。
〔註225〕同註216，頁527。

曾被元代詩評家方回的《瀛奎律髓》評爲「『撒鹽』本非俊語」，只是
孟浩然能「引爲宰相和羹糝梅之事」才方見新意。〔註226〕又李慶甲
《瀛奎律髓匯評》引清代紀昀之評說：「襄陽詩格清逸，而合觀全集，
淺俗處時不能免。五、六二句太淺俗。」〔註227〕可見在語言運用上，
〈和張丞相春朝對雪〉一詩確實存在著語言過於淺俗的問題。對漁洋
來說，詩歌的語言過於淺俗就是不雅，這是他所不能接受的。觀《帶
經堂詩話》卷二〈摘瑕類〉第二則說：

> 往讀退之雪詩「龍鳳交橫飛」及「銀杯縞帶」之句，不覺
> 失笑。近讀蘇子美雪詩，有云：「既以脂粉傅我面，又以珠
> 玉綴我腮：天公似憐我貌古，巧意裝點使莫偕。欲令學此
> 兒女態，免使湮沒隨灰埃。據鞍照水失舊惡，容質潔白如
> 嬰孩。」更爲噴飯。〔註228〕

漁洋所以觀韓愈詠雪詩而「失笑」，讀蘇舜欽雪詩而「噴飯」，原因其
實只有一個，就是這兩首詩歌在語言的經營上，的確是淺俗鄙俚至
極，以「雅」作爲論詩標準之一的漁洋，自然無法欣賞這類作品。又
《帶經堂詩話》卷十二〈賦物類〉第二則說：

> 高季迪「雪滿山中高士臥，月明林下美人來」，亦是俗格。
> 若晚唐「認桃無綠葉，辨杏有青枝」，直足噴飯。〔註229〕

引文裡兩首詩的語言特色，正在於俚俗淺切。本此，漁洋當然對這兩
首詩表現出頗爲鄙視的態度。相同的情形也出現在漁洋對元稹、白居
易詩作的評論上，其〈戲仿元遺山論詩絕句三十二首〉之十以爲「廣
大居然太傅宜，沙中金屑苦難披」〔註230〕，其中持論亦是如此。由
於孟浩然〈和張丞相春朝對雪〉一詩的語言過於淺俗，難以被漁洋認
可爲「神韻」詩歌，因而直接導致該詩無緣入選《唐賢三昧集》。這

---

〔註226〕 同註216，頁527。
〔註227〕 同註216，頁527。
〔註228〕 同註40，頁54～55。
〔註229〕 同註40，頁305～306。
〔註230〕 同註49，頁243。

種類似的情形也發生在孟浩然的名作〈過故人莊〉與〈春曉〉上。〈過故人莊〉云：

> 故人具雞黍，邀我至田家。綠樹村邊合，青山郭外斜。開
> 筵面場圃，把酒話桑麻。待到重陽日，還來就菊花。〔註231〕

〈春曉〉一詩則如下：

> 春眠不覺曉，處處聞啼鳥。夜來風雨聲，花落知多少。〔註232〕

〈過故人莊〉和〈春曉〉這兩首詩是歷來詩論家反覆標舉的作品。如屈復輯評的《唐詩成法》以爲〈過故人莊〉一詩，能「以古爲律，得閑適之意，使靖節爲近體，想亦不過如此而已」；而清代胡本淵評選的《唐詩近體》則說該詩佳處，在於「通體樸實，而語意清妙」。〔註233〕至於〈春曉〉一詩，則有周珽的《唐詩選脈會通評林》說：「曉景喧媚，莫卜夜無寂寞。惜春心緒，有說不出之妙。」清代黃叔燦的《唐詩箋注》以爲該詩「詩到自然，無跡可尋。『花落』句含幾許惜春意」；而劉永濟的《唐人絕句精華》則直評曰：「此古今傳誦之作，佳處在人人所常有，爲浩然能道出之。聞風雨而惜落花，不但可見詩人清致，且有屈子『哀眾芳之零落』之感也。」〔註234〕雖然歷代對這兩首詩都有不錯的評價，不過漁洋顯然認爲它們並非「神韻」之作，所以沒有將之選入《唐賢三昧集》內。爲何漁洋不甚欣賞〈過故人莊〉和〈春曉〉這兩首「古今傳誦之作」呢？筆者認爲主要是因爲這兩首詩用語過於淺白，不能符合漁洋詩歌語言該「雅」的要求之故。其實早在漁洋之前，已有詩論家指出這兩首詩在語言上的淺白近俗這一點。如清代黃生選評的《唐詩摘鈔》，以爲〈過故人莊〉「全首俱以信口道出，筆尖幾不著點墨」。李慶甲《瀛奎律髓匯評》則引述紀昀〈過故人莊〉之評說：「學孟不成，流爲淺語。如此詩之自然沖淡。初學

---

〔註231〕同註219，頁1651。
〔註232〕同註219，頁1667。
〔註233〕同註216，頁539。
〔註234〕同註216，頁546～547。

遽躐等而效之，不爲滑腔不止也。」〔註235〕蓋〈過故人莊〉雖爲傑作，但已見淺白俗語之跡。而陸時雍《唐詩鏡》以爲〈春曉〉：「喁喁懨懨，絕得閨中體氣，宛是六朝之餘，第骨未峭耳。」〔註236〕亦近上述之意。可見漁洋《唐賢三昧集》不收這兩首詩的原因，恐怕是因爲它們過於淺白，不合漁洋爲詩先求「雅」的要求。

　　王漁洋這種「王孟齊名」但因孟「未能脫俗」，所以「孟不及王」的觀點，除了表現上述評論上外，同時也表現在漁洋《唐賢三昧集》的選詩數量上。考《唐賢三昧集》共分三卷，起自王維、終於萬齊融，共收盛唐四十二位詩人作品，合計爲四百三十四篇。其中在被收錄詩作數量上排名第一的，就是王維，漁洋共收其詩作一百一十一首，其次才是孟浩然，漁洋收錄其詩作四十八首。王、孟二人詩作合計一百五十九首，佔《唐賢三昧集》收錄詩歌總比率的百分之三十六點六左右，超過全書的三分之一。從上述的《唐賢三昧集》選詩現象中，我們可以看出漁洋的兩點詩學思考：第一、由王、孟詩作合佔全書總比例的三分之一以上來看，漁洋基本上還是認爲「王、孟齊名」；但是《唐賢三昧集》選王維詩作一百一十一首，卻只有選孟浩然詩作四十八首，也充分表現出漁洋「孟不及王」的觀點。第二、本第一點而言，在漁洋心目中眞正能作爲「神韻」詩的最高典範者，恐怕還是非王維莫屬，畢竟王維是所有「神韻」詩人中，唯一能體兼「清遠」、「雅」的名家。

## 第四節　小　結

　　經過上文的討論後，我們可以就本章的主題作出以下的結論：

　　第一、在本章裡，筆者嘗試分析王漁洋對李夢陽、何景明、徐禎卿、李攀龍、謝榛等人詩學的態度，發現漁洋在「格調」派中，

〔註235〕同註216，頁539。
〔註236〕同註216，頁546。

最推崇的是徐禎卿，其次是何景明，再其次是李夢陽，最後才是李攀龍、謝榛。在這個親疏程度列表的背後，其實就是一個漁洋詩學與「格調」派諸人的詩學契合度問題。也就是說，漁洋最能與徐禎卿的詩學契合，因此漁洋不僅有多次讚譽徐禎卿詩學的記錄，更將其《談藝錄》與《滄浪詩話》等論詩著作並列，表現出極其欣賞的態度。關於何景明詩學，漁洋曾作〈戲仿元遺山論詩絕句〉之十七云：「蕤菇神人何大復，致兼南雅更王風。論交獨直江西獄，不獨文場角兩雄。」〔註 237〕又有〈戲仿元遺山論詩絕句〉之二十一說：「接跡風人明月篇，何郎妙悟本從天。王楊盧駱當時體，莫逐刀圭誤後賢。」〔註 238〕也表達了讚賞的意思。至於李夢陽的詩學，漁洋雖然多採取不以置評的態度，不過還是時有肯定李夢陽之處。而李攀龍的詩學由於過度強調模擬，只「擬議」而罕「變化」，與漁洋的「神韻說」完全不能契合。不過由於李攀龍是漁洋同鄉前輩，而且復古宗唐有功，因此漁洋並未對其作正面的猛烈批評。在上述諸人詩學中，除徐禎卿之外，最具備同漁洋詩學對話的可能性者，非謝榛莫屬。可是由於謝榛論詩過於自負，喜改古人詩，多「學究氣」，本此漁洋認爲他未能一窺詩家門徑，所以對謝榛的詩學不但不能欣賞，也難以對其產生認同。

第二、王漁洋同「格調說」的聯繫，就對象而言，主要集中在何景明與徐禎卿身上，間及李夢陽；就詩學觀念而言，則集中在「追求古雅之美」這一點上。「擬議以成其變化」的詩學思考，是漁洋同「格調說」發生聯繫的主要原因。不過，漁洋刻意將「格調說」與其「神韻說」作一本質與焦點上的區隔，他從不自述「神韻說」裡的「格調說」理論因子，原因在於此。換言之，「格調」派中的「擬議」論者，如李夢陽、李攀龍等人，固然難爲漁洋所認可，但是「格調」派中的「變化」論者，如何景明、徐禎卿等人，畢竟仍是在「格調」底下討

---

〔註 237〕同註 49，152。
〔註 238〕同註 49，174。

論「領會神情」、「參其變」等問題，這就決定了何、徐二人始終是「格調」派而不是「神韻」派。至於漁洋的「神韻說」，雖然同樣強調經由規模古人「格調」而得到古人神情，但是古人神情的獲致，並不是漁洋提出「神韻說」的最終目的，轉化古人神情爲詩人自我性情，才是「神韻說」追求的極境。因此我們可以這樣說，在漁洋「神韻說」裡，不僅要破除對古人「格調」的死板模仿，甚至最後連自古人「格調」處所領會的神情，也必須一併泯去。只有這樣，漁洋詩學裡反覆強調的「尊性情」觀念，才可能有落腳著跟處。綜上所述，我們只能把明代「格調」派中以何景明爲主的「變化」一脈（不含徐禎卿），定位爲「神韻」詩學譜系中的「隱性」詩論家。

　　第三、我們曾分析王漁洋爲何在「格調」派眾人裡，特別欣賞徐禎卿的詩學，筆者認爲有以下三個原因：第一、徐禎卿《談藝錄》論詩具有俊逸的特色；第二、徐禎卿作《談藝錄》能「良工辛苦」，且其中「皆深造之語」；第三、《談藝錄》論詩持尚情貴眞的觀點，及徐禎卿偏向清遠的美學傾向，能爲漁洋所認同。其中第三點予漁洋「神韻說」的啓發最大，漁洋論詩絕句的「更憐譚藝是吾師」之說，正當由上述理解。可見漁洋「神韻說」直接汲取自徐禎卿詩學處者，有推尊「性情」、「追求清遠之美」等觀念。就此而言，徐禎卿同漁洋詩學有直接的接受關係，徐禎卿可被歸爲「神韻」詩學譜系中的「顯性」詩論家，而且是其中頗重要的一員。至於謝榛的詩學，由於漁洋對其多有不滿之處，因此在我們以漁洋爲後設考察基點的「神韻」詩學譜系裡，自然沒有謝榛的一席地。

　　第四、根據上文的討論，筆者認爲薛蕙是第一個正式以「神韻」一詞論詩的詩論家，而孔天胤發揮薛蕙的說法，直接影響了王漁洋的「神韻說」建構，形成了薛蕙、孔天胤、漁洋三人有了譜系上的血脈相連。早在薛蕙論詩時，已隱隱地將「追求清遠之美」的觀念與「神韻」一詞作了聯繫；而孔天胤則經由對薛蕙相關說法加以引述的方式，將「清遠」與「神韻」作了直接的連結。由是可見，薛蕙和孔天

胤兩人對漁洋「神韻說」的影響，實在於以「清遠」釋「神韻」的論
述上。換言之，由於薛、孔二人同樣表現出對「清遠」「神韻」的追
求，因此被漁洋吸納成爲其「神韻說」內的重要成分。綜上所述，薛
蕙與孔天胤足以被我們納入「神韻」詩學譜系內，列入「顯性」詩論
家之林。

# 第七章　結　論

　　由於本論文企圖在眾說紛紜中，以後設觀點建構一個系統化的「神韻」詩學譜系，其中涉及的年代極為悠長，文本的爬梳抉剔本就充滿辯證性，後人的相關研究論述更是灝如煙海，而探索譜系的遺傳基因，更有隱性、顯性、直系、旁系等區別，在逐章構思、撰寫的過程中，為求周密，不覺已達二十餘萬字。為求閱讀上的方便，筆者將先整理前面各個章節的討論，依序綜合主要論點如下：

## 一、論鍾嶸《詩品》在「神韻」觀念史上的意義──兼論以王漁洋為基點的後設考察之合理性

　　第一、鍾嶸《詩品》對「直尋」的論述，主要是在「物感」說的基礎上，強調「藝術直覺」在詩歌創作過程中的重要性，而「直尋」的功用在於連結「心」、「物」之間，產生「物感」活動。

　　第二、鍾嶸所提出的詩主「吟詠情性」、「直尋」、「文已盡而意有餘，興也」等詩學觀念，頗能為王漁洋的「神韻說」所默契；此外，漁洋亦曾針對鍾嶸的「文已盡而意有餘，興也」之說進行闡發。由是觀之，鍾嶸的《詩品》的確給予漁洋「神韻說」相當程度的啟發。

　　第三、當本文以漁洋為考察基點，後設地嘗試建構「神韻」詩學譜系時，我們發現鍾嶸是該譜系裡，首次提出尊主「性情」、重視「藝術直覺」及探討「言外之意」等觀念的詩論家。就此而言，鍾嶸在「神

韻」詩學觀念史內，確實具有開啓後代相關討論的起始性意義。

## 二、從「截斷眾流」之說看皎然與王漁洋間的詩學因緣

第一、經過我們的相關考察後，筆者認爲皎然是可以被納入「神韻」詩學譜系當中的。但是由於王漁洋在詩論資料中，並沒有與皎然詩學相關的論述，筆者以爲漁洋似乎未自覺到曾受到皎然影響，本此我們在建構「神韻」詩學譜系時，只能將皎然定位爲「隱性」的詩論家。

第二、「截斷眾流」的三重美學意涵，分別是：其一、就創作或鑑賞藝術的過程而言，「截斷眾流」背後就是要求對語言文字進行超越。其二、從創作或鑑賞過程的進行，無法經由感官或理性加以把握來說，所到達的境界是「非常識所到」，「截斷」了外在的攀援，恰恰突顯出「藝術直覺」在創造、鑑賞過程中的關鍵地位。其三、就創作或鑑賞過程所追求的最終「極境」來看，由於整個過程是透過「藝術直覺」加以把握，所以「截斷眾流」後的世界，就絕非「常識所到」的現象界，而是一個由「美感經驗」所創構的世界。而皎然詩學觀念與「截斷眾流」的三重美學意涵間，有以下的聯繫：第一重意涵與第三重意涵間是相互聯繫的，可以皎然的「文外之旨」、「但見情性，不睹文字」、「情在言外」等相關說法作爲代表。第二重意涵則可以皎然的「神詣」等相關論述爲代表。

第三、王漁洋的詩學觀念，與皎然詩學觀念間有頗多契合之處。我們可以大致簡化如下：皎然的「文外之旨」、「但見情性，不睹文字」，相通於漁洋詩學的「尊性情」、「言外之意」等觀念；此外，皎然的「神詣」、「神會」，則可與漁洋對「藝術直覺」的強調相通。

## 三、王漁洋對司空圖詩論的詮釋

第一、筆者認爲王漁洋對於司空圖詩論，採取的是一種「詮釋」性的態度，並非對其進行全然的接受。換言之，漁洋所理解到的司空圖詩論是片面的，其中蘊含著相當濃厚的漁洋主觀意識。

第二、對於柔性之美的偏愛，以及對「清」、「遠」、「幽」、「淡」

等美感質素的格外重視，就是王漁洋詮釋司空圖詩論時的兩大「前見」，它們共同營造出漁洋詮釋司空圖詩論時的「視域」。由此我們就可以解釋，爲何漁洋特別欣賞《詩品》中的〈含蓄〉、〈纖穠〉、〈沖淡〉、〈自然〉、〈清奇〉、〈精神〉六品，甚至爲何漁洋鍾情於以王、孟派詩歌爲代表的清遠詩風，都可由此獲得解答。

第三、關於王漁洋對司空圖詩論的詮釋脈絡，基本上是以《詩品》的〈含蓄〉品「不著一字，盡得風流」之說作爲詮釋的核心，並結合〈纖穠〉等六品的相關論述，以及司空圖論詩雜著中「象外之景」、「味外之旨」等說法，最後完成以「逸品」爲極境的美學思考。

第四、司空圖與王漁洋在詩學觀念上的交集之處，主要在於「尊性情」、「傳神」、「言外之意」及重視「藝術直覺」上。特別是司空圖詩學裡的「不著一字，盡得風流」（「言外之意」）之說，經漁洋詮釋後，成爲其「神韻說」裡的重要支柱——「言外之意」。我們可以這麼說，司空圖在「神韻」詩學譜系內的地位，可說是在鍾嶸、皎然等人之上，而與嚴羽同爲「神韻」詩學譜系中的雙璧。

## 四、姜夔、嚴羽與王漁洋「神韻說」的血緣關係——宋代「神韻」詩學譜系試構

第一、筆者發現姜夔與嚴羽詩學同漁洋「神韻說」的關連，均集中在「尊性情」、「言外之意」及注重「藝術直覺」三個觀念上。不過，嚴羽詩學與漁洋「神韻說」的關係仍然較姜夔與漁洋爲密切，這是因爲嚴羽更直接、且更多方面影響漁洋詩學的緣故。

第二、王漁洋最能默契姜夔詩學的部分，當屬姜夔對「言有盡而意無窮」的相關討論。同時，我們也在漁洋「神韻說」中，隱隱看到了「理高妙」與「自然高妙」的影子。

第三、在討論嚴羽「以禪喻詩」及王漁洋「詩禪一致」等相關問題時，我們得到以下幾個結論：其一、詩與禪在語言運用的方式上，具有某種共通之處。嚴羽、漁洋對此都別有會心，這主要表現在他們對「活句」的相關討論上。其二、詩、禪的本質誠然不同，但是兩者

卻可以透過「妙悟」進行交通。其三、在追求的最終境界上，詩和禪也可以有某種層次的互通。嚴羽似乎沒有對此特加留意，不過漁洋注意了到這個論題。因此當這個論題落實成爲詩歌批評時，則產生了嚴羽「宗李杜」，而漁洋「準王孟」的分野。這是嚴羽「以禪喻詩」與漁洋「詩禪一致」的最大差異。

第四、綜合以上討論，筆者認爲姜夔與嚴羽二人，都可以被納入我們的「神韻」詩學譜系內，而且他們都被列入「顯性」詩論家之列。其中嚴羽的地位尤爲重要，因爲他的詩學確實對王漁洋的「神韻說」有巨大且直接的啓發。

## 五、論明代「格調說」與王漁洋「神韻說」間的聯繫──以李夢陽、何景明、徐禎卿、李攀龍、謝榛、薛蕙、孔天胤爲核心的觀察

第一、在明代「格調」派詩論家中，王漁洋最能與徐禎卿的詩學神契，所以漁洋不僅有多次讚譽徐禎卿詩學的記錄，更將其《談藝錄》與《滄浪詩話》等論詩著作並列，表現出極其欣賞的態度。關於何景明的詩學，漁洋也表達過讚賞的意思。至於李夢陽的詩學，漁洋雖然多採取不以置評的態度，不過還是時有肯定李夢陽之處。而李攀龍的詩學由於過度強調模擬，只「擬議」而罕「變化」，與漁洋的「神韻說」完全不能契合。不過由於李攀龍是漁洋同鄉前輩，而且復古宗唐有功，因此漁洋並未對其作正面的猛烈批評。在上述諸人詩學中，除徐禎卿之外，最具備同漁洋詩學對話的可能性者，非謝榛莫屬。可是由於謝榛論詩過於自負，喜改古人詩，多「學究氣」，本此漁洋認爲他未能一窺詩家門徑，不僅不能欣賞謝榛的詩學，也難以對其產生認同。

第二、王漁洋詩學同「格調說」的聯繫，就對象而言，主要集中在何景明與徐禎卿身上，間及李夢陽；就詩學觀念而言，則集中在「追求古雅之美」這一點上。「擬議以成其變化」的詩學思考，是漁洋同「格調說」發生聯繫的主要原因。不過，漁洋刻意將「格調說」與其「神韻說」作一本質與焦點上的區隔，他從不自述「神韻說」裡的「格

調說」理論因子，原因正在於此。換言之，「格調」派中的「擬議」
論者，如李夢陽、李攀龍等人，固然難爲漁洋所認可，但是「格調」
派中的「變化」論者，如何景明、徐禎卿等人，畢竟是在「格調」底
下暢論「領會神情」、「參其變」，這就決定了何、徐二人始終是「格
調」派而不是「神韻」派。至於漁洋的「神韻說」，雖然同樣強調經
由規模古人「格調」而得到古人神情，但是古人神情的獲致，並不是
漁洋提出「神韻說」的最終目的，轉化古人神情爲詩人自我性情，才
是「神韻說」追求的極境。因此我們可以這樣說，在漁洋「神韻說」
裡，不僅要破除對古人「格調」的死板模仿，甚至最後連自古人「格
調」處所領會的神情，也必須一併泯去。只有這樣，漁洋詩學裡反覆
強調的「尊性情」觀念，才可能有落腳著跟處。綜上所述，我們只能
把明代「格調」派中以何景明爲主的「變化」一脈（不含徐禎卿），
定位爲「神韻」詩學譜系中的「隱性」詩論家。

　　第三、王漁洋「神韻說」直接汲取自徐禎卿詩學處者，有推尊「性
情」、「追求清遠之美」等觀念。就此而言，徐禎卿同漁洋詩學有直接
的接受關係，徐禎卿可被歸爲「神韻」詩學譜系中的「顯性」詩論家，
而且是其中頗重要的一員。

　　第四、筆者認爲薛蕙是第一個正式以「神韻」一詞論詩的詩論家，
而孔天胤發揮薛蕙的說法，直接影響了王漁洋的「神韻說」建構，因
而形成了薛蕙、孔天胤、漁洋三人有了譜系上的血脈關係。早在薛蕙
論詩時，已隱隱地將「追求清遠之美」的觀念與「神韻」一詞作了聯
繫；而孔天胤則經由對薛蕙相關說法加以引述的方式，將「清遠」與
「神韻」作了直接的連結。由是可見，薛蕙和孔天胤兩人對漁洋「神
韻說」的影響，實在於以「清遠」釋「神韻」的論述上。換言之，由
於薛、孔二人同樣表現出對「清遠」「神韻」的追求，因此被漁洋吸
納成爲其「神韻說」內的重要成分。綜上所述，薛蕙與孔天胤可納入
我們「神韻」詩學譜系中，成爲其中「顯性」詩論家。

　　總合上述，筆者歸納「神韻」詩學譜系中相關詩論家與詩學觀念，

條列標示以凸顯血緣與脈絡。爲區分不同屬性的詩論家，譜系內以「顯性」屬性的詩論家爲主；另外加框線者，如皎然等人，則爲「隱性」屬性的詩論家。茲以爲「以王漁洋爲基點的『神韻』詩學譜系」可建構成如下：

     詩  論  家             詩    學    觀    念

梁代鍾嶸（467？～519？）→「尊性情」、「言外之意」、注重「藝術直覺」
    ↓

唐代皎然（720～？）→「尊性情」、「言外之意」、注重「藝術直覺」
    ↓

唐代司空圖（837～908）→「尊性情」、「傳神」、「言外之意」、注重「藝術直覺」
    ↓

南宋姜夔（1155？～1211？）→「尊性情」、「言外之意」、注重「藝術直覺」
    ↓

南宋嚴羽（1192？～1243？）→「尊性情」、「言外之意」、注重「藝術直覺」
    ↓

明代「格調」派→追求「古雅」之美
    ↓

明代徐禎卿（1479～1511）→「尊性情」、追求「清遠」之美
    ↓

明代薛蕙（1489～1541）→追求「清遠」之美
    ↓

明代孔天胤（？）→追求「清遠」之美
    ↓

清代王漁洋（1634～1711）→「尊性情」、「傳神」、「言外之意」、注重「直覺」、追求「清遠」之美、追求「古雅」之美

透過這個譜系的建構，我們可以很清楚地看到各家詩論中與「神韻」有關的詩學觀念，如何逐步地經由傳衍與結合，最後在王漁洋詩論中形成性格分明的「神韻說」，卓然樹立於古典詩學體系中，有其不可模糊的面目與無法抹滅的地位。

關於這個「以王漁洋爲基點的『神韻』詩學譜系」，筆者認爲還

有以下幾個重點，可再作進一步地討論：

　　第一、「尊性情」與「言外之意」的觀念，個別出現在譜系中的七位詩論家身上，居譜系內的所有觀念之冠。其次為注重「藝術直覺」的觀念，共出現在譜系中的六位詩論家身上。由這個現象我們可以看出在中國獨特的抒情傳統底下，「尊性情」的問題，往往能極度吸引詩論家的目光，成為各類詩論討論的焦點，特別是在「神韻」詩學譜系裡，更是格外重要。

　　第二、對「言外之意」的重視，也是「神韻」詩學譜系裡的一大特色，在對「言外之意」的論述裡，往往涉及「語言」與「意義」關係的討論，而與中國古代的語言哲學息息相關。同時，經由這一譜系式的觀察，我們或許可以解釋漁洋為何在面對「傳神」與「言外之意」兩個詩學觀念時，選擇向「言外之意」這端傾斜的原因。

　　第三、注重「藝術直覺」的觀念在「神韻」詩學譜系中，有著極突出的地位，這說明了「神韻」詩學譜系裡的詩論家在面對詩歌創作或批評、鑑賞時，大抵都能運用「藝術直覺」作為掌握詩歌的基本方式。此外，「神韻」詩學譜系裡，多「神詣」、「神會」、「神解」、「悟」之類與「藝術直覺」相關的論述，其中往往涉及作者與讀者間的交流問題，這是中國古典詩學裡最有可能同當代西方美學對話的地方。

　　第四、我們可以發現「尊性情」、「言外之意」與注重「藝術直覺」，是「神韻」詩學譜系裡最常一起出現的三個詩學觀念。這個現象說明了「尊性情」、「言外之意」、注重「藝術直覺」之間的聯繫，遠較同其他觀念密切的。這似乎意味著三者之間可能有著相當程度同質的成分，有待另作深入討論。

　　第五、以詩學觀念的數量，作為衡量「顯性」、「隱性」詩論家在「神韻」詩學譜系內的地位時，大抵屬性為「隱性」的詩論家地位，均不如「顯性」屬性的詩論家。

　　第六、在「神韻」詩學譜系的發展過程裡，基本上是以鍾嶸所確立的規模為根本，逐步慢慢加入其他詩學觀念，而終至漁洋集其大成。

第七、「神韻」詩學譜系裡關於對「古雅之美」、「清遠之美」的追求，其實始於明代，明代詩學影響漁洋「神韻說」最深的部分，亦集中在此。

第八、「神韻」詩學譜系在表面上似乎是屬於一種多元化的詩學接受模式，但若究其實質，它的多元化顯然是種選擇性的多元化。換言之，它的多元化當中存在一定程度的堅持，這由我們整理出來的譜系裡有十個詩論家，卻只有六個詩學觀念輪流出現的現象裡，就可以獲得證實。本此而言，「神韻」詩學譜系又是一個封閉式的譜系。其實，不僅整個「神韻」詩學譜系如此，集此一譜系大成的漁洋「神韻說」亦有如是傾向，這是我們討論「神韻」詩學譜系及「神韻說」相關問題時，所必須特別留意的一點。

第九、我們可以發現，從鍾嶸一直到王漁洋的「神韻」詩學譜系，均重視詩歌在藝術上的特質，而與所謂的「詩教」、「言志」傳統較遠。我們或許可以這樣說，「神韻」詩學譜系的本質是美學的，因此把它外括或延伸時，有可能建立一個以藝術爲根柢的詩歌傳統。

# 參考書目舉要

依作者姓氏筆劃排序，同一作者再依書籍筆劃排序

## 一、「神韻」詩學譜系詩論家論著

### 四　劃

1. 王士禛選：《十種唐詩選》，《四庫全書存目叢書‧集部三九四‧十種唐詩選》，濟南：齊魯書社，1997 年 7 月。

2. 王士禛著，孫言誠點校：《王士禛年譜》，北京：中華書局，1992 年 1 月。

3. 王士禛著，張健（北京大學）箋證：《王士禛論詩絕句三十二首箋證》，台北：文史哲出版社，1994 年 4 月。

4. 王士禛著，張世林點校：《分甘餘話》，北京：中華書局，1997 年 12 月第一版第二刷。

5. 王士禛著，喻端士編：《分類詩話》，台北：廣文書局，1968 年 7 月。

6. 王士禛著，趙伯陶點校：《古夫于亭雜錄》，北京：中華書局，1997 年 12 月第一版第二刷。

7. 王士禛著，勒斯仁點校：《池北偶談》，北京：中華書局，1997 年 12 月第一版第三刷。

8. 王士禛著，張宗柟纂集，戴鴻森校點：《帶經堂詩話》，北京：人民文學出版社，1998 年 2 月。

9. 王士禛選，史海陽、李明華、張海峰、林傳三注：《唐人萬首絕句選》，北京：華夏出版社，1999 年 1 月。

10. 王士禛選，黃香石評，吳退庵、胡甘亭輯註：《唐賢三昧集箋註》，台北：廣文書局，1968 年 11 月。

11. 王士禛選，張明非譯注：《唐賢三昧集譯注》，上海：上海古籍出版社，2000 年 12 月。

12. 王士禛等著，周維德箋注：《詩問四種》，濟南：齊魯書社，1985 年 2 月。

13. 王士禛著，伊應鼎編述：《漁洋山人精華錄會心偶筆》，台北：廣文書局，1968 年 7 月。

14. 王士禛著，惠棟、金榮注：《漁洋精華錄集注》，濟南：齊魯書社，1999 年 1 月第一版第二刷。

15. 孔天胤著：《文谷集》，《四庫全書存目叢書‧集部九五》，濟南：齊魯書社，1997 年 7 月。

### 五　劃

1. 司空圖著，陳國球導讀：《二十四詩品》，台北：金楓出版有限公司，1987 年 6 月。

2. 司空圖著：《司空表聖文集》，《景印文淵閣四庫全書‧集部二二》，台北：台灣商務印書館，1983 年 6 月。

3. 司空圖著：《司空詩品》，台北：世界書局，1984 年 4 月第四版。

4. 司空圖著，祖保泉注：《司空圖詩品注釋及釋文》，台北：新文豐出版公司，1980 年 2 月。

5. 司空圖著，王濟亨、高仲章選注：《司空圖選集注》，太原：山西人民出版社，1989 年 10 月。

6. 司空圖著，弘征譯：《詩品今譯‧簡析‧附例》，南昌：江西人民出版社，1993 年 2 月。

7. 司空圖著，郭紹虞集解：《詩品集解》，台北：河洛圖書出版社，1974 年 9 月。

8. 司空圖著，劉禹昌義證：《司空詩品義證及其他》，武漢：武漢大學出版社，1993 年 11 月。

### 七　劃

1. 李夢陽著：《空同集》，《景印文淵閣四庫全書‧集部二○一》，台北：台灣商務印書館，1983 年 6 月。

2. 何景明著：《大復集》，《景印文淵閣四庫全書‧集部二○六》，台北：台灣商務印書館，1983 年 6 月。

### 十一劃

1. 皎然著，周維德校注：《詩式校注》，杭州：浙江古籍出版社，1993

年 10 月。

**十七劃**

1. 鍾嶸著，陳延傑注：《詩品注》，北京：人民文學出版社，1998 年 2 月。

2. 鍾嶸著，杜天縻注：《詩品新注》，台北：世界書局，1984 年 4 月第四版。

3. 鍾嶸著，曹旭集注：《詩品集注》，上海：上海古籍出版社，1994 年 10 月第一版第二刷。

4. 鍾嶸著，古直箋：《鍾記室詩品箋》，台北：廣文書局，1999 年 10 月再版。

5. 鍾嶸著，王叔岷箋證：《鍾嶸詩品箋證稿》，台北：中央研究院中國文哲研究所，1992 年 3 月。

6. 薛蕙著：《西原遺書》，《四庫全書存目叢書·集部六九》，濟南：齊魯書社，1997 年 7 月。

**二十劃**

1. 嚴羽著：《滄浪詩話》，台北：世界書局，1984 年 4 月第四版。

2. 嚴羽著，郭紹虞校釋：《滄浪詩話校釋》台北：里仁書局，1987 年 4 月。

3. 嚴羽著，陳定玉輯校：《嚴羽集》，鄭州，中州古籍出版社，1997 年 6 月。

## 二、相關典籍及著述

**二　劃**

1. 丁福保輯：《歷代詩話續編》，北京：中華書局，1997 年 3 月第一版第三刷。

2. 丁福保輯：《清詩話》，上海：上海古籍出版社，1999 年 6 月。

**四　劃**

1. 王夫之著，舒蕪校點：《薑齋詩話》，北京：人民文學出版社，1998 年 2 月。

2. 王夫之著，戴鴻森箋注：《薑齋詩話箋注》，台北：木鐸出版社，1982 年 4 月。

3. 王先謙集解：《莊子集解》，台北：三民書局，1982 年 8 月第四版。

4. 王國維著，滕咸惠校注：《人間詞話新注》，台北：里仁書局，1994

年 11 月。

5. 王應奎著：《柳南隨筆續筆》，北京：中華書局，1997 年 12 月第一版第二刷。

6. 元好問著，郭紹虞箋釋：《元好問論詩三十首》，北京：人民文學出版社，1998 年 5 月。

7. 中華書局編輯部編：《漢魏古注十三經附四書章句集注》，北京：中華書局，1998 年 11 月。

## 五　劃

1. （日）弘法大師著，王利器校注：《文鏡祕府論校注》，台北：貫雅文化事業有限公司，1991 年 12 月。

2. 永瑢、紀昀主編，四庫全書總目提要編委會整理：《四庫全書總目提要》，海南：海南出版社，1999 年 5 月。

## 六　劃

1. 朱彝尊著，姚祖恩編，黃君坦校點：《靜志居詩話》，北京：人民文學出版社，1998 年 2 月。

## 七　劃

1. 吳文治主編：《宋詩話全編》，南京，江蘇古籍出版社，1998 年 12 月。

2. 吳文治主編：《明詩話全編》，南京，江蘇古籍出版社，1997 年 12 月。

3. 吳宏一、葉慶炳編：《清代文學批評資料彙編》，台北：成文出版社，1979 年 9 月。

4. 沈德潛選，王純父箋注：《古詩源箋注》，台北：華正書局，1996 年 8 月。

5. 沈德潛著，霍松林校注：《說詩晬語》，北京：人民文學出版社，1998 年 5 月。

6. 何文煥輯：《歷代詩話》，台北：漢京文化事業有限公司，1983 年 1 月。

7. 杜甫著，郭紹虞集解：《杜甫戲爲六絕句集解》，北京：人民文學出版社，1998 年 5 月。

8. 辛文房著，傅璇琮等校箋：《唐才子傳校箋》，北京：中華書局，2000 年 2 月第一版第二刷。

## 八　劃

1. 林明德編：《金代文學批評資料彙編》，台北：成文出版社，1979 年 1 月。

### 九　劃

1. 胡應麟著：《詩藪》，台北：文馨出版社，1973 年 5 月。

2. 俞劍華編：《中國古代畫論類編》，北京：人民美術出版社，2000 年 3 月第二版。

### 十　劃

1. 唐圭璋編：《詞話叢編》，台北：新文豐出版公司，1988 年 2 月。

### 十一劃

1. 郭若虛著，王其禕校點：《圖畫見聞志》，瀋陽：遼寧教育出版社，2001 年 2 月。

2. 郭紹虞主編：《中國歷代文論選》，上海：上海古籍出版社，1999 年 3 月第一版第十五刷。

3. 郭紹虞輯：《宋詩話輯佚》，台北：文泉閣出版社，1972 年 4 月再版。

4. 郭紹虞編，富壽蓀校點：《清詩話續編》，上海：上海古籍出版社，1983 年 12 月。

5. 郭慶藩集釋，謝皓祥導讀：《莊子集釋》，台北：貫雅文化事業有限公司，1991 年 9 月。

6. 陳尚君輯：《全唐詩補編》，北京：中華書局，1992 年 10 月。

7. 陳伯海主編：《唐詩彙評》，杭州，浙江人民出版社，1996 年 5 月第一版第三刷。

8. 陳良運主編：《中國歷代詩學論著選》，南昌：百花洲文藝出版社，1998 年 8 月。

9. 陳應行編：《吟窗雜錄》，北京：中華書局，1997 年 11 月。

10. 張伯偉編：《全唐五代詩格校考》，西安：陝西人民教育出版社，1996 年 7 月。

11. 張彥遠著，周筱薇校點：《歷代名畫記》，瀋陽：遼寧教育出版社，2001 年 2 月。

12. 張健編：《南宋文學批評資料彙編》，台北：成文出版社，1978 年 12 月。

13. 畢桂發、張連第、漆緒邦主編：《精選歷代詩話評釋》，鄭州：中洲古籍出版社，1988 年 7 月。

14. 許學夷著，杜維沫校點：《詩源辯體》，北京：人民文學出版社，1998

年 2 月。

**十二劃**

1. 黃啓方編：《北宋文學批評資料彙編》，台北：成文出版社，1978 年 9 月。

2. 彭定求等編：《全唐詩》，北京：中華書局，1996 年 1 月第一版第六刷。

3. 傅璇琮編：《唐人選唐詩新編》，西安：陝西人民教育出版社，1996 年 7 月。

4. 逯欽立輯：《先秦漢魏南北朝詩》，北京：中華書局，1998 年 5 月第一版第四刷。

**十三劃**

1. 葉夢得著，樊運寬選譯：《石林詩話選譯》，桂林：廣西師範大學出版社，1995 年 10 月。

2. 葉慶炳、邵紅編：《明代文學批評資料彙編》，台北：成文出版社，1979 年 9 月。

3. 葉燮著，霍松林校注：《原詩》，北京：人民文學出版社，1998 年 5 月。

**十五劃**

1. 劉孝標著，余嘉錫箋疏：《世說新語箋疏》，台北：華正書局有限公司，1993 年 10 月。

2. 劉勰著，詹鍈義證：《文心雕龍義證》，上海：上海古籍出版社，1999 年 12 月第一版第三刷。

3. 慧能著，郭朋校釋：《壇經校釋》，台北：文津出版社，1995 年 4 月。

**十六劃**

1. 錢穆纂箋：《莊子纂箋》，台北：東大圖書股份有限公司，1993 年 1 月第四版。

2. 穆克宏、郭丹編：《魏晉南北朝文論全編》，南京：江蘇教育出版社，1996 年 12 月。

3. 蕭統編，李善注：《文選》，台北：五南圖書出版公司，1998 年 10 月第一版第三刷。

**十七劃**

1. 謝榛著，宛平校點：《四溟詩話》，北京：人民文學出版社，1998 年

2 月。

2. 薛雪著，霍松林校注：《一瓢詩話》，北京：人民文學出版社，1998年 5 月。

### 十九劃

1. 羅聯添編：《隋唐五代文學批評資料彙編》，台北：成文出版社，1978年 9 月。

## 三、近人相關研究論著

### 二 劃

1. 丁放著：《金元明清詩詞理論史》，合肥：安徽大學出版社，2000 年 2 月。

### 四 劃

1. 王小舒著：《神韻詩史研究》，台北：文津出版社，1994 年 6 月。

2. 王建元著：《現象詮釋學與中西雄渾觀》，台北：東大圖書股份有限公司，1992 年 8 月。

3. 王運熙、楊明著：《中國文學批評史——魏晉南北朝卷》，上海：上海古籍出版社 1996 年 12 月。

4. 王運熙、楊明著：《中國文學批評通史——隋唐五代卷》，上海：上海古籍出版社，1996 年 6 月。

5. 王潤華著：《司空圖新論》，台北：東大圖書股份有限公司，1989 年 11 月。

6. 中國古典文學研究會主編：《文心雕龍綜論》，台北：台灣學生書局，1988 年 5 月。

### 五 劃

1. 皮朝綱著：《禪宗的美學》，高雄，麗文文化事業股份有限公司，1995年 9 月。

### 六 劃

1. 朱東潤著，章培恒導讀：《中國文學批評史大綱》，上海：上海古籍出版社，2001 年 7 月。

2. 朱東潤等著：《中國文學批評家與文學批評》，台北：台灣學生書局，1984 年 5 月再版。

3. 江國貞著：《司空表聖研究》，台北：文津出版社，1985 年 7 月再版。

4. 牟宗三著：《才性與玄理》，台北：台灣學生書局，1997 年 8 月第八

版。

## 七　劃

1. 吳宏一著：《清代詩學初探》，台北：台灣學生書局，1986 年 1 月。

2. 吳調公著：《神韻論》，北京：人民文學出版社，1991 年 1 月。

3. 呂興昌著：《司空圖詩論研究》，台南，宏大出版社，1980 年。

4. 何楚熊著：《中國畫論研究》，北京：中國社會科學出版社，1996 年 4 月。

## 八　劃

1. 周來祥等著：《中國美學主潮》，濟南：山東大學出版社，1992 年 6 月。

2. 周裕鍇著：《中國禪宗與詩歌》，高雄：麗文文化事業股份有限公司，1994 年 7 月。

3. 周裕鍇著：《宋代詩學通論》，成都：巴蜀書社，1997 年 1 月。

4. 周裕鍇著：《禪宗語言》，杭州：浙江人民版社，1999 年 12 月。

5. （日）青木正兒著，鄭樑生、張仁青譯：《中國文學思想史》，台北：台灣開明書店，1987 年 11 月。

6. （日）青木正兒著，陳淑女譯：《清代文學評論史》，台北：台灣開明書店，1991 年 3 月。

7. 宗白華著：《美學的散步》，台北：洪範書店，1987 年 3 月第四版。

8. 宗白華著：《藝境》，北京：北京大學出版社，1999 年 10 月第二版第三刷。

## 九　劃

1. 施友忠著：《二度和諧及其他》，台北：聯經出版事業公司，1976 年 7 月。

2. 洪修平著：《中國禪學思想史》，台北：文津出版社，1994 年 4 月。

3. 柯慶明著：《中國文學的美感》，台北：麥田出版股份有限公司，2000 年 1 月。

## 十　劃

1. 徐復觀著：《中國文學論集》，台北：台灣學生書局，1980 年 10 月。

2. 徐復觀著：《中國文學論集續編》，台北：台灣學生書局，1984 年 8 月再版。

3. 徐復觀著：《中國藝術精神》，台北：台灣學生書局，1998 年 5 月第

一版第十二刷。

4. 祖保泉著:《司空圖的詩歌理論》,台北:萬卷樓圖書有限公司,1993
年 9 月。

5. 祖保泉著:《司空圖詩文研究》,合肥,安徽教育出版社,1998 年 12
月。

6. 袁行霈、孟二冬、丁放著:《中國詩學通論》,合肥:安徽教育出版
社,1994 年。

7. 袁震宇、劉明今著:《中國文學批評通史──明代卷》,上海:上海
古籍出版社,1996 年 12 月。

## 十一劃

1. 陳文忠著:《中國古典詩歌接受史研究》,合肥:安徽大學出版社,
1998 年 8 月。

2. 陳世驤著:《陳世驤文存》,台北:志文出版社,1972 年 7 月。

3. 陳伯海著:《唐詩學引論》,上海:東方出版中心,1988 年 10 月。

4. 陳良運著:《中國詩學體系論》,北京:中國社會科學出版社,1998
年 9 月第一版第二刷。

5. 陳國球編:《香港地區中國文學批評研究》,台北:台灣學生書局,
1991 年 5 月。

6. 陳國球著:《鏡花水月──文學理論批評論文集》,台北:東大圖書
股份有限公司,1987 年 12 月。

7. 陳華昌著:《唐代詩與畫的相關性研究》,西安:陝西人民美術出版
社,1993 年 4 月。

8. 陳傳席著:《中國繪畫美學史》,北京:人民美術出版社,2000 年 8
月。

9. 陳傳席著:《六朝畫論研究》,台北:台灣學生書局,1991 年 5 月。

10. 陳應鸞著:《詩味論》,成都:巴蜀書社,1996 年 10 月。

11. 張少康著:《古典文藝美學論稿》台北:淑馨出版社,1989 年 11 月。

12. 張少康著:《文藝學的民族傳統》,武昌:華中師範大學出版社,2000
年 6 月。

13. 張少康、劉三富著:《中國文學理論批評發展史》,北京:北京大學
出版社,1997 年 5 月。

14. 張行雲著:《清人詩集敍錄》,北京:文化藝術出版社,1994 年 8 月。

15. 張伯偉著:《鍾嶸詩品研究》,南京:南京大學出版社,2000 年 3 月。

16. 張健著：《滄浪詩話研究》，台北：五南圖書出版公司，1986 年 1 月再版。

17. 張健（北京大學）著：《清代詩學研究》，北京：北京大學出版社，1999 年 11 月。

18. 張毅著：《宋代文學思想史》，北京：中華書局，1995 年 4 月。

19. 郭紹虞著：《中國文學批評史》，台北：藍燈文化事業股份有限公司，1992 年 9 月。

20. 郭紹虞著：《中國詩的神韻、格調及性靈說》，台北：華正書局，1981 年 8 月。

21. 郭紹虞著：《宋詩話考》，台北：漢京文化事業有限公司，1983 年 1 月。

22. 郭紹虞著：《郭紹虞說文論》，上海：上海古籍出版社，2000 年 5 月。

23. 郭紹虞著：《照隅室古典文學論集》，台北：丹青圖書有限公司，1985 年 10 月。

24. 陶水平著：《王船山詩學研究》，北京：中國社會科學出版社，2001 年 6 月。

25. 陶東風著：《中國古代心理美學六論》，天津：百花文藝出版社，1999 年 10 月第一版第二刷。

26. 許清雲著：《皎然詩式研究》，台北：文史哲出版社，1988 年 1 月。

27. 敏澤著：《中國美學思想史第一卷》，濟南：齊魯書社，1989 年 8 月。

## 十二劃

1. 黃景進著：《嚴羽及其詩論之研究》，台北：文史哲出版社，1986 年 2 月。

2. 黃景進著：《王漁洋詩論之研究》，台北：文史哲出版社，1980 年 6 月。

3. 黃維樑著：《中國詩學縱橫論》，台北：洪範書店，1986 年 11 月第四版。

4. 黃維樑著：《中國古典文論新探》，北京：北京大學出版社，1997 年 4 月第一版第二刷。

5. 童慶炳著：《中國古代心理詩學與美學》，北京：中華書局，1997 年 10 月第一版第二刷。

## 十三劃

1. 葉朗著：《中國美學史大綱》，上海：上海人民出版社，1999 年 6 月

第一版第四刷。

2. 葉嘉瑩著：《王國維及其文學批評》，石家莊：河北教育出版社，1997年7月。

3. 葉嘉瑩著：《迦陵論詩叢稿》，石家莊：河北教育出版社，1998年6月。

4. 葉嘉瑩著：《漢魏六朝詩講錄》，石家莊：河北教育出版社，1997年7月。

5. 葉維廉著：《中國詩學》，上海：三聯書店，1994年3月。

6. 葉維廉著：《歷史、傳釋與美學》，台北：東大圖書股份有限公司，1988年3月。

7. 葉鎮楚著《中國詩話史》，長沙，湖南文藝出版社，1988年5月。

8. （日）鈴木虎雄著，洪順隆譯：《中國詩論史》，台北：台灣商務印書館，1979年9月。

9. 鄔國平、王鎮遠著：《中國文學批評通史——清代卷》，上海：上海古籍出版社，1996年12月。

## 十四劃

1. 趙沛霖著：《興的源起——歷史積澱與詩歌藝術》，北京：中國社會科學出版社，1987年11月。

2. 漢寶德等著：《中國美學論集》，台北：南天書局，1989年5月。

## 十五劃

1. 劉世南著：《清詩流派史》，台北：文津出版社，1995年11月。

2. 劉若愚著，杜國清譯：《中國文學理論》，台北：聯經出版事業公司，1998年9月。

3. 劉若愚著，杜國清譯：《中國詩學》，台北：幼獅文化事業公司，1979年1月再版。

4. 劉道廣著：《中國古代藝術思想史》，上海：上海人民出版社，1998年4月。

5. 樂黛雲、陳玨選：《北美中國古典文學研究名家十年文選》，南京：江蘇人民出版社，1996年5月。

6. 樂黛雲、陳玨、龔剛編：《歐洲中國古典文學研究名家十年文選》，南京：江蘇人民出版社，1998年12月。

7. 蔣寅著：《王漁洋事跡徵略》，北京：人民文學出版社，2001年10月。

8. 蔣寅著：《王漁洋與康熙詩壇》，北京：中國社會科學出版社，2001年9月。

9. 蔡英俊著：《比興、物色與情景交融》，台北：大安出版社，1995年3月第一版第三刷。

10. 樊波著：《中國書畫美學史綱》，長春：吉林美術出版社，1998年7月。

### 十六劃

1. 錢鍾書著：《七級集》，台北：書林出版有限公司，1990年5月。

2. 錢鍾書著：《管錐編》，北京：中華書局，1996年1月，第二版第五刷。

3. 錢鍾書著：《談藝錄》，台北：書林出版有限公司，1999年2月第一版第二刷。

4. 蕭水順著：《從鍾嶸詩品到司空詩品》，台北：文史哲出版社，1993年2月。

5. 蕭華榮著：《中國詩學思想史》，上海：華東師範大學出版社，1996年4月。

### 十七劃

1. 薛順雄著：《中國古典文學論叢》，台北：台灣學生書局，1983年10月。

### 十八劃

1. 簡錦松著：《明代文學批評研究》，台北：台灣學生書局，1989年2月。

### 十九劃

1. 羅宗強著：《隋唐五代文學思想史》，北京：中華書局，1999年8月。

2. 羅宗強著：《羅宗強古代文學思想論集》，汕頭：汕頭大學出版社，1999年11月。

### 二十一劃

1. 顧易生、蔣凡、劉明今著：《中國文學批評通史──宋金元卷》，上海：上海古籍出版社，1996年12月。

### 二十二劃

1. 龔鵬程著：《詩史本色與妙悟》，台北：台灣學生書局，1993年2月。

## 四、相關理論著作

### 四　劃

1. 王岳川著：《現象學與解釋學文論》，濟南：山東教育出版社，1999年4月。

### 六　劃

1. 朱光潛著：《文藝心理學》，台北：台灣開明書店，1994年7月第四版。

### 七　劃

1. 李正治主編：《政府遷台以來文學研究理論及方法之探索》，台北：台灣學生書局，1988年11月。

2. 李幼蒸著：《結構與意義──現代西方哲學論集》，台北：聯經出版事業公司，1994年10月。

### 八　劃

1. 金元浦著：《文學解釋學》，長春：東北師範大學出版社，1997年5月。

2. 金元浦著：《接受反應文論》，濟南：山東教育出版社，1998年10月。

### 九　劃

1. 姚一葦著：《審美三論》，台北：台灣開明書店，1993年1月。

2. 胡經之、王岳川主編：《文藝美學方法論》，北京：北京大學出版社，1998年3月第一版第三刷。

### 十一劃

1. 郭宏安、章國鋒、王逢振著：《二十世紀西方文論研究》，北京：中國社會科學出版社，1997年6月。

### 十二劃

1. 傅偉勳著：《從創造的詮釋學到大乘佛教》，台北：東大圖書股份有限公司，1990年7月。

2. 葉朗等著：《現代美學體系》，台北：書林出版有限公司，1996年3月第一版第二刷。

### 十三劃

1. 楊松年著：《中國文學評論史編寫問題論析》，台北：文史哲出版社，

1988 年 5 月。

### 十五劃

1. 鄭樹森編：《現象學與文學批評》，台北：東大圖書股份有限公司，1991 年 4 月。
2. 潘德榮著：《解釋學導論》，台北：五南圖書出版公司，1999 年 8 月。

### 十六劃

1. 龍協濤著：《文學讀解與美的再創造》，台北：時報文化出版企業有限公司，1993 年 8 月。

### M

1. （美）R.瑪格歐納（Robert R.Magliola）著，王岳川、蘭菲譯：《文藝現象學》（Phenomenology and Literature），北京：文化藝術出版社，1992 年 2 月。

### P

1. （美）帕瑪（Richard E. Palmer）著，嚴平譯，張文慧、林捷逸校閱：《詮釋學》（Hermeneutics），台北：桂冠圖書股份有限公司，1997 年 9 月第一版第三刷。

## 五、學位論文

### 七　劃

1. 呂怡菁著：《解讀與重建王士禎「神韻說」與王國維「境界說」——由内涵、圖像、心靈到「性情」、「情」的建構》，國立清華大學中國文學研究所碩士論文，1996 年 6 月。
2. 呂怡菁著：《流動與靜止——從空間感知方式論「神韻」詩朦朧間隔的審美特質》，國立清華大學中國文學研究所博士論文，2001 年 1 月。
3. 宋永珠著：《王漁洋神韻說與李炯菴詩學比較研究》，國立台灣師範大學國文研究所博士論文，1988 年 10 月。

### 八　劃

1. 易新宙著：《神韻派詩論研究》，國立政治大學中國文學研究所碩士論文，1983 年 6 月。

### 十一劃

1. 陳美朱著：《明末清初詩詞正變觀研究——以二陳、王、朱爲對象之考察》，國立成功大學中國文學研究所博士論文，2001 年 4 月。

2. 陳楷文著：《王漁洋的神韻說及其詩的成就》，新亞書院中文研究所碩士論文，1982 年。

### 十二劃

1. 黃如焄著：《明代詩學精神與神韻傳統》，國立中正大學中國文學研究所博士論文，2000 年 6 月。

2. 黃如焄著：《晚明陸時雍詩學研究》，國立中正大學中國文學研究所碩士論文，1994 年 6 月。

### 十六劃

1. 龍思明著：《王漁洋神韻說之研究》，國立台灣師範大學國文研究所碩士論文，1977 年 6 月。

## 六、「神韻」詩學譜系詩論家相關研究論文

### 四　劃

1. 王小舒著：〈神韻詩學研究百年回顧〉，《文史哲》2000 年第六期。

2. 王小舒著：〈論王漁洋的魏晉情懷〉，《山東大學學報（哲科版）》1999 年第四期。

3. 王利民著：〈王士禛的家世和家學淵源考〉，《南通師專學報》第十三卷第二期，1997 年 6 月。

4. 王利民著：〈論王士禛七絕的清遠風格〉，《南通師專學報》第十卷第二期，1994 年 6 月。

5. 王利民著：〈論王士禛的題畫詩〉，《古今藝文》第二五卷第四期，1999 年 8 月。

6. 王承丹著：〈淺論後七子的内部紛爭及影響〉，《臨沂師專學報》第十八卷第一期，1996 年 2 月。

7. 王建生著：〈神韻說的意義〉，《中國文化月刊》第二二○期，1998 年 7 月。

8. 王英志著：〈論王士禛的山水神韻詩〉，《陝西師範大學學報（哲學社會科學版）》第二五卷第四期，1996 年 12 月。

9. 王逢吉著：〈性靈與神韻〉，《新文藝》第二○八期，1973 年 7 月。

10. 王淳美著：〈嚴羽詩論試探〉，《南台工商專校學報學報》第十九期，1994 年。

11. 王琅著：〈論明代反擬古主義的先驅〉，《文理通識學術論壇》第二期，1999 年 6 月。

12. 王熙元著：〈從「以禪喻詩」論嚴羽的妙悟說〉，《中國學術年刊》第

十七期，1996 年 3 月。

13. 王夢鷗著：〈嚴羽「以禪喻詩」試解〉，《中國文化復興月刊》第十四卷第八期，1981 年 8 月。

14. 尹華光著：〈試論王士禎的神韻說〉，《吉首大學學報（社會科學版）》1998 年第一期。

15. 尹蓉著：〈皎然、司空圖有關意境論之比較〉，《吉安師專學報（哲學社會科學）》第二一卷第二期，2000 年 4 月。

16. 毛文芳著：〈論詩畫融通——以王漁洋「神韻詩」與董其昌「逸品畫」之關係爲例〉，《鵝湖月刊》第二二卷一期，1996 年 7 月。

17. 孔正毅著：〈王士禎「神韻」內涵新探〉，《安徽大學學報（哲學社會科學版）》第二四卷第三期，2000 年 5 月。

### 五　劃

1. 史小軍著：〈試論明代七子派的詩歌格調理論〉，《陝西師範大學學報（哲學社會科學版）》，第二八卷第二期，1999 年 6 月。

2. 史小軍著：〈試論明代七子派的詩歌意象理論〉，《陝西師範大學學報（哲學社會科學版）》，第二五卷第三期，1996 年 9 月。

3. 史小軍著：〈論「末五子」對「前後七子」格調理論的發展與突破〉，《學術研究》1998 年第十一期。

### 六　劃

1. 朱東潤著：〈王士禎詩論述略〉，《中國文學批評家與文學批評》，朱東潤等著，台北：台灣學生書局，1984 年 5 月再版。

2. 朱東潤著：〈司空圖詩論綜述〉，《中國文學史論文選集（三）》，羅聯添編，台北：台灣學生書局，1979 年 3 月。

3. 朱東潤著：〈何景明批評論述評〉，《中國文學批評家與文學批評》朱東潤等著，台北：台灣學生書局，1984 年 5 月再版。

4. 朱東潤著：〈滄浪詩話參證〉，《中國文學批評家與文學批評》朱東潤等著，台北：台灣學生書局，1984 年 5 月再版。

5. 任日鎬著：〈司空圖與嚴羽之詩論〉，《復刊》第十二卷第七期，1979 年 1 月。

### 七　劃

1. 李士金著：〈略論王士禎的神韻說〉，《淮陰師範學院學報》1998 年第二期。

2. 李正治著：〈興義轉向的關鍵——鍾嶸對「興」的新解〉，《中外文學》

第十二卷七期，1991 年 12 月。

3. 李廷揚著：〈神韻在中國古典藝術美學中的地位（1）〉，《平頂山師專學報》第十五卷第一期，2000 年 2 月。

4. 李廷揚著：〈神韻在中國古典藝術美學中的地位（2）〉，《平頂山師專學報》第十五卷第三期，2000 年 8 月。

5. 李建福著：〈漁洋論詩絕句證析（一）〉，《文史學報》第十七期，1987 年 3 月。

6. 李建福著：〈漁洋論詩絕句證析（二）〉，《文史學報》第十八期，1988 年 3 月。

7. 李戲魚著：〈司空圖《詩品》與道家思想〉，《中國古代文論研究論文集》，中國人民大學古代文論資料編選組編，上海：上海古籍出版社，1989 年 2 月。

8. 何三本著：〈王漁洋論詩絕句研究〉，《台東師專學報》第一期，1973 年 4 月。

9. 何綿山著：〈試論禪對王漁洋的影響〉，《中國文哲研究通訊》第十七期，1995 年 3 月。

10. 吳宏一著：〈論王士禎的「花草蒙拾」〉，《中外文學》第九卷九期，1981 年 2 月。

11. 吳明益著：〈從詩史觀到理想典律──王漁洋擇定選集所映現的詩歌觀點與意涵〉，《中國古典文學研究》第一期，1999 年 6 月。

12. 沈金浩著：〈「一代正宗才力薄」析論〉，《廣州師院學報（社會科學版）》1994 年第四期。

13. 沈檢江著：〈明詩擬古主潮：格調禁錮下才情的毀滅〉，《學習與探索》2000 年第一期。

14. 余淑瑛著：〈王士禎神韻說及其「秋柳詩」之探究〉，《嘉義農專學報》第五一期，1997 年 4 月。

15. 余煥棟著：〈王漁洋神韻說之分析〉，《中國文學批評家與文學批評》，朱東潤等著，台北：台灣學生書局，1984 年 5 月再版。

16. 杜若著：〈王漁洋的神韻詩〉，《自由談》第二九卷六期，1978 年 6 月。

17. 汪世清著：〈明後七子及其交游生卒補考〉，《香港中文大學中國文化研究所學報》第二二期，1991 年。

18. （韓）車柱環著：〈司空圖的二十四詩品〉，《唐代文學研究》，中國唐代文學學會、西北大學中文系、廣西師範大學出版社主編，桂林：廣西大學出版社，1992 年 8 月。

## 八 劃

1. 易笑儂著：〈吳梅村與王漁洋〉，《暢流》第五一卷六期，1975 年 5 月。

2. 祁志祥著：〈「但見情性，不睹文字」說——評中國古代文學創作和批評的一條美學標準〉，《古代文學理論研究第十五輯》，古代文學理論研究編委會編，上海：上海古籍出版社，1991 年 10 月。

3. 周喬建著：〈司空圖詩歌美學二題〉，《古代文學理論研究第十八輯》，古代文學理論研究編委會編，上海：上海古籍出版社，1997 年 7 月。

4. 林祁著：〈試論嚴羽詩學的淵源〉，《古代文學理論研究第十八輯》，古代文學理論研究編委會編，上海：上海古籍出版社，1997 年 7 月。

## 九 劃

1. 胡幼峰著：〈王士禎詩觀「三變」與錢謙益的關係〉，《輔仁國文學報》第十期，1994 年 4 月。

2. 胡建刺、劉宣如著：〈「味」與「韻」作爲古典詩論審美範疇析辨〉，《上饒師專學報》第十九卷第二期，1999 年 4 月。

3. 柳作梅著：〈漁洋山人秋柳詩袪疑〉，《圖書館學報》第十期，1969 年 12 月。

4. 段海蓉著：〈試析司空圖的詩歌理論〉，《新疆大學學報（哲學社會科學版）》第二六卷第二期，1998 年。

## 十 劃

1. 高友工、梅祖麟著，周昭明譯：〈王士禎七絕結句：清詩之通變〉，《中外文學》第十九卷第七期，1990 年 12 月。

2. 徐振貴著：〈趙執信與王士禎詩及詩論評辨〉，《齊魯學刊》1995 年第二期。

3. 郎保東著：〈神韻：氣化論生命意識的升華〉，《紀念校慶八十週年文學語言學論集》，南開大學中國語言文學系編，天津：南開大學出版社，1999 年 10 月。

## 十一劃

1. 陳名財著：〈「別材別趣」說辨析〉，《四川教育學院學報》第十五卷第一期，1999 年 1 月。

2. 陳良運著：〈論韻的美學內涵〉，《人文雜誌》1996 年第三期。

3. 陳紅著：〈徐禎卿《談藝錄》論詩蠡測〉，《青海民族學院學報（社會科學版）》1994 年第二期。

4. 陳國球著：〈「宋人主理」——明代復古派反宋詩的原因〉，《香港地區中國文學批評研究》，陳國球編，台北：台灣學生書局，1991 年 5 月。

5. 陳瑞山著：〈滄浪詩話的歷史範例〉，《中外文學》第二〇卷第十一期，1992 年 4 月。

6. 張月雲著：〈姜夔的詩論（上）〉，《故宮學術季刊》第三卷第二期，1985 年冬。

7. 張月雲著：〈姜夔的詩論（下）〉，《故宮學術季刊》第三卷第三期，1986 年春。

8. 張光興著：〈布洛的「心理距離」說與王士禛「清遠」詩論之比較〉，《文學理論：面向新世紀》，錢中文、李衍柱主編，濟南：山東人民出版社，1997 年 7 月。

9. 張宇聲著：〈王漁洋揚州文學活動評述〉，《淄博學院學報（社會科學版）》1996 年第一期。

10. 張智華著：〈簡論韻味〉，《煙台師範學院學報（哲社版）》1996 年第四期。

11. 張綱著：〈王士禛的詞論主張及其創作實踐〉，《南京師大學報》1994 年第一期。

12. 郭小湄著：〈神韻詩人王士禛的山水詩〉，《書與人》第六四一期，1990 年 3 月。

13. 曹文彪著：〈試論鍾嶸的騁情說〉，《古代文學理論研究第十七輯》，古代文學理論研究編委會編，上海：上海古籍出版社，1995 年 5 月。

## 十二劃

1. 黃河著：〈王士禛初登詩壇心態與詩學觀念〉，《江海學刊》2001 年第一期。

2. 黃河著：〈王士禛揚州期間的詩歌思想〉，《學術研究》2000 年第十一期。

3. 黃尚信著：〈嚴羽及其詩論〉，《體育學報》第八期，1979 年 3 月。

4. 黃景進著：〈王漁洋「神韻說」重探〉，《第一屆國際清代學術研討會論文集》，中山大學中文系編，高雄：中山大學中文系，1993 年 11 月。

5. 黃景進著：〈「以禪喻詩」到「詩禪一致」——嚴滄浪與王漁洋詩論之比較〉，《古典文學第四集》，中國古典文學研究會主編，台北：台灣學生書局，1982 年 12 月。

6. 黃景進著：〈論嚴羽及著作的一些問題〉，《國立中央圖書館館刊》第十八卷第二期，1985 年 12 月。

7. 黃景進著：〈嚴羽及其詩論重探〉，《中華學苑》第三一期，1985 年 6 月。

8. 黃麗卿著：〈王漁洋「神韻說」探論——以批評術語、推尊詩家、得詩家三昧爲中心〉，《文學與美學第三集》，淡江大學中國文學研究所主編，台北：文史哲出版社，1992 年 10 月。

9. 黃麗卿著：〈王漁洋的白俗觀〉，《淡江大學中文學報》第四期，1997 年 12 月。

10. 黃繼立著：〈試論王漁洋的「論詩三變」〉，《雲漢學刊》第八期，2001 年 6 月。

11. 童慶炳著：〈嚴羽詩說緒論〉，《北京師範大學學報（社會科學版）》1997 年第二期彭玉平著：〈王士禛、趙執信關係考辨〉，《學術研究》1998 年第五期。

12. 湛芬著：〈司空圖三外說中的佛禪道之內涵〉，《湖北大學學報（哲學社會科學版）》第二六卷第一期，1999 年 1 月。

13. 程國賦著：〈世紀回眸：司空圖及《二十四詩品》研究〉，《學術研究》1999 年第六期。

14. 喬惟德著：〈王士禛與「神韻派」〉，《江漢論壇》2000 年第十期。

十三劃

1. 楊晉龍著：〈王士禛在《四庫全書總目》中的地位初探〉，《中國文學研究》第七期，1993 年 5 月。

2. 楊慶枝著：〈從詩的表現方法看漁洋詩話神韻說〉，《中國語文》第五九卷二期，1986 年 8 月。

3. 賈樹新著：〈《詩品》的品詩及其對後世詩話詩評的影響〉，《古代文學理論研究第十八輯》，古代文學理論研究編委會編，上海：上海古籍出版社，1997 年 7 月。

十四劃

1. 趙伯陶著：〈神韻說三論〉，《陰山學刊（社會科學版）》1996 年第三期。

2. 趙福壇著：〈我對司空圖《二十四詩品》及其體系之點見〉，《廣州師院學報（社會科學版）》1996 年第一期。

十五劃

1. 鄭松生著：〈王士禎美學思想述評〉，《古代文學理論研究第十五輯》，古代文學理論研究編委會編，上海：上海古籍出版社，1991 年 10 月。

2. 鄭雪花著：〈「以禪喻詩」與「詩禪一致」〉，《中國文化月刊》第二二九期，1999 年 4 月。

3. 鄭雪花著：〈沈默的詩意——讀「廿四詩品・含蓄」札記〉，《孔孟月刊》第三三卷第六期，1995 年 1 月。

4. 鄭毓瑜著：〈由宗炳論山水畫之「暢神」談司空圖詩品的評鑑特色〉，《中外文學》第十六卷第十二期，1988 年 5 月。

5. 鄭靜若著：〈王漁洋的詩論〉，《中華文化復興月刊》第八卷七期，1975 年 7 月。

6. 劉承華著：〈中國藝術之「韻」的時間表現形態〉，《文藝研究》1997 年第六期。

7. 劉承華著：〈從與意、味、氣的關係看中國藝術中的韻〉，《文藝研究》，1996 年第六期。

8. 慕芃著：〈「興趣、神韻、意境」之申義〉，《今日中國》第八七期，1978 年 7 月。

9. 鄧仕樑著：〈滄浪詩話試論〉，《香港地區中國文學批評研究》，陳國球編，台北：台灣學生書局，1991 年 5 月。

10. 蔣寅著：〈《漁洋詩則》的真相與文獻價值——與劉永平先生商榷〉，《蘇州大學學報（哲學社會科學版）》1995 年第一期。

### 十六劃

1. 蕭馳著：〈中國傳統詩學中的超越與本在：《二十四詩品》中一個重要意涵的探討〉，《中國文哲研究集刊》第十二期，1998 年 3 月。

2. 駱小所、趙雲生著：〈藝術語言：創造神韻之美〉，《雲南師範大學學報（哲學社會科學版）》第三〇卷第四期，1998 年 8 月。

### 十七劃

1. 薛順雄著：〈王士禎著作考〉，《東海學報》第十卷 1 期，1969 年 1 月。

2. 薛順雄著：〈漁洋評選書考〉，《圖書館學報》第十一期，1971 年 6 月。

3. 謝美智著：〈滄浪「興趣說」、阮亭「神韻說」之辨析〉，《內湖高工學報》第九期，1998 年 4 月。

### 十八劃

1. 簡恩定著：〈明代擬古派的困境〉，《國家科學委員會員研究彙刊：人文及社會科學》第四卷第一期，1984 年 1 月。

2. 簡淑慧著：〈司空圖「韻外致、味外旨」說之研究〉，《中國文化復興月刊》第二○卷第十二期，1987 年 12 月。

3. 簡淑慧著：〈皎然與司空圖詩論之異同淺析——從神韻詩說建立之觀點〉，《中國文化復興月刊》第二一卷第四期，1988 年 4 月。

4. 簡錦松著：〈論明代文學思潮中的學古與求真〉，《古典文學第八集》，中國古典文學研究會主編，台北：台灣學生書局，1986 年 4 月。

5. 顏婉雲著：〈明清兩朝有關前七子生平文獻目錄〉，《書目季刊》第十八卷第三期，1984 年 12 月。

6. 顏婉雲著：〈明清兩朝有關後七子生平文獻目錄〉，《書目季刊》第十九卷第一期，1985 年 6 月。

7. 戴麗英著：〈司空圖「韻味」說的接受意蘊〉，《唐都學刊》1995 年第二期。

### 二十一劃

1. 顧柔利著：〈從王士禛《花草蒙拾》論其神韻說〉，《黃埔學報》第三五期，1998 年 6 月。

2. 顧啓著：〈冒襄王士禛交游考〉，《南通師範學院學報（哲學社會科學版）》第十六卷第二期，2000 年 6 月。

### 二十二劃

1. 龔顯宗著：〈明代七子派詩論之研究〉，《台南師專學報》第九期，1976 年 12 月。

### B

1. （美）布魯斯·布魯克斯（Bruce E.Brooks）著：〈詩品解析〉，《神女之探尋——英美學者論中國古典詩歌》，莫礪鋒編，尹錄光校，上海：上海古籍出版社，1994 年 2 月。

## 七、其他相關論文

### 六　劃

1. 朱良志著：〈葉夢得和他的《石林詩話》〉，《古代文學理論研究第十七輯》，古代文學理論研究編委會編，上海：上海古籍出版社，1995 年 5 月。

2. 朱學東著：〈識詩之法門，悟詩之妙機——論《潛溪詩眼》的詩學理論〉，《雲夢學刊》，2000 年第 5 期。

### 七　劃

1. 李正治著：〈開出「生命美學」的領域〉，《國文天地》第九卷九期，1994 年 2 月。

2. （韓）李哲理著：〈清代四大詩說論略〉，《瀋陽師範學院學報・社會科學版》第二二卷第六期，1999 年。

3. （韓）李哲理著：〈從清代四大詩說看清代詩歌特色〉，《廣州師院學報（社會科學版）》第二○卷第一期，1999 年。

4. 李景華著：〈清初詩壇與詩人田雯〉，《首都師範大學學報（社會科學版）》1994 年第二期。

5. 岑溢成著：〈從虛實論看中國古代文藝理論的性格〉，《當代》第四六期，1990 年 2 月。

6. 汪泓著：〈許學夷《詩源辨體》評議〉，《江海學刊》1996 年第 2 期。

### 九　劃

1. 柯慶明著：〈梁啟超、王國維與中國文學批評的兩種趨向〉，《中外文學》第十五卷一期，1991 年 12 月。

### 十　劃

1. 郎寶如著：〈言意之辨——從哲學到文學的多層面考察〉，《內蒙古大學學報（人文社會科學版）》第三一卷第二期，1999 年 3 月。

2. 徐江著：〈清代詩學神韻說之意境論與風格論〉，《中州學刊》第一一二期，1999 年 7 月。

3. （美）孫康宜著：〈作為典範：漁洋詩作及詩論探微〉，《文學評論》2001 年第一期。

### 十一劃

1. 陳昌明著：〈「形——氣——神」中國人獨特的美學思維〉，《國文天地》第九卷九期，1994 年 2 月。

2. 陳國球著：〈胡應麟詩論研究之一：「興象風神」析義〉，《幼獅學誌》第十八卷第一期，1984 年 5 月。

3. 陳國球著：〈悟與法：胡應麟的詩學實踐論〉，《故宮學術季刊》第一卷第二期，1983 年冬。

4. 陳國球著：〈變中求不變：論胡應麟對詩史的詮釋〉，《中外文學》第十二卷第八期，1984 年 1 月。

5. 張伯偉著：〈宋代禪學與詩話二題〉，《中國文化》第六期，1992 年 9 月。

6. 張海明著：〈范溫《潛溪詩眼》論韻〉，《北京師範大學學報（社會科學版）》1994 年第三期。

7. 張晶著：〈論謝榛的詩學思想〉，《吉林大學社會科學學報》1994 年第 1 期。

8. 崔成宗著：〈宋詩話之詠物詩論〉，《中國學術年刊》第十五期，1994 年 3 月。

## 十二劃

1. 黃俊傑著：〈思想史方法論的兩個側面〉，《史學方法論叢》，黃俊傑編譯，臺北，台灣學生書局，1977 年 8 月。

2. 黃景進著：〈詩之妙可解？不可解？——明清文學批評問題之一〉，《中國文學批評第一集》，呂正惠、蔡英俊主編，台北：台灣學生書局，1992 年 8 月。

## 十五劃

1. 劉明今著：〈《詩藪》初探〉，《古代文學理論研究第十七輯》，古代文學理論研究編委會編，上海：上海古籍出版社，1995 年 5 月。

2. 劉若愚著：〈清代詩說論要〉，《香港地區中國文學批評研究》，陳國球編，台北：台灣學生書局，1991 年 5 月。

3. 劉瀚平：〈審美活動中理解、認識的特點之一——悟〉，《文學與美學》，淡江大學中國文學研究所主編，台北：文史哲出版社，1990 年 1 月。

4. 蔣年豐著：〈從「興」的精神現象論《春秋》經傳的解釋學基礎〉，《中國古代思維方式探索》，楊儒賓、黃俊傑編，台北：正中書局，1996 年 11 月。

5. 蔣寅著：〈古典詩學中「清」的概念〉，《中國社會科學》2001 年第 1 期。

6. 蔡英俊著：〈抒情精神與抒情傳統〉，《抒情的境界》，蔡英俊主編，台北：聯經出版事業公司，1996 年 6 月第一版第七刷。

## 十六劃

1. 蕭麗華著：〈從禪悟的角度看王維自然詩中空寂的美感經驗〉，《文學與美學第五集》，淡江大學中國文學研究所主編，台北：文史哲出版社，1995 年 9 月。

2. 駱小所著：〈論藝術語言的文境美〉，《雲南師範大學學報》第三二卷第一期，2000 年 1 月。

## 十八劃

1. 魏仲佑著：〈「四溟詩話」及其詩論〉，《東海中文學報》第七期，1987年7月。

2. 顏崑陽著：〈從「言意位差」論先秦至六朝「興」義的演變〉，《清華學報》第二八卷二期，1998年6月。

## 二十二劃

1. 龔顯宗著：〈明代主神韻之說的陸時雍〉，《華學月刊》第一三五期，1983年3月。

### D

1. （法）杜弗蘭（Milel Dufrenne）著，高凌霞譯：〈文學批評與現象學（上）〉，《鵝湖月刊》第一卷七期，1976年1月。

2. （法）杜弗蘭（Milel Dufrenne）著，高凌霞譯：〈文學批評與現象學（下）〉，《鵝湖月刊》第一卷八期，1976年2月。

### L

1. （美）理查德・林恩（Richard John Lynn）著：〈中國詩學中的才學傾向〉，《神女之探尋——英美學者論中國古典詩歌》，莫礪鋒編，尹錄光校，上海：上海古籍出版社，1994年2月。

### M

1. Joseph Anthony Mazzeo 著，黃俊傑譯：〈關於觀念史的若干解釋〉，《史學方法論叢》，黃俊傑編譯，臺北，台灣學生書局，1977年8月。

2. （美）馬伯樂（Robert Magliola）著，李正治譯：〈螽斯翼上之釉：現象學的批評〉，《鵝湖月刊》第十八卷一期，1992年7月。